Les
enfants
de
la
liberté

生命里最美好的春天

Marc Levy

［法］马克·李维 ／ 著　　范炜炜 ／ 译

湖南文艺出版社
HUNAN LITERATURE AND ART PUBLISHING HOUSE　博集天卷
CS-BOOKY　　Laffont　SLA

图书在版编目（CIP）数据

生命里最美好的春天／（法）李维（Levy,M.）著；范炜炜译.
— 长沙：湖南文艺出版社，2016.1
ISBN 978-7-5404-7398-3

Ⅰ.①生… Ⅱ.①李…②范… Ⅲ.①长篇小说–法国–现代
Ⅳ.①I565.45

中国版本图书馆CIP数据核字（2015）第294281号

著作权合同登记号：18–2015–048

LES ENFANTS DE LA LIBERTÉ by Marc Levy
© 2007 Editions Robert Laffont/Susanna Lea Associates
Published by arrangement with Susanna Lea Associates through Bardon-Chinese Media Agency
Simplified Chinese translation copyright © 2015 by China South Booky Culture Media co., Ltd.
ALL RIGHTS RESERVED
本书中文译稿由上海译文出版社授权

上架建议：畅销外国文学

生命里最美好的春天

作　　者：［法］马克·李维
译　　者：范炜炜
出 版 人：刘清华
责任编辑：薛　健　刘诗哲
监　　制：蔡明菲　潘　良
策划编辑：马冬冬
特约编辑：汪　璐
版权支持：辛　艳
营销支持：桂　欣　刘宁远　李　群
装帧设计：棱角视觉
出版发行：湖南文艺出版社
　　　　　（长沙市雨花区东二环一段508号　邮编：410014）
网　　址：www.hnwy.net
印　　刷：北京鹏润伟业印刷有限公司
经　　销：新华书店
开　　本：880mm×1230mm　1/32
字　　数：205千字
印　　张：9
版　　次：2016年1月第1版
印　　次：2016年1月第1次印刷
书　　号：ISBN 978-7-5404-7398-3
定　　价：36.00元

质量监督电话：010-59096394
团购电话：010-59320018

致我的父亲、我的叔叔克劳德。
致所有为自由而战的孩子。
致我的儿子和你，我的爱人。

目录
Contents

1

就跟她讲过：犹太人一旦被带走，就没有机会再回来，所以每次在说自己的新名字时，一定不能出错。

世上最美丽的情感

135·当恐惧日夜不停地折磨你时，继续活下去，继续战斗，继续相信春天终究会到来，这需要多么惊人的勇气。为别人的自由而牺牲，对于只有十六岁的少年来说，未免太过苛刻。

英勇的少年们

173·安东尼开始卷自己的铺盖，一同卷起的，还有他年轻的生命。十七年，这是一段多么短暂的人生。

自由的孩子

209·在这片麦田里，弟弟和我永远地定格成了两个为自由而战的孩子。与六千万死难者相比，我们是如此幸运。

后记

273·亲爱的，故事结束了。那个在咖啡馆吧台向你露出迷人微笑的少年，便是我的父亲。在法国这片热土上，安息着他的伙伴们。

我非常热爱"抵抗"这个词。抵抗，抵抗所有的束缚与偏见，抵抗毫无根据的评头论足，抵抗一切损人利己的论调、怨言、舍弃、野心与混乱。

　　抵抗，且微笑着。

——爱玛·当古

楔子

今天，我还不认识你，谁能想到，明天，我就将爱上你。我想向你讲一讲我的伙伴们，他们来自西班牙、意大利、波兰、匈牙利、罗马尼亚……他们都是自由的孩子。

　　今天，我还不认识你，谁能想到，明天，我就将爱上你。我从寄居的老房子里走下来，步子有些急，这点我要向你承认。到了底楼，我的手搭在楼梯扶手上，那上面有刚刚打好的一层蜡。看门人总是在每个周一将蜡打到二楼扶手的拐角处，再在每周四完成剩下的部分。阳光开始洒向建筑物，但清晨的街道仍有些雨后的积水。此刻迈着轻快脚步的我对你还一无所知。你，注定会在未来的某一天，送给我生命中最美丽的礼物。

　　我走进了圣保罗街上的一家小咖啡馆，我能有的也就是时间。吧台处坐着三个人。在这样一个春天的清晨，像我们这样空闲的人实属难得。父亲背着手踱了进来。他优雅地将手肘撑在吧台上，一副没注意到我的样子。他点了杯浓缩咖啡，我能觉察出他在有意无意间对着我微笑。他敲了敲吧台，示意这里很"安静"，我可以靠近一些。看得出来，悲伤的情绪已经令他憔悴不堪。他问我是不是真的决定了。我点了点头，尽管对未来一无所知，但我依然决定去做。他不动声色地移开咖啡杯，从底下拿出五十法郎。我不肯要，但他态度坚决，低声嘀咕着，只有填饱了肚子才能投入战斗。我拿了钱，父亲用眼神告诉我应该马上离开。于是我戴上帽子，打开门，走了出去。

透过玻璃窗，我注视着吧台边的父亲。他朝我微笑，示意我衣领没有整理好。

他的眼神流露出急切的情绪，很多年以后，我才明白这个神情中蕴含的意义。如今，我只需闭上双眼，心里默默想念着他，他最后的音容笑貌就会浮现在我眼前，栩栩如生。我明白，父亲为我的离去伤心不已。我猜想，他当时一定认为我们再也回不去了，我会先他一步离开人世。

咖啡馆离别的这一刻让我回味良久。一个男人，一定需要很大的勇气，才能面对白发人送黑发人的残酷。但他做到了，他只是静静地坐在自己儿子的旁边喝着菊苣咖啡，并没有训斥儿子："你现在马上给我回家去做作业！"

一年前，母亲去警察局帮我们领取了专为犹太人做的小黄星。这意味着我们应该逃难了。于是我们全家迁到了图卢兹。父亲是一名裁缝，但他永远不会在布料上剪裁出如此肮脏的图形。

1943年3月21日，我十八岁。这一天，我踏上了有轨电车。目的地是在任何地图上都找不到的：我要去找寻游击队。

十分钟前，我的名字还叫雷蒙，但从12路电车终点站下车后，我就变成了让诺。就叫让诺，没有姓。此刻的天气还算惬意，在我身边来来往往的人们并不知道将会发生什么。父亲和母亲不知道，在不久后，有人会在他们的手臂上刻上编号；母亲会在火车站的某个站台被强行与她一生中最爱的男人分开。

　　我也不会想到，十年后，在奥斯威辛集中营纪念馆，我将在一个高达五米的眼镜堆中，找到父亲曾经插在上衣口袋里的那副——最后一次见到它，是在咖啡馆。弟弟克劳德不知道，不久后我就会去找他，如果他当时拒绝了我，如果我们两人不是这样肩并肩一路走来，我们都不可能幸存。我的七位同伴——雅克、鲍里斯、罗西娜、恩内斯特、弗朗索瓦、马里乌斯和恩佐此刻也还不知道，在不久的将来，他们将用各自不同的外国口音高喊着"法兰西万岁"英勇就义。

　　我的思绪现在很混乱，脑海中的语言也颠三倒四。但从这个周一的中午开始，在此后的两年中，我的心每时每刻都因为恐惧而疯狂跳动。整整两年，我一直笼罩在恐惧中。直到今天，我仍然会时不时地在夜里被这种该死的感觉惊醒。但你将会在我的身边安然入睡，亲爱的，尽管我现在还不知道。好吧，现在就来讲一讲我的伙伴们：查理、克劳德、阿隆索、卡特琳娜、索菲、罗西娜、马克、埃米尔、罗伯特……他们来自西班牙、意大利、波兰、匈牙利、罗马尼亚……他们都是自由的孩子。

第三十五纵队

这就是我的伙伴们。一切就像儿童游戏一样开始了。可惜的是，玩这场游戏的少年们还没来得及长大成人，便为自由献出了生命。

首先应该让你了解一下我们的生活背景。对于一个个句子来说，背景是很重要的元素。脱离了背景，句子的含义常常会大不相同。而在未来的几年里，无数句子将被抽离于它们的背景，被人当作片面评价以及直接定罪的说辞。这是人们的一种习惯，从来都是如此。

9月初，希特勒的军队侵占了波兰，法国宣布加入战争。所有人都相信，法国军队将把敌人拦截在国界之外。然而，比利时被潮水般呼啸而来的德国装甲兵一扫而过。短短几个星期，就有数以十万计的法国士兵在北方战场和索姆河战役中牺牲。

贝当元帅被任命为政府首脑。翌日，坚决反对投降的戴高乐将军在伦敦号召法国人民奋起抵抗。贝当让我们的所有希望化为了泡影：在如此短的时间内，法国便输掉了战争。

贝当元帅与纳粹德国的媾和将法国带入了历史上最黑暗的时期。法兰西共和国不复存在，取而代之的是一个傀儡政权。法国版图被一分为二，北部是敌占区，南部是所谓的自由区。但这自由是非常狭隘的：每天层出不穷的法令让两百万生活在法国的外国人从此失去了自由的权利。他们无法继续工作、上学和四处行走，不久，他们甚至连生存下去的自由也将被剥夺。

这些外国人来自波兰、罗马尼亚、匈牙利、意大利、西班牙……我们的国家竟然如此健忘：就在二十五年前，当一百五十万人在第一次世界大战中丧生时，我们是那么需要移民的支持。外国人，我的所有伙伴几乎都是外国人，他们多年来在各自的国家遭受了残酷的迫害。德国的民主人士早已看清希特勒的嘴脸，西班牙的抵抗者们对佛朗哥的独裁再熟悉不过，墨索里尼的法西斯统治则令意大利人深恶痛绝。他们便是这场大灾难最早的见证者。仇恨像瘟疫一般席卷了整个欧洲，所到之处无不弥漫着死亡的痛苦气息。所有人都知道，法国的失利只是悲剧的开始，未来将会更加惨烈。但贝当的法国听不得半点坏消息，于是，从东欧或南欧避难而来的外国人纷纷被逮捕、关押。

贝当元帅不仅放弃了抵抗，还向欧洲的独裁者妥协。在这个老人家的周围，是一片沉寂的国土，我们的政府首脑、部长、警察、法官、宪兵、民兵……已经忙不迭地在虔诚地为白色恐怖服务了。

三年前，1940年11月10日，一切如游戏般拉开了序幕。在几位"功勋卓著"的长官的陪同下，我们这位可悲的元帅从图卢兹开始了他在"自由区"的巡视。所谓自由区，不过是在一个战败国内设置的禁区罢了。

围观的人群本来有些惊慌，但当元帅将权杖高高举起时，他们又开始发出啧啧的惊叹声。这权杖标志着贝当重新回到了权力巅峰，建立了他的新秩序。隔离、告发、驱逐、谋杀、野蛮……这便是贝当元帅的新秩序。

在我们即将组建的兵团中，有几位成员了解集中营的详细情况。法国政府将外国人、犹太人及共产党人关押其中。这些集中营包括古尔、阿热莱斯、诺埃和里沃萨尔特，里面的生活苦不堪言。可以想见，对于有朋友或亲人被囚禁起来的他们来说，元帅的到来无疑掐灭了最后一丝自由的希望。

看着对元帅山呼万岁的人群，我们感到了自己的责任。我们应该敲响警钟，去唤醒因恐惧而放弃抵抗、接受失败的人们。他们选择沉默，只因为周围的人都已懈怠。放弃，便以这样的方式像瘟疫一般传遍每一个人。

然而，科萨（我弟弟最好的朋友之一）、贝特朗、克卢埃和德拉古从未想过放弃或沉默。图卢兹街道上这场罪恶的巡游，便是他们庄严宣誓的战场。

如今真正有意义的，是那些揭露真相、鼓舞人心与充满尊严的话语。尽管这些传单的文笔还稍显稚嫩，但它们仍然用自己的方式揭露了应当为人们知晓的事实。文章中讲到了什么，或者没有提到过什么，所有这些隐晦的表述方式，都是为了在避免被权力机关发现的同时，将真相公之于众。

但我的伙伴们无所畏惧。巡游开始前几个小时，他们抱着一大堆东西横穿埃斯基罗尔广场。警察在四处巡视，不过，谁会去留心一帮举止无辜的青少年呢？于是他们顺利地来到了理想的行动地点：梅兹路转角处的一栋建筑。四人迅速溜进楼梯间，一边往楼顶爬一边祈祷着上面没有人在监视。幸运的是楼顶上空空如也，一眼望出去，整座城市都在他们脚下。

科萨开始组装和伙伴们一起设计的小工具。他沿楼顶边缘放上支架，在上面铺了一块小木板，摆动起来就像跷跷板一样。木板的一端放上一沓打印好的传单，另一端放上满满一桶水。他们在桶底挖了个小洞，让水慢慢流出来，然后飞快地下楼，回到了马路上。

元帅的车快要到了，科萨抬起头，露出了笑容。敞篷礼车缓慢地行驶着。楼顶上的水桶已经差不多空了，木板随即倒向一边，传单开始如雪片一般飘向人群。1940年11月10日，这是叛徒贝当元帅第一个瑟瑟发抖的秋日。纸片满载着这群勇敢机智的流浪儿的喜悦，从天而降，有几张甚至落到了贝当元帅的帽檐上。人们纷纷弯下身去捡传单。警察们一头雾水，只能漫无目的地四处搜寻。四个孩子像其他人一样大声欢呼着，当然，没有人知道，他们并非为元帅的到来欢呼，而是在庆祝自己的第一场胜利。

他们各自散去，但没想到从此天各一方。科萨当晚安全地回到了家中，但三天后被人告发，被逮捕后在尼姆监狱里度过了两年时光。德拉古几个月后在阿让教堂被法国警察杀害。他曾在这里逃脱过追捕，不幸的是，这一次，这座教堂没能再给他带来好运。克卢埃第二年在里昂被枪决。至于贝特朗，一直下落不明，没人知道他究竟被关进了哪座集中营。两年后从监狱走出的科萨，虽然一直被严重的肺结核困扰，但他毅然重新回到了兵团队伍中。然而厄运再一次降临，这次被逮捕后，他被送去了地狱般的布痕瓦尔德集中营，去世时只有二十二岁。

这就是我的伙伴们。一切就像儿童游戏一样开始了。可惜的是，玩这场游戏的少年们还没来得及长大成人，便为自由献出了生命。

我想要向你讲述的，就是这些人的故事。在未来的日子里，有许许多多孩子加入了科萨他们的行列：马塞尔·朗杰、詹·杰拉德、雅克·英塞尔、查理·米夏拉克、何塞·里纳雷兹·迪亚兹、斯蒂芬·巴索尼……他们组建了第三十五兵团，成为第一批为自由而战的孩子。他们的目的只有一个：抵抗到底！他们的故事才是真正值得一听的。如果我的记忆稍有偏差，或者将他们的名字弄错了的话，敬请谅解。

我的伙伴乌尔曼曾经说过，名字无关紧要，我们的人数并不多，而且始终是一体的。我们过着提心吊胆的地下生活，根本不知道明天会是什么样子。所以，直到今天，我依然很难清晰地回忆起这段日子里某一天的情形。

⊱❈⊰

请相信我，真正的战争和电影里的完全是两码事。我的伙伴们没有一个长着罗伯特·米彻姆❶那样英俊的脸。不过说到奥黛特，我真应该好好拥抱她，而不是像个傻子似的戳在电影院门口，虽然她长得一点也不像劳伦·白考尔❷。但一切都晚了：某日下午，她在金合欢路被两名纳粹分子

❶美国电影演员，曾出演过讲述诺曼底登陆的影片《最长的一日》。
❷好莱坞老一代女明星。

杀害。从那以后，我便开始憎恶金合欢这类植物。

对我们来说，最困难的事情是找到抵抗组织。

科萨和其他伙伴被抓之后，我和弟弟成天忧心忡忡。在学校里，史地课老师满口排犹主义，学哲学的学生们对抵抗运动冷嘲热讽，日子真的很难熬。我每天晚上都会坐在收音机旁，聆听来自伦敦的消息。开学那天，我们的课桌上都摆上了印有"战斗"字样的字条。发字条的男孩轻手轻脚地溜出了教室。他叫贝里霍尔茨，是从阿尔萨斯来的难民。我飞快地跑出去，追上了他。我说愿意和他一起发放有关抵抗运动的宣传单，他只是笑了笑，一副不相信的样子。在之后的一段日子里，我每天一下课就去路边等他，每当他走到拐角处，我就加快步子跟上他。然后我们一起把一份份戴高乐派的报刊塞进人们的信箱里。发现异常的时候，我们会把报纸扔在电车站，撒腿就跑。

可是，某一天晚上，我放学后没有等到贝里霍尔茨。第二天晚上，他也没有出现……

此后，我每天下课便和弟弟克劳德一起搭乘沿莫萨克路行驶的小火车，偷偷前往秘密"庄园"。这是一处很大的宅子，里面住着三十几名父母已被押送到集中营的孩子。他们是被一群善良的童子军带到这里来照顾的。我和弟弟来这里帮忙耕种菜园，有时也给小朋友们上上数学课和法文课。每次来庄园，我都会恳求童子军的负责人若塞特，希望她能够为我们指引一条可以找到抵抗组织的道路。可每次她都两眼空空地望着我，好像根本听不懂我在说什么。

直到有一天，她把我拉进了办公室：

"我想我有办法帮你了。你明天下午两点去巴亚尔街25号门口等着，会有一个过路人来问时间。你告诉他说你的表坏了，如果他说：'您是不是让诺？'那他就是你要找的人了。"

一切就是这样开始的……

我带上弟弟，在图卢兹巴亚尔街25号门口第一次见到了雅克。

这天他穿着灰色大衣，头戴毡帽，嘴边叼了一个烟斗。我看着他把一份报纸扔进了固定在路灯上的小篓子里。但我没有走过去，因为这不是我们接头的暗号，我应该等他来问时间。果然，他向我们走了过来，把我们从上到下打量了一番，然后开口问我现在几点。我回答说表坏了，于是他接着说他的名字是雅克，问我们谁叫让诺。我往前站了一步：是的，我就是让诺。

雅克自己招收了一批兵团成员。他不信任任何人，我觉得他的这种态度相当正确。千万不要感到奇怪，在我们当时的大背景下，的确应该怀疑一切。

此时此刻，我还不知道在几天后，一名叫作马塞尔·朗杰的兵团成员会被某位法国检察官判处死刑。检察官先生以为他想要谁死，谁就不得不死。但他料想不到的是，在周日准备去做弥撒的时候，会在自家门口被我们的人干掉。从那以后，在法国的任何地方，不管是自由区以内还是以外，再也没有法庭敢判处兵团成员死刑了。

我接到的任务，是干掉一名保安队的高级负责人。这个大浑蛋告发并残杀了许多年轻的抵抗者。其实他本来有可能死里逃生的，因为我举起枪的时候已经吓得快要尿裤子了，几乎连枪都拿不稳。可是这个浑蛋大叫一声："可怜可怜我吧！"可怜？这个杀人不眨眼的魔鬼何曾可怜过任何人？！怒火中烧的我朝他的肚皮连开了五枪。

我杀人了。许多年以后，我才敢再提起这件事。被我杀死的那个人的面容永远那么清晰。但是，我们从来没有杀过无辜的、手无寸铁的人。这一点很重要，我要自己牢记，也要让子子孙孙都知道。

雅克不停地打量着我，像动物一般嗅着我身上的味道，他对自己的直觉深信不疑。过了一会儿，他傲慢地站回到我面前。他接下来要说的话将改变我的一生：

"你到底想要做什么？"

"和伦敦取得联系。"

"那我帮不了你。伦敦太远了，我联系不上任何人。"

我本以为他会转身就走，但是没有。他的眼睛一直看着我，于是我想抓住这最后的机会：

"您能帮我联系上抗德游击队吗？我想跟他们一起战斗。"

"这也不可能。"雅克一边说，一边点着烟斗。

"为什么？"

"因为你说你想战斗，但是游击队并没有参加战斗。他们只是收集物资，传递信息，做一些消极的抵抗运动。如果你想战斗，那就跟我们一起干。"

"你们？"

"你敢打巷战吗？"

"我想要做的，是在死之前亲手干掉一个纳粹分子。给我一把手枪吧！"

我说这话时的语气是骄傲的，但雅克哈哈大笑起来。到底有什么好笑的？我还觉得很有戏剧效果！不过，恰恰是这点让雅克乐不可支。

"你看书太多把脑子看坏了吧。让我教教你该怎么做。"

他的话让我感到很恼火，但我克制着自己的情绪。几个月以来，我一直在为联系上抵抗组织而努力，但现在似乎要把事情搞砸了。

我想不出应该怎样让人相信自己是一个值得兵团成员们信赖的人。雅克似乎猜到了我的想法，他朝我微笑，眼神中闪过了一丝温暖。

"我们战斗不是为了死亡，而是为了活下去，你明白吗？"

这句看似轻描淡写的话深深地打动了我。这是战争开始以来，也是我抛开自己所有的真实身份、权利和地位以来，听到的第一句充满希望的话。我想父亲、想家了。过去那段日子都发生了些什么？我的生活完全消失了，只因为是犹太人便被剥夺了生存的权利，便有那么多人希望我死。

弟弟一直站在我身后。也许是不想错过任何重要的事，他冲我咳嗽了几声，让我留意他的存在。雅克把手放到了我的肩上：

"走吧，别停在这里。你要学的第一件事情，就是永远不要原地不动，否则我们很容易被发现。如果有人一直站在同一个地点四处张望，那他一定会被怀疑。"

于是我们一起沿着人行道拐入了一条昏暗的小巷中，克劳德跟在我们后面。

"我可能有个任务要交给你们。今晚你们去鲁依梭街15号的杜布朗太太家过夜，她会接待你们的。告诉她，你们俩都是大学生。她一定会问你们热罗姆怎么样了。你们就说他去北方找自己的家人了，你们是来接替他的。"

我感觉手里攥着一把通往舒适房间的钥匙。谁是热罗姆？如果杜布朗太太还想知道我们哥俩更多的事情，该怎么办？雅克接下来便告诉了我们一个残酷的事实："热罗姆前天已经死了，就在离这里两条街的地方。如果你想要直接投入战斗，继续他的工作就是最好的方式。今晚会有人来敲你的门，他会说自己是雅克派来的。"

听他这么说，我已经很清楚了，雅克并不是他真正的名字。我明白，从加入抵抗运动的那一天起，我们从前的人生便不复存在了，名字当然也随之一起消失。雅克悄悄将一个信封塞到我手里。

"这是房租。只要你们付了钱，杜布朗太太就不会再问什么了。赶紧去拍照片吧，火车站里就有一家照相馆。现在就出发，我们以后还会再见的。"

雅克走了。在小巷转角处，他的身影渐渐消失在蒙蒙细雨中。

"我们走吧。"克劳德对我说。

我带着克劳德走进了一家咖啡馆。兜里的钱只够买两杯热咖啡。我们坐到靠窗的位子上，看着电车穿过马路。

"你确定了吗？"克劳德一边喝咖啡，一边问我。

"你呢？"

"我确定自己会死，除此之外，什么都不知道。"

"我们加入抵抗运动不是为了死，而是为了活着。你明白吗？"

"你从哪儿听到这句话的？"

"雅克刚才对我说的。"

"既然雅克都这么说了……"

随后我们闭上嘴。两名保安队队员走进来，坐下，没有注意到我们。我以为克劳德会做什么蠢事，还好他只是耸了耸肩。

"我饿了。"他的肚子在咕咕叫，我自己也饿得不行了。

居然没办法让十七岁的弟弟填饱肚子，我为自己的无能感到愧疚不已。但想想看，或许今晚我们就能参加抵抗组织了，到时一切都会不一样的。就像雅克说过的那样，春天终究会回来的。到时我一定会带弟弟去面包店，把全世界的面包都摆在他面前，让他撑到再也不想吃为止。这将是我生命中最美好的春天。

离开咖啡馆后，我们在火车站大厅短暂停留了一会儿，然后便朝雅克告诉我们的地址走去。

杜布朗太太没问什么问题。她只是说热罗姆就这么走了，看来也并不在意落在她家的东西。我把房租交给她，她递给我一把房间钥匙，是底楼朝街的那一间。

"这是单人房！"

我急忙向她解释说克劳德是我弟弟，他是来看望我的，只住几天而已。我想杜布朗太太可能怀疑我们不是大学生，不过只要收到了房租，她对房客的其他事情就不热衷了。我们的房间非常简陋，只有一套旧床具、一只水桶和一个脸盆。大小便得去花园深处的小屋解决。

我们从下午等到傍晚，终于听到了敲门声。只是轻轻的两声而已，不是保安队来抓人时那种震耳欲聋的敲法。克劳德开了门，我们第一次见到了埃米尔。从他一进门我便有一种强烈的感觉：我们一定会建立深厚的友谊。

埃米尔个子不高，但他讨厌别人说他矮。他从事地下活动已经一年了，看起来已经完全适应了这样的生活。他很冷静，嘴边时常挂着奇怪的笑意，似乎对任何事情都不屑一顾。

十岁时，埃米尔与家人逃出了波兰，因为在那里，无数犹太同胞被迫害至死。十五岁那年，看着希特勒的军队在巴黎列队行进，看着那些曾经将他的祖国和家园变为废墟的浑蛋如今又来到这里横行霸道，埃米尔的眼中充满了无法扑灭的怒火。也许正是这样的经历让他的表情中总是带着那种奇怪的微笑。埃米尔并不矮小，相反，他无比强大。

向埃米尔伸出援助之手的，是一位看门的太太。我们为此感到无比庆幸：在这样一个哀鸿遍野的法国，居然还会有这么多好心人，他们从来不对我们另眼相看，他们并不认为我们仅仅因为宗教信仰不同就活该受死。对许多妇女来说，孩子，不管他们来自何方，都是上帝赐予的礼物。

当时埃米尔全家住在巴黎第十区的圣马大街。有一天，埃米尔的爸爸收到了警察局的邮件，通知他去买小黄星，并要求他们全家人都在外衣胸前的醒目位置佩戴。于是他去了维尔福路的警察局，为妻子、四个孩子和他自己各买了一颗黄星。回到家的他十分沮丧，手里的黄星就如同在动物身上烙下的印记那般刺眼。埃米尔戴上了黄星，纳粹对犹太人的大搜捕行动也在不久后展开了。他曾经想过反抗，让父亲摘下那个可恶的标志。可他的父亲是一位尊重法律的君子，他信任这个收容了自己的国度；他认为在这样的国家里，没有人会去伤害诚实可靠的平民。

后来，埃米尔在外面租了一个顶楼的小房间自己一个人住。有一天，当他准备下楼出门的时候，看门太太飞快地从后面冲出来拦住了他："赶快回去藏起来！外面到处都是警察，他们已经疯了，见到犹太人就抓！"她让埃米尔待在房间里，关好门窗，不要发出任何声音，每到吃饭时间就去给他送饭。几天后，埃米尔摘掉他的黄星，准备出门去看看。他回到圣马大街的公寓，但家中空无一人：爸爸不见了，妈妈不见了，两个妹妹（一个六岁，一个十五岁）不见了，前两天不听他劝告执意要回到这里的弟弟也不见了。

埃米尔从此一无所有。他的朋友全部被抓走了。他的两个同伴本来正在圣马丁门参加示威游行，德国兵突然骑着摩托车冲了过来，并向人群开了枪。他们从兰克里街逃走时被逮捕，并在一堵墙边惨遭枪决。第二天，一位名叫法比安的抵抗分子在巴尔贝斯地铁站杀死了敌方的一名官员。此举虽然解气，但埃米尔的亲人和朋友们再也无法回来了。

在走投无路之时，埃米尔想到了安德烈——和他一起上过几堂会计课的同学，这或许是他最后的希望。他去找安德烈，希望能得到一点帮助。安德烈的母亲为他开了门。当埃米尔告诉她自己的家人都被带走了，只剩下他一人时，她把自己儿子的出生证明交给了埃米尔，并且建议他尽快离开巴黎。"带上它，把你能办的证件都办出来，说不定你还能搞到身份证。"安德烈的姓氏是贝尔德，他不是犹太人，因此，对埃米尔来说，这张出生证明就是他的免死金牌。

在奥斯特利茨火车站，埃米尔等待着去图卢兹的火车，他在那边有一个叔叔。火车一到站，他便钻了进去，藏到座椅下一动不动。车厢里的乘客都没有发现：就在他们脚下，一个小孩正面临性命攸关的时刻。

列车开动，埃米尔就这样纹丝不动地待了好几个小时。当列车驶入自由区的一刹那，他突然从座位底下冒了出来。乘客们无比惊讶地看着他。当他承认自己没有任何证件时，一位先生让他马上藏回去："我很熟悉这条路线，宪兵马上就会再来巡查一次。你听到我的通知再出来。"

你看到了吗？在这样一个满目疮痍的法国，不只有好心的看门太太，还有善良的母亲、慈悲的乘客，有许多无名氏听从自己良心的召唤，有许多普通人拒绝遵照无耻的法规行事。

·❖·

就在杜布朗太太租给我的这个小房间里，埃米尔来了，带着他所有的故事与过往。直觉告诉我，即使对他一无所知，我们也会成为挚友。

"你就是那个新来的？"埃米尔问我。

"是我们。"我把弟弟拉到身边，我知道他最不喜欢受冷落了。

"你们拍过照片了吗？"埃米尔从兜里掏出两张身份证、一些配给券和一个图章。帮我们把证件造好之后，他站起来将椅子掉了个头，再骑坐上去：

"现在说一下你的第一个任务。哦，不对，你们有两个人，所以，是你们的第一个任务。"

弟弟的眼睛在放光，我不知道他是因为太饿而眼冒金星，还是因为听到有任务而激动不已。总之，我看得很清楚，他的眼睛里闪着光芒。

"你们要去偷自行车。"

克劳德听了这话后，倒在床上，神情沮丧："这就是抵抗运动？去偷自行车？我们历尽千辛万苦来到这里，就是为了当小偷？"

"难道你认为应该开着小轿车去执行任务？自行车是我们抵抗分子最好的朋友。好好想想吧。没人会注意到一个骑自行车的人：你只是一个去工厂上班的普通人。有了自行车，你可以轻易地混入人群。在执行完任务之后，又可以迅速地骑车离开现场。等人们反应过来的时候，你早已经逃之夭夭了。所以，你要是想执行重要任务的话，就得从偷自行车开始！"

一切已经解释得再清楚不过了，现在我们需要知道应该去哪里偷车。埃米尔好像猜到了我的想法。他已经踩过点，告诉我们在某栋建筑的走廊里停着三辆自行车，从来不上锁。他要求我们马上行动，如果一切顺利的话，到晚上七八点时去一个朋友家与他会合。那位朋友住在离这里几公里远的图卢兹郊区，一处由鲁贝尔地区的小火车站改建的住所。我必须把他的地址背下来。"赶快行动吧！你们一定要在宵禁之前赶到那边。"这是春日的一天，离夜幕降临还有一段时间，停自行车的楼就在不远处。埃米尔离开了，而弟弟还在生气。

　　我劝克劳德，埃米尔讲得没错，而且这可能是对我们的一次考验。弟弟还在抱怨，但答应跟我一起去偷车。

　　这第一项任务我们算是完成得相当顺利。我让克劳德藏在街角，自己走进了楼里：毕竟，偷自行车可能会被判两年监禁。走廊里空荡荡的，正如埃米尔所说，停着三辆自行车，紧挨着，没有上锁。

　　埃米尔让我偷前面两辆，但是剩下的靠墙摆放着的那辆是运动型自行车，车架是鲜红色的，把手还是皮的。于是我把前面的那辆放到了一旁，但一不小心发出了声响。我赶紧抬头望向看门人的房间，还好，房间里空无一人，没人会发现我。我看中的这辆车并不好拿，特别是紧张的时候，我的手脚就更不听话了。好不容易安全地把两辆车偷了出来，我又发现自行车的踏板紧紧缠在一起，怎么分都分不开。在无数的尝试外加心脏一阵剧烈跳动之后，我终于把分开的两辆车推到了弟弟面前。克劳德已经等得两眼发直了："你怎么才来啊？！我的天！"

　　"别吵了，给你车。"

　　"为什么不给我红色的那辆？"

　　"因为它对你来说太大了！"

　　克劳德不停地嘀咕着什么。我警告他，我们正在执行任务，现在不是吵架的时候。他耸耸肩膀，骑上了自行车。我们沿着废弃的铁路飞快地朝鲁贝尔的老火车站赶去，一刻钟后来到了约定的地点。

　　埃米尔开了门。

　　"埃米尔，快看我们的自行车！"

他的表情很奇怪，好像并不想见到我们。随后他让我们进了屋。詹瘦瘦高高的，微笑着看着我们。雅克也在屋里。他先是祝贺我们俩顺利地完成了任务，但一看到我选的红色自行车，就开始放声大笑："查理会处理的，要让它不那么显眼才行。"

我还是搞不懂到底有什么可笑的地方，大概埃米尔也一样，因为他看起来很不高兴。

一个穿着运动衫的人从楼上走了下来，他就是这个房子的主人，也是我们的机械师。他负责装配自行车、制造炸弹、在火车站站台搞破坏，他向我们解释如何对组装线上的驾驶舱做手脚，还有剪断战斗机机翼上的线路。等它们被运回德国组装起来后，也没法在短时间内起飞。这就是查理，我们不同寻常的伙伴。他在西班牙内战中被打掉了几乎所有门牙；他的口音自成一派，混合了他所到国家的各种语言，所以没人真正听得懂他到底在讲什么。查理是我们队伍中不可或缺的人物，没有他，我们接下来几个月的行动就不可能展开。

这一晚，就在这间老火车站改建的屋子里，我们这群十七岁到二十岁的年轻人积极地做着战斗的准备。刚刚还因为看到我的红色自行车而爆笑不已的雅克，现在的表情充满了忧虑。我很快就明白是为什么了。

又有人敲门。这次进来的是卡特琳娜。她长得很漂亮。从她与詹的对视中，我猜测他们是一对恋人。但这不现实。詹坐在桌子旁，一边为我们讲解方向盘的操作方法，一边解释说，地下抵抗运动的第一条准则就是不准谈恋爱。因为这太危险了，如果一方被捕，另一方很有可能为了拯救自己的爱人而泄露机密。"抵抗运动者必须满足的条件就是，互不相干。"詹嘴上这么说，实际上，他的命运已经与我们这里的每一个人紧紧相连了。弟弟什么也没听进去，他正对着查理做的煎蛋大快朵颐，我要是不上前阻止的话，他应该会把叉子也一并吞下去。盘子里的吃完了，弟弟的眼睛偷偷瞥向锅里。查理笑了笑，站起身来，又给他盛了一些。他做的煎蛋的确好吃，对于饥肠辘辘的我们来说，更是如此。他在火车站后面有一个菜园子，里面养了三只母鸡，还有几只兔子。园丁便是查理日常的身份。这一带的居民都很喜欢他，也不介意他那浓重的外国口音，因为他会常常送蔬菜给大家，而他的菜园无疑也是人们惨淡生活中的一抹亮色。

詹说起话来非常稳重。他只比我大一点点，但看上去成熟得多，冷静的外表让人不禁肃然起敬。他的话语总能让我们精神振奋，我仿佛可以看到他身边围绕着光环。他给我们讲了马塞尔·朗杰及兵团第一批成员完成的任务，听起来真是恐怖。马塞尔、詹、查理和何塞·里纳雷兹一年前就来到图卢兹加入战斗了。一年的时间里，他们往纳粹军官的晚宴上扔过手榴弹，点燃过一艘满载汽油的小艇，烧毁过一个德国货车车库……他们完成的任务多得一个晚上都说不完。詹用的字眼很恐怖，但语气异常柔和。这种温暖的感觉正是我们这群流离失所的孩子最需要的。

接着，詹不再讲话了，因为卡特琳娜从城里带来了兵团首领马塞尔的消息。他被关押在圣米迦勒监狱。

马塞尔被捕的过程听起来好像很简单。他是在圣阿涅火车站从一名女兵团成员手里取箱子时被抓住的。箱子里装有炸药和直径二十四毫米的防冻爆炸物。这些六十克重的炸药棒是在保里尔采石场工作的热情的西班牙童工们偷来的。

负责这次取箱行动的是何塞·里纳雷兹。他不同意让马塞尔爬上比利牛斯地区的城际列车去取东西，而是决定让女兵团成员和一名西班牙同伴带着箱子乘坐前往吕雄的列车，箱子的交接地点定在圣阿涅火车站。这座火车站很不起眼，它坐落在很偏僻的乡村一角，鲜有大量人群走动。马塞尔等在车站的栅栏后面。两名宪兵在来回巡逻，监视那些可能将食品运往黑市的乘客。女兵团成员下车时，眼神正好对上了一名宪兵的目光。她吓得立刻往后退了一步，这一举动引起了宪兵的注意。马塞尔知道她的箱子马上就要被搜查了。于是他大步走到了她前面，示意她走近栅栏，把箱子拿了过来，然后轻声命令她赶快逃走。可是宪兵把一切都看在了眼里，他快步追上了马塞尔。被问及箱子里装的是什么时，马塞尔一开始说自己没有钥匙，不知道里面是什么。但当宪兵让他跟自己走一趟的时候，他回答说这是给抵抗组织的东西，请务必让他通过。

宪兵没有相信他的话，把他押到了中央警察局。后来刊登出来的报道说，一名持六十根炸药棒的恐怖分子在圣阿涅火车站被逮捕。

这是一次很严重的事件。一名叫科西耶的警察接手了工作。接下来的几天里，马塞尔遭到严刑拷打，但他咬紧牙关，没有透露抵抗组织的任何信息。科西耶感觉这个人的身份不一般，于是前往里昂请示上级。法国警方和盖世太保最终掌握了他的情况：除了是一名持有炸药的外国人之外，马塞尔还是犹太人、共产党员。对他们来说，用恐怖分子的名义逮捕马塞尔，完全可以起到杀鸡儆猴的作用，让人们不敢再妄想进行什么抵抗行动。

马塞尔被图卢兹法院特殊案件法庭控告。代理检察长莱斯皮纳斯是个极右分子、狂热的反共派，对维希政府推崇备至，对贝当政府绝对忠诚。他无疑是当局最理想的执法者。在他的眼里，法律只是政府恣意妄为的遮羞布，可以罔顾任何切实的环境和证据。就这样，自大的莱斯皮纳斯很快做出判决：在法院前面将马塞尔斩首。

就在马塞尔被捕后，那名逃掉的女兵团成员迅速将情况通知了抵抗组织。队员们马上联系了阿纳尔，他是律师公会会长，也是最优秀的律师之一。对阿纳尔来说，真正的敌人是德国人，他非常愿意帮助这群因为奋起抵抗而遭到无礼对待的人。兵团虽然失去了马塞尔，却迎来了一个深受尊敬的、有影响力的人物。当卡特琳娜跟他谈到时薪时，他摇头拒绝了报酬。

1943年6月11日的早晨是恐怖的，尤其在每位兵团成员的记忆中。每个人都有各自不同的人生道路，但在某些时刻，命运会有交会之处。马塞尔待在牢房里，透过天窗可以感觉到新的一天的到来。今天他就要被审判了，他知道自己一定会被判死刑，因此不抱任何希望。在离牢房不远处的一所公寓里，年迈的阿纳尔律师正在整理辩护资料。清洁妇走进来问他要不要吃早餐，但在1943年6月11日的这天早上，阿纳尔一点饿的感觉都没有。此前的一整夜，代理检察长要求将马塞尔斩首的声音一直在他耳边环绕；他无数次从床上起身，写下一句又一句措辞激烈但无比正义的辩护词。他要打败他的对手——莱斯皮纳斯代理检察长。

就在阿纳尔反复斟酌辩词之时，可怕的莱斯皮纳斯正坐在他那奢华的饭厅里，一边看报纸，一边喝着妻子准备的咖啡。

此时的马塞尔也在牢房里喝着狱卒给的热饮。图卢兹法院特殊案件法庭的传票已经到他手上了。天窗外，太阳比刚才升得又高了一些。此刻的他，异常思念自己的妻子和女儿，她们远在山脉的另一头，住在西班牙的某个地方。

莱斯皮纳斯太太起身同丈夫吻别，她要出门去参加一场慈善聚会。代理检察长也穿上了外套，不停地在镜子面前打量着自己，一副自信满满的样子。所有陈词他都已经熟记于心。很矛盾吧？他不是没有心肝的吗？随后，一辆黑色雪铁龙载着没有心肝的代理检察长前往法院。

在城市的另一边，一名宪兵穿上了自己衣柜里最漂亮的衬衫。衬衫的颜色白得耀眼，领口异常挺括。正是他逮捕了马塞尔，今天他也被传唤出庭。年轻的宪兵卡巴纳克整了整自己的领带，手心里紧张得冒出了汗。他知道一会儿将有丑陋的事情发生，他知道的。如果再给他一次机会，他或许会放走那个提着黑色箱子的人。真正的敌人应该是德国鬼子，而不是像马塞尔那样的年轻人。但为了法国政府，为了自己的行政机构，他只能这么做。他只不过是机构中一个小小的零件，不能出半点差错。卡巴纳克很熟悉政府机构，父亲将它的组织构架和行事精神都告诉过他。每个周末，他都喜欢在父亲的车棚里检修自己的摩托车。他明白一个道理：如果机构中任何一个小部件出了问题，全局都会受到影响。怀着这样的信念，卡巴纳克紧了紧领带，走向了电车站。

黑色雪铁龙从电车轨道上飞驰而过。阿纳尔坐在电车后排的木长凳上，一遍又一遍地看着自己的辩词。偶尔，他会抬起头来略加思索，然后继续阅读。辩词虽然简洁紧凑，但面面俱到。法兰西的法院竟然会判一位爱国者死刑，实在令人难以想象。马塞尔是一个勇敢的人，从他第一次在监狱里看到马塞尔开始，他便对此坚信不疑。当时马塞尔的脸已经完全变了样，颧骨和脸颊上到处是被重拳击打过的痕迹，嘴唇发紫，而且肿得很厉害。阿纳尔很想知道在没有遭受这番血腥的迫害之前，马塞尔长什么样子。这帮畜生！他们居然这样对待为了我们的自由而努力奋战的人！马塞尔他们的目的，不是显而易见的吗？如果法院的人连这点都看不出来，他们真是瞎了狗眼！如果法院为了保全颜面硬要把马塞尔关上几天的话，还勉强说得过去。但是死刑，绝不可以！这将是法国全体法官的耻辱。伴着带有金属摩擦声的刹车，电车到达了法院站。阿纳尔对自己的辩护充满信心：他将与莱斯皮纳斯代理检察长正面交锋，他一定会赢得诉讼，挽救马塞尔这个年轻人的性命。他一边往前走，一边反复念叨着马塞尔·朗杰这个名字。

阿纳尔律师在法院走廊里前行的同时，被宪兵戴上了手铐的马塞尔正等候在一间小办公室里。

❖❖❖❖❖

审判过程禁止旁听。马塞尔站在被告席上，莱斯皮纳斯站起来开始陈述。他根本不屑于看马塞尔一眼，对自己要控诉的对象毫无兴趣。在他面前摆着的，不过是寥寥数页的记录，马塞尔的"滔天罪行"他早已背得滚瓜烂熟。我们的代理检察长首先向宪兵队致意，高度赞扬了他们面对恐怖分子时表现出的敏锐洞察力。然后，他向法院重申了自己的职责：遵守法律，并确保法律得到人们的广泛尊重。再然后，莱斯皮纳斯开始列举被告的罪状了。他那长长的受害者名单里全是德国人的名字。他表示，法国已经与德国签署了停战协议，而被告甚至连法国人都不是，当然没有任何权利质疑法国的国家权威。谈及可减轻罪行的情况时，他搬出了元帅的"名言警句"帮忙，并且总结说："元帅签订停战协议完全是为了整个国家民族的利益。这份功劳不是一个危险的恐怖分子可以否定的。"

检察长先生还不无幽默地说，马塞尔·朗杰所携带的可不是国庆日要燃放的烟花，而是试图摧毁德军设施的炸药，也就是说，他企图扰乱人民的安定生活。马塞尔微微一笑：国庆日的烟花表演，那是多么遥远的事情。

阿纳尔在辩护过程中反复提到了马塞尔的爱国情怀，希望为他赢得从轻发落的机会。但莱斯皮纳斯向法官指出，被告是一个无国籍的人，他将自己的妻子和年幼的女儿遗弃在西班牙，并且不顾自己原本的波兰人身份，作为一个外国人，在西班牙进行了一系列破坏活动；是我们法国向他敞开了宽容的怀抱，我们收留他并不是为了让他将混乱带进来。"一个没有祖国的人，怎么可能为了他所谓的爱国主义而行动呢？"在潇洒地完成了自己的指控后，好像生怕法官忘记了什么，莱斯皮纳斯紧接着宣读了控告所依据的法律条款，整个过程可谓一气呵成。最后，他终于转向了被告，第一次正视马塞尔的眼睛："您是外国人、共产党员和抵抗分子，仅凭这三条，我就可以要求法院判处您死刑。"于是，他面对法官，用平静的语气请求判处马塞尔·朗杰死刑。

阿纳尔律师脸色惨白地站起来，与此同时，完成发言的莱斯皮纳斯心满意足地回到了自己的位置。年迈的阿纳尔眼睛一直半闭着，下巴微微向外突出，双手紧握着放在嘴前。整个法院里一片寂静，记录员轻手轻脚地放下笔，连宪兵们都屏住了呼吸，每个人都想听听他要说什么。可是此时，阿纳尔一句话也说不出来，他只觉得一阵恶心。

很明显，他是这里最后一个知道真相的人。法律条文早已被篡改，法院在开庭前便已有了决定。早在监狱里时，马塞尔就对他说过，一切都已经安排好了，自己难逃一死。但当时的阿纳尔依然相信法律和正义，他还一直劝慰马塞尔，让他不要绝望，他一定会竭尽全力为他辩护，他坚信自己可以赢得这场诉讼。可是现在呢，他仿佛感到马塞尔在他身后悄声地说："您看到了吧，我早就说过了。但我不会怪您，因为我知道您无能为力。"

老律师举起了手臂，他的衣袖似乎在空中飘动着。深吸一口气之后，他做出了最后的辩护：当我们看到宪兵队在被告脸上留下的无数条惨不忍睹的疤痕时，怎么还能对他们的行为大唱赞歌？在您拿国庆日来开玩笑的时候，有没有想过我们早已被剥夺了庆祝自己祖国生日的权利？代理检察长先生，您对自己指控的这些外国人又到底真正了解多少？

自从在监狱里认识马塞尔，阿纳尔就发现，像他们这种所谓"无国籍的人"，对这个收容他们的国家是那么热爱，爱到甚至可以为了保卫它而牺牲自己。被告根本就不是代理检察长所说的那个样子。他是一个诚实而真挚的人，他深爱自己的妻子和女儿。他在西班牙并不是搞破坏，而是在为了全人类的自由和权利抗争。法国不也曾是个有人权的国家吗？判处马塞尔·朗杰死刑，就是掐灭我们走向美好世界的希望。

阿纳尔辩护了一个多小时，用尽了自己最后一丝力气，但他的声音并没有在这个死气沉沉的大厅里激起半点回音。1943年6月11日，无比悲伤的一天。判决下达了，马塞尔很快就会被送上断头台。当卡特琳娜在阿纳尔的办公室听到这个消息时，她双唇紧闭，悲痛欲绝。阿纳尔并没有放弃，他决定前往维希进行上诉。

❦

这一晚，在查理这间由小火车站改建的住所和车间里坐满了人。马塞尔被逮捕后，詹成了兵团的指挥官。卡特琳娜坐在他旁边。从他们互相交换的眼神里，我可以肯定他们是相爱的。但卡特琳娜的眼神里充满了哀伤，她用颤抖的双唇告诉了我们城里发生的一切。她让我们了解到，是一个法国代理检察长要求将马塞尔处决的。虽然不认识马塞尔，但我同所有围坐在桌边的伙伴一样，心情异常沉重。我的弟弟也是，现在的他，什么也吃不下去了。

詹在房间里踱来踱去。大家都不说话，等着他的决定。

"既然他们做得那么绝，我们就想办法整死莱斯皮纳斯，让他们不敢再做蠢事。否则这帮浑蛋会把所有逮捕的兵团成员都处死的。"

"阿纳尔在上诉的同时，我们就可以准备行动了。"雅克说。

"可准备工作需要很长时间。"查理用他那奇怪的口音小声说。

只有卡特琳娜能听懂他的话："那我们就这么等着，什么都不做吗？"

詹想了想，接着说：

"现在就要采取行动。他们要处决马塞尔，我们就先弄死他们当中的一个人再说。明天，我们先去袭击一名德国军官，然后趁乱发放讨伐法院的传单。"

我虽然没有什么政治斗争的经验，但脑袋里突然灵光一现，于是鼓起勇气说道：

"如果我们真的想让法院的人知道厉害，就应该先发传单，然后再袭击德国军官。"

"这样的话，德国军官们个个都会提高警惕，我们就很难得手了。你还有更好的主意吗？"埃米尔好像很不赞同我的想法。

"这个主意就很好啊，只要两边的行动错开几分钟进行，并且顺序正确就可以了。先袭击德国鬼子再发传单的话，我们会被看成卑鄙小人。在民众眼中，马塞尔是先经过审判，然后才被定罪的。

"我想《快报》肯定不会报道说，一位英勇的兵团成员被随意定罪了。他们会说，一名恐怖分子被法院判处死刑。那我们就按照他们那套来做吧，这样整座城市都会站到我们这一边的。"

埃米尔想打断我的话，但詹示意他让我继续说下去。我的理由相当充分，只要用合适的语言说给伙伴们听就行了。

"我们从明天早上开始就印传单，在上面写明，作为对马塞尔·朗杰判决的报复，抵抗组织将判处一名德国军官死刑，并且注明，处决行动将在当天下午执行。我负责去杀军官，你们同时四下发传单。人们马上就会知道传单上的信息，而军官被杀的新闻要隔天才会传开：只有第二天的报纸才有时间刊登头天发生的事情。这样的时间安排应该可以做到万无一失。"

詹向每个人征询了意见，最后，他的目光与我对上了。我知道他完全同意我的想法，只是当我提出自己去杀德国人时，他稍微显得有点惊讶。

不管怎么说，他没办法拒绝我的要求，因为这是我的想法，而且我也有了自己的自行车，已经是一名名副其实的兵团成员了。

詹看了看埃米尔、阿隆索和罗伯特，最后又看了一眼冲他点头的卡特琳娜。查理明白了他的意思，起身走到楼梯下方，取出一只装皮鞋的盒子，从里面拿出一把左轮手枪交给我：

"今晚你最好和弟弟一起睡在这里。"

詹走到我面前：

"你是射手。你，"他对着阿隆索说，"西班牙人，你负责放哨。你呢，小不点儿，负责在逃跑的路线上看好自行车。"

一切都布置妥当。詹和卡特琳娜在午夜时分离开了。我手里多了一把手枪和六颗子弹，弟弟在旁边缠着我，说要看看枪到底是怎么用的。阿隆索问我詹是怎么知道他是西班牙人的，他明明一句话都没有说过。我耸了耸肩回答说："那他是怎么知道我是射手的？"虽然没回答他的问题，但阿隆索不再说话了，因为显然我的问题比他的难得多。

这晚，我们第一次睡在查理的饭厅里。躺下的时候虽然已经筋疲力尽，但我的胸中充满一种神圣的力量。弟弟的头一直粘在我身上，自从离开父母，他就养成了这个坏毛病。更糟糕的是，手枪放在我左上方的衣袋里，虽然里面没装子弹，但我还是怕自己会在半梦半醒中把弟弟的脑袋打开花。

等所有人都进入梦乡以后，我爬起来，踮着脚走到了屋子后面的花园。查理在花园里养了一只憨态可掬的狗。

之所以会想到它，是因为这天晚上我非常需要它热情的亲吻。我坐在晾衣绳下面的椅子上，望着天空，从口袋里掏出了手枪。那只狗跑过来不停地嗅着枪管。我一边摸着它的头，一边告诉它，它是唯一在我还活着的时候就能闻到我枪管的动物。和它说话的同时，我的心情也开始慢慢平静下来。

就这样，在某个傍晚，我偷了两辆自行车，然后加入了抵抗组织。听着弟弟鼻中发出的呼吸声，我慢慢回过神来：我的名字叫让诺，马塞尔·朗杰兵团中的一员，在未来的日子里，我将会炸飞火车、捣毁电线杆、破坏飞机引擎和机翼。

我和伙伴们骑着自行车就能干掉德国鬼子，没人比我们更厉害了。

无可挽回的失去

马塞尔，我们永远都不会忘记你。请你读一读我们的信吧，我们只想对你说，只有真正迎来自由的那一天，你才会知道自己的牺牲是多么值得。

鲍里斯来叫我们起床时，天刚蒙蒙亮。我的胃里一阵痉挛，但是没办法，在这里是没有早饭吃的，更何况今天还有重要的任务要完成。我想，紧张的感觉要远远多过饥饿吧。鲍里斯坐到桌子旁边，查理已经开始工作了：我的红自行车就在眼前被重新改造了一番。把手上的皮被扒了下来，变成了一边红色一边蓝色的怪模样。我不得不接受这个事实，自行车漂不漂亮并不重要，关键是不能被认出是偷的。就在查理检查车的换速叉时，鲍里斯把我拉到跟前：

"计划有点调整。詹不想让你们三个新手单独去完成任务。万一出现紧急情况的话，有个经验丰富的人在身边是很重要的。"

我不知道这是不是表示兵团对我还没有足够的信任，但我选择沉默，听鲍里斯继续说下去：

"你弟弟就待在家里，不去了。我陪你一起去，负责带你逃跑。现在，好好听清楚我的话：任务的开展是有步骤的，袭击敌人需要严格按照我告诉你的方法进行。你在听我说吗？"

我点了点头：鲍里斯一定察觉到我刚刚有点走神。我在想弟弟，他要是知道自己被排除在这次行动之外的话，一定会不高兴。其实我倒是安心了不少，因为他不用跟我去冒险了，可以安全地待在这里等我回来。

更让我安心的是，鲍里斯是医学专业三年级的学生，所以要是我在行动中受了伤，他或许有办法救我。当然，这个想法其实很蠢。因为在真实的行动当中，受伤根本不算什么，被逮捕或者直接被干掉才是最常见的事情。

说这么多，只是想承认我确实在鲍里斯说话时走神了。不过我一直就是个喜欢胡思乱想的人，以前在学校的时候老师就说过，不专心是我性格的一部分。当然，说这话的时候，我还没从高中会考的考场被赶回家：由于我那犹太人的姓氏，会考变成了一件不可能的事。

好了，言归正传。我得好好听鲍里斯的指示，要是连怎么行动都搞不清楚的话，他们肯定不会再给我任务了。

"你在听我说吗？"

"当然，当然。"

"在你确定好袭击目标之后，首先要做的事情，就是检查手枪的保险卡槽有没有打开。已经有好几次这样的情况了，有人在开枪时以为哑火了，其实是忘了打开保险卡槽。"

我觉得连这个都要提醒，实在是细致得过了头。但是，当人在极度恐惧的时候，手脚的确会变得不利索。我不敢打断鲍里斯，必须专心致志地听他讲下去：

"袭击的目标一定要是军官，不能只是个小小的士兵，明白吗？要在合适的距离开枪，不能太近，也不能太远。我负责周边的一切，你只管靠近目标，然后开枪。数清楚自己开了多少枪，记得要留一颗子弹在弹夹内，逃跑的时候可能用得上。我会在逃跑过程中掩护你，所以你只管射杀目标就可以了。如果有人来捣乱，我会确保你的安全。不管发生什么事，千万不要回头。你开完枪后就径直往前走，明白了吗？"

我想说明白了，但口太干，舌头被粘住了，所以什么声音也没发出来。鲍里斯认为我已经懂了，于是继续说下去：

"到远一点的地方之后，你放慢速度，若无其事地骑着自行车转悠。你要见机行事，多转几圈。一定要留意四周，如果发现有人跟踪，绝不能把他带到你的准确住址。你就沿着河边慢慢地骑，不时停下来看看四周是不是有见过不止一次的陌生面孔。不要相信什么巧合，在我们的世界里，永远没有巧合的事情出现。只有等你完全确定周围安全以后，才能往回走。"

鲍里斯的话我一字一句都记在了心里，但还有一件最重要的事情他没有教我：那就是怎么朝着一个人开枪。

查理推着改装好的自行车进来了。正如他所说，最重要的是保证脚踏板和车链的安全。鲍里斯示意我们该出发了。克劳德还在睡觉，我在想该不该把他叫起来。万一我发生了什么意外，他可能会恨我，恨我在死之前甚至都没有同他道别。不过最终我还是让他继续睡了，因为他一醒来就会吵着吃东西，而现在我们什么吃的都没有。多睡一个小时，我们就可以少挨一个小时饿。我问鲍里斯为什么埃米尔不和我们一起去。"算了吧！"

昨晚他的自行车被偷了。这个笨蛋居然把自行车放在楼道里不上锁。而且这辆自行车外形很漂亮，也有皮的把手，就跟我的那辆一模一样。我们去执行任务的时候，他得再去偷一辆。鲍里斯还跟我说，埃米尔因为这件事情气得要死！

· ❊ ·

整个行动差不多就是按照鲍里斯安排的那样进行的。被我们锁定的那个德国军官从街道旁的楼梯走下来。他正准备去公共小便池（vespasienne）上厕所。Vespasienne是用来称呼城里那种绿色的小便池的。因为外形的关系，我们一般都叫它"茶杯"。由于这种小便池是由一位叫韦斯巴芗❶的罗马皇帝发明的，于是就有了这个名字。你看，要是不在1941年6月因为自己犹太人的身份被赶出考场的话，我应该可以顺利通过高中会考的。

鲍里斯示意我可以采取行动了。这的确是一个非常理想的地点：街边的一处小角落，周围一个人都没有。德国军官一点也没对我产生怀疑，我只不过是一个刚巧也想上厕所的人而已。比起他那身漂亮的绿制服，我的打扮只能用衣衫褴褛来形容。小便池分为两个隔间，我站在他旁边撒尿是不会引起任何人注意的。

我会用光所有子弹（当然，按照鲍里斯的指示，我要留一颗在枪里）

❶韦斯巴芗（9—79），古罗马帝国皇帝，英语名为Vespasian。

将身旁的这个德国人杀死。我小心翼翼地取下了保险卡槽，突然有一个念头闪过脑海：我加入的是高尚的抵抗组织，怎么可以在这么不光彩的地方，趁别人正在方便的时候干掉对方呢？

没办法去问鲍里斯，因为他正推着两辆自行车在楼梯上面等我呢。此刻，我必须自己想清楚，自己做决定。

我没有选择在这个时候开枪，我不能接受自己以这样的方式打倒第一个敌人。在别人撒尿的时候下手，这算什么英雄。我知道，如果我把这种想法告诉鲍里斯，他一定会回答说，眼前的敌人是凶残的，当他们的军队向儿童扫射时，当他们在死亡集中营里恣意妄为时，何曾有过半点犹豫和怜悯。事实的确如此。但在我的想象中，即使自己成不了皇家空军的飞行员，至少也要用同样高尚的方式采取行动。我要等这个军官离开小便池后再动手。他在转身时给了我一个浅浅的微笑，我则跟着他走上楼梯。小便池位于一处死角，回去的路只有一条。

这么久还没听到枪声，鲍里斯一定在想我到底怎么了。军官不停地往前走着，从背后向他开枪也不是我愿意干的事。要让他回过头来，只能叫住他。但我会的德语单词少得可怜，只有两个词："是的"和"不是"❶。也没其他办法了，再拖下去，他就要回到大街上去，任务就泡汤了。我得让自己等到最后一刻才开枪的行为看上去并不是那么蠢。于是我鼓起勇气，扯开嗓子喊了一声："是的。"❷那个军官听到了我的话，立刻转过身来。我抓住机会向他的胸膛——也就是他的正面——连开了五

❶❷此处原文为德语。

枪。接下来的事情，我都按照鲍里斯交代的去做了。我把枪插进皮带里，以自己都算不清楚的速度朝楼梯上方冲去。

我飞快地骑上自行车，但枪掉到了地上。就在我打算下地捡枪时，只听见鲍里斯冲我大喊："快跑！别管它！"人群已经开始向开枪的地方拥来，我赶紧踩上自行车，疾驰而去。

在逃跑的路上，我一边骑一边想着自己丢掉的枪。兵团的武器是很有限的。我们和抗德游击队不同，他们可以获得伦敦空投的武器。我觉得其实这样很不公平。那些抗德游击队的人并没有做什么大事，他们只是把收到的武器藏起来，等到以后盟军登陆时再用。可登陆还是遥遥无期的事情。对我们来说，获得武器的唯一办法就是从敌人那里夺取，有时还要冒相当大的风险。可是我呢，我不但没有把那个德国军官的枪拿过来，还丢掉了自己的。一路上我都为这件事情自责，甚至都忘了自己其实已经按照鲍里斯的要求完成了任务：德国军官已经被干掉了。

❈❖❈

回到住处后不久，我听到有人敲门的声音。克劳德躺在垫子上，两眼直直地望着天花板，好像什么都没听见一样。不知道的人，还以为他在听音乐。整个房间静悄悄的，我知道他是在生我的气。

为安全起见，鲍里斯先走到窗边，轻轻地掀开窗帘一角往外看了看。街上很安静。我开了门，罗伯特走了进来。他的真名叫罗朗兹，我们一般都叫他罗伯特，有时也管他叫"长命鬼"。这个外号一点贬义都没有，只是因为在他身上汇集了太多可以令他长命的优点。首先，他的命中率非常高，在兵团里他的差错率几乎为零，没人会愿意被他瞄准的。因为武器短缺，我们在每次完成任务后都要把枪上交给兵团统一管理，但詹却允许罗伯特长期持枪。兵团里还有一件看上去挺奇怪的事，那就是每人都有一周的行动计划，上面会明确写出在某某隧道炸毁吊车、在某处烧掉军用卡车、在哪里制造火车脱轨、突袭某个敌军驻地等等，长长的一堆计划。而且在未来的几个月里，詹对行动的安排越来越密集，我们几乎没有一天不绷紧神经的。

人们常说射术高超的人通常性格激进，有时甚至令人憎恶，但罗伯特完全不是这样。他为人冷静、稳重，很受大家的喜爱。他对朋友很热情，总能说出一些令人温暖的话，这在战乱时期是多么难能可贵啊。而且，跟罗伯特一起执行任务总是能让人安心，他会为伙伴们做最好的掩护，保证把大家安全地带回来。

有一次，我在贞德广场的一家小酒馆里碰到了罗伯特。我们常去那里吃一种长得像小扁豆的、用来喂牲口的野豌豆。人饿的时候真是什么都敢吃啊！

罗伯特正在和索菲一起吃饭。从他们的眼神中，我也同样可以断定他们是相爱的。但正如詹所说的那样，在抵抗分子之间是不能有爱情的，因为这样太危险了。每当我想到许多伙伴在他们行动的前夜可能曾后悔遵从了这条规定时，就感到一阵阵心痛。

晚上，罗伯特坐在床头。克劳德还是一动不动，我想是该找个时间和他谈一谈了。罗伯特并没有感觉到我们兄弟间的异常，他伸出手来祝贺我顺利完成任务。我握着他的手，一句话也没说，因为我此刻心中的感受相当复杂。大概这就是老师们所说的，是我的天性使然吧，我总会陷入某种沉思中，而对眼前发生的事情有些茫然。

就在罗伯特与我握手的同时，我正想着：加入抵抗组织时，我一共有三个愿望——去伦敦加入戴高乐将军的队伍，进入皇家空军，在自己死之前干掉一个敌人。

在前两个愿望显得遥不可及的时候，成功地实现第三个愿望也应该足以让我欣喜。更何况我是在自己还没死的情况下，就杀死了一个德国人。事实上，我一点也高兴不起来。想到那个德国军官是在毫无准备的前提下被杀死的，而且倒地时眼睛看着的竟是街角的公共小便池，这一切都让我觉得难堪。

鲍里斯冲我咳嗽了两声：罗伯特不是要跟我握手——当然，像他这么热情的人应该也不会拒绝与我握手——其实他是想伸手要回他的枪。我丢掉的那支枪是他的！

我不知道原来詹因为怕我在射击和逃跑方面经验不足，还安排了罗伯特在远处保护我。正如我刚才所说的，罗伯特总是能安全地将同伴带回家。更让我感动的是，他昨晚把自己的枪给了查理，让查理转交给我。而我居然当时只顾着吃煎蛋，一点都没有留意到他的举动。他在保护我和鲍里斯的同时，竟然还慷慨地把自己那把永远不会出故障的枪给了我。

不过罗伯特应该没有看到行动最后阶段的情形，所以不知道他那把发烫的枪从我的皮带里滑出，掉到了地上，而鲍里斯又命令我赶紧骑车逃跑。

就在罗伯特伸着手看我的同时，鲍里斯站了起来，打开了房间里唯一一件家具的抽屉。他从里面拿出了我掉在楼梯上的那把手枪，然后默不作声地还给了它的主人。

于是我一边看着罗伯特把枪插到正确的位置，一边学习怎么将枪管放进皮带而不会烫伤大腿内侧，更不至于让它滑落。

·❀❀❀·

詹对我们的表现很满意，我们从此被兵团接纳了。新的任务等着我们去完成。

前一阵子，詹和一个游击队的人喝过一次酒。那人在几杯酒下肚后告诉了詹一个秘密，那就是在一个农场里储存着英国空投来的一些武器。我们兵团的人每天都觉得武器不够用，而他们却把大量的武器放在一边，只为了等待那遥遥无期的盟军登陆，这实在是太奇怪了。所以，詹决定将这些武器拿过来为兵团所用。为了避免不必要的混乱和错误，我们决定赤手空拳地前往农场。虽说游击队和我们兵团之间多少有点矛盾，但大家毕竟都是抵抗者，绝对不能互相残杀。因此，行动的首要原则便是：拒绝武力。万一被对方发现了什么的话，我们一逃了之就是了。

这次行动必须周密计划才行。不过，要是一切都按詹设想的那样毫无困难地实现了的话，我想游击队员在向伦敦汇报情况时，一定会被骂成一群连战备物资都守不住的蠢货。

在罗伯特讲解任务如何执行时，我的弟弟装作一副毫不在意的样子。

但我可以看出，他其实是在很仔细地听每一个字。我们要先到达这个位于城市西边几公里远的农场，告诉那里的人是路易派我们来的，德国人已经开始怀疑藏东西的地方，所以要赶紧将物品运走，我们就是来帮忙搬东西的。农夫们会将存放在他们那里的几箱手榴弹和冲锋枪交给我们。然后我们得迅速将箱子放进挂在自行车旁的小拖车上，溜之大吉。

"整个行动需要六个人。"罗伯特说道。

我就知道克劳德根本没睡着。他听完罗伯特的话之后，噌的一下从床上爬了起来，还故意做得像午觉刚刚睡醒的样子。

于是罗伯特问他："你想参加吗？"

"是的。我已经有了偷自行车的经验，因此我觉得自己完全可以胜任偷武器的工作。这种类型的任务你们应该自然而然地想到我，因为我看上去就像小偷。"

"恰恰相反，正是由于你看上去是个非常诚实的孩子，所以你才可以胜任，因为没有人怀疑你。"

我不知道克劳德是把这样的评价看作一种赞扬，还是仅仅因为罗伯特直接跟他说话而感到高兴。总之，他终于有了一种不被忽视的感觉，我甚至看到他在微笑。是啊，得到承认，哪怕只是微不足道的肯定，对一个人来说，都是莫大的精神慰藉。相反，被身边的人忽视则是一种常人难以想象的折磨，因为这会让人没有了存在感。

这种感觉对于我们这些隐姓埋名的地下工作者来说更为可贵。我们兵团所有的成员聚在一起，就像一个家庭、一个小社会一样，只有这样，我们才会有存在感。认同感与存在感对我们每个人都非常重要。

克劳德说："我要加入。"加上罗伯特、鲍里斯、阿隆索、埃米尔和我，六人行动小组成立了。

我们六个人首先要做的事情，是尽快去鲁贝尔找查理为自行车装上小拖车。查理建议我们一个一个去，这倒不是因为他的工作间很小，而是怕一大伙人推着小拖车会引起邻居的注意。于是我们几个约好六点在村口碰头。

❈❈❈❈❈

克劳德走在最前面。他按照詹从游击队员那里听来的接头暗号，一字不差地对农夫说：

"我们是从路易那里来的。他让我告诉你们，今天晚上就要'退潮'了。"

"那就捕不了鱼了。"那人回答说。

克劳德并没有接茬，而是赶紧继续说：

"盖世太保就快搜来了，必须马上转移武器！"

"真是太可恶了！"农夫骂了一句。

他看了一眼我们的自行车，问道："你们的卡车呢？"克劳德没明白他的意思。老实说，我们谁也不明白他在说什么。好在克劳德没有慌乱，立刻回答他说："卡车就在后面，我们先过来安排一下。"于是农夫带我们来到了他的谷仓里。在一垛垛数米高的干草堆后面，我们发现了"阿里巴巴的宝藏"：地上放着一排排装满手榴弹、迫击炮、冲锋枪、弹药、绳索、炸药、步枪等各种武器的箱子。

这个时候，我脑子里想着两件同等重要的事情。首先，我对盟军登陆所需的准备工作的理解可能需要修正一下了。眼前的这些储备，可能只是沧海一粟而已，应该还有大量武器隐藏于法国的各个角落——登陆应该是抵抗运动的头等大事。其次，我发觉现在自己正在和同伴们一起偷游击队的武器，而他们可能在未来因为缺少了这些东西而功败垂成。

当然，我的这些想法不能告诉这次行动的领导罗伯特。这倒不是因为怕被他看不起，而是在仔细思考之后，我发现就凭我们这六辆小自行车是不可能令游击队蒙受多大损失的。

再蹩脚的枪支在我们兵团内都是宝贵的，再联想到农夫那句出于好意的"你们的卡车呢"，你可以想象一下我面对这些武器时的感受，就像我弟弟看着一桌子金黄香脆的薯条却犯恶心。

罗伯特命令我们一边"等卡车"，一边将武器往自行车上搬。我们这才收起刚才看到这么多武器时的激动情绪，行动起来。就在这时，农夫又问了一个让我们目瞪口呆的问题：

"那两个俄罗斯人怎么办？"

"什么俄罗斯人？"罗伯特问。

"路易没跟你们提过？"

"那要看你指的是什么事情了。"克劳德赶紧插进来补救。

"有两个从大西洋壁垒❶战俘营逃出来的俄罗斯人藏在我们这里，得

❶第二次世界大战期间，纳粹德国用来防御西线的军事设施。

赶快想个办法，否则他们会被盖世太保抓走然后枪毙的。"

农夫的这番话让我们很震惊。我们为了偷武器而编的谎言一定会令那两个本来就处于恐惧中的俄罗斯人更为不安。而且，这个农夫时刻都考虑着别人的安危，根本就没有想过自己是否会遭遇危险。在这样一个充满白色恐怖的时代里，好人还是无处不在的，农夫也是其中之一。

罗伯特建议让两个俄罗斯人在树丛里躲一晚。农夫本来打算请我们派一个人去跟他们解释，因为他很难用俄语交流。但他对我们仍存有戒心，最后还是决定自己去跟他们说。在他出去找俄罗斯人的时候，我们马不停蹄地往小拖车里装武器。埃米尔还拿了两包我们根本就用不上的弹药，因为兵团里没有相应口径的手枪。不过没关系，查理会想办法解决的。

我们就这样骑上自行车飞快地向查理的工作间奔去，带着一丝愧疚，把善良的农夫和两个俄罗斯人抛在了身后。

进入市区后，阿隆索的自行车陷进了一个小坑里，车里的一袋子弹被抖到地上。路人们都停了下来，吃惊地看着撒了一地的子弹。两名工人走到阿隆索身边，弯下身帮他捡起子弹，放回小拖车里，然后一声不吭地走了。

查理接过我们的东西，把它们一一放到安全的地方。我们一起围坐在饭厅里，查理向我们露出了最灿烂的微笑，用他那独一无二的口音说道："干得漂亮！有了这些武器，我们至少可以展开一百次行动！"

❧──✿──❧

在我们一次接一次的行动中，6月悄悄地接近了尾声。一辆辆起重机被我们的炸药炸得面目全非，一列列火车在被我们改了道的铁路上脱轨，德国鬼子经过的马路上被我们横上了一根根高压电线杆。月中的时候，雅克和罗伯特还成功地在德军的战地宪兵营内安放了三颗炸弹，炸得他们鸡飞狗跳。这下地区警察局也跟着着急了，他们向民众发出了一张恶心的告示，让每个人都来揭发可疑的恐怖分子。在图卢兹地区，法国警察局局长颁布的这份告示里赫然写道：那些自诩为"抵抗分子"的人，都是破坏法国公共秩序及法国人民幸福生活的不安定因素。是的，我们就是不安定因素，才不管警察局的人怎么想呢。

今天我和埃米尔在查理那里领到了一些手榴弹。这次给我们的任务是去炸毁德国国防军的一处电话交换站。

到达目的地后，埃米尔指了指要瞄准的窗户，在他的一声令下，我们一起把手榴弹扔了出去。我看着它们在空中画出一道完美的弧线，时间仿佛凝固了一般。紧接着，传来了玻璃破碎的声音，我甚至感觉自己听到了手榴弹在地板上滚动声，还有德国人四下逃窜的脚步声。这样的行动至少得有两个人一起完成，一个人成功的概率太渺茫了。

德国人的电话交换站一时半会儿是很难再建起来了，但我一点也高兴不起来，因为克劳德必须搬出去一个人住了。

克劳德现在已经被兵团接纳了，詹认为我们俩住在一起太危险，也不符合组织的安全规定。每个兵团成员都必须单独居住，要是同住的话，万一其中一个被捕了，很有可能将室友也供出来。就这样，弟弟走了，此后的每个晚上，我都会因为思念他而难以入睡。他是否被派去参加破坏行动，我也无从知晓。我躺在床上，双手枕在脑后，努力想睡着，却总也不能如愿。陪伴在我左右的只有孤独和饥饿。肚子的叫声有时甚至大到足以打破周遭的寂静。为了转移注意力，我把目光集中在天花板下面吊着的灯泡上。过了一会儿，灯光在我英式战斗机的玻璃上渐渐散开。我驾驶的是皇家空军的"喷火"战斗机。我正在英吉利海峡上空飞行，稍微倾斜一点，便能看到机翼边那一朵朵飘往英国方向的白云。弟弟的飞机在离我几米处的地方轰鸣，我看了一眼他的引擎，还好没有冒烟。海岸线上陡峭的山崖已经出现在我们眼前。我感到风涌入了驾驶舱，直往裤腿里钻。飞机一停稳，我们便冲向了坐满军官的军用食堂……德国人的卡车从窗前开过，轰隆隆的噪声将我拉回了冷清的房间。

最后，我终于克服了饥饿感，也不再理会德国卡车的声音，起身关掉灯。黑暗中我对自己说，绝对不能放弃，就算死亡就在眼前，也不能放弃。很早以前我就以为自己会死，但现在不是活得好好的吗，谁知道以后会怎么样？也许最后证明雅克是对的，春天总有一天会到来。

❈❈❈

鲍里斯一大清早就来找我，我们要一起去完成一项新任务。就在我们前往鲁贝尔取武器的时候，阿纳尔律师抵达了维希，准备为马塞尔上诉。犯罪与特赦部的部长接见了他。部长的权力非同一般，他自己也很会利用。他听着阿纳尔律师的陈述，脑子里却在想着另一码事：周末就快到了，到底要怎么过呢，情人会不会在特地帮她预订的餐厅里吃完晚餐后给他一个热情的拥吻呢？我们的部长大人飞快地浏览了阿纳尔递上来的文件：事实已经白纸黑字地写出来了，就是这么严重，判决是正确的，并没有过于严苛；法官们没有错，他们都是依法办事的，没有什么好批评的。虽然他已经给出了自己的意见，但阿纳尔坚决要求上诉，于是他只好同意将问题放到特赦委员会里讨论。

在晚些时候的委员会会议上，部长反复向他的部下们强调马塞尔是个外国人，是个恐怖分子。于是，在年迈的阿纳尔律师准备离开维希时，委员会拒绝了特赦马塞尔的请求。阿纳尔登上了返回图卢兹的列车，一份官方文件同时被送到了掌玺大臣手上，随即被摆到了贝当元帅的办公桌上。元帅在判决结果上签了字，文件生效了，马塞尔将被斩首。

❈

1943年7月15日，我和鲍里斯捣毁了位于卡尔默广场上的"通敌联络处"领导办公室。两天后，鲍里斯成功地干掉了一个叫鲁热的人，此人是个大叛徒，是盖世太保最重要的眼线之一。

❈

莱斯皮纳斯代理检察长走出法院准备去吃午饭时，心情好得不得了。官方文件已经送到他这里。元帅签过字的拒绝赦免书和对马塞尔执行死刑的命令现在就摆在他的办公桌上。他早上花了好几分钟仔细欣赏这张巴掌大的纸片：这可是来自国家最高层的褒奖啊。当然，这并不是我们的代理检察长第一次获得殊荣了。早在上小学的时候，他就年年因为自己的勤奋刻苦而得到老师的器重和嘉奖了。莱斯皮纳斯轻叹了一声，拿起放在办公桌皮制垫板上的陶瓷小摆设把玩起来。过了一会儿，他收起元帅签字的文件，摆回小玩意儿：这件事情已经告一段落，应该集中精神撰写自己下次会议的演讲稿了。不过没多久，他的目光又落到自己的记事本上。翻开记事本，一天、两天、三天、四天，对，就记在这里。这一页的安排已经很满了，要不要把"处决朗杰"写在"与阿芒德共进午餐"前面呢？犹豫一番后，他画上了一个十字，合上记事本，继续起草演讲稿。没写几行，他又停了下来，再次瞟了一眼处决文件，然后打开刚才的记事本，在十字前面加上了一个"5"。朗杰应该在那天五点整被带到圣米迦勒监狱门前，接受处决。莱斯皮纳斯终于收起了记事本，接着把镀金的裁纸刀和钢笔摆放整齐。午饭时间到了，他今天的胃口应该很不错。他起身理了理裤子上的褶皱，走出了办公室。

在城市的另一头，阿纳尔律师的办公桌上也摆着同样的一份文件。清洁妇走了进来。阿纳尔抬头望着她，一句话也说不出来。

"先生，您在哭吗？"清洁妇轻声问道。

阿纳尔弯下腰往纸篓里呕吐。他全身都在发抖。年迈的清洁妇玛尔特一时不知所措，但她很快回过神来：她有三个孩子、两个孙子，对呕吐物她早已见怪不怪了。她走近阿纳尔，摸了摸他的额头，轻轻地搀扶着他。然后，她递给他一块白色的棉质手帕。阿纳尔擦干净嘴巴之后，目光再次回到了处决文件上。看着文件上的字句，这一次，玛尔特的眼睛里也噙满了泪水。

✦❖✦

晚上，我们在查理家碰头。詹、卡特琳娜、鲍里斯、埃米尔、克劳德、阿隆索、斯蒂芬、雅克、罗伯特和我在地上围坐成一圈。大家传阅着一张信纸，想写点什么，却又找不到合适的话语。谁曾给一位将死的朋友写过信？"我们永远都不会忘记你。"卡特琳娜轻声说着。这也是我们每个人的心声。如果我们最终获得了解放，哪怕我们当中只有一个人得以幸存，他也绝对不会忘记马塞尔。总有一天，人人都会知道马塞尔的名字。詹提笔记下了我们想说的话，并且将它们写成意第绪语，那些即将把马塞尔送上断头台的守卫就没办法读懂了。卡特琳娜接过詹写好的信，把它放进自己的上衣里。明天，她会把这封信交给主持马塞尔死前宗教仪式的犹太长老。

马塞尔不一定能读到我们的信。他不信上帝，所以可能会拒绝宗教仪式。但我们只能姑且一试，在这无限悲凉的日子里，任何一点机会都不能放过。马塞尔，请你读一读我们的信吧，我们只想对你说，只有真正迎来自由的那一天，你才会知道自己的牺牲是多么值得。

✦❖✦

l943年7月23日清晨五点。空气中透着悲凉。在圣米迦勒监狱的办公室里，莱斯皮纳斯同法官、监狱长和两名刽子手正喝着东西。身着黑衣的先生们人手一杯咖啡，待会儿要上断头台做事情的人选择了干白。莱斯皮纳斯不停地看着表，时针终于走到"5"的位置了："时间到了，去通知阿纳尔律师。"阿纳尔不想跟他们混在一起，一个人静静地在院子里待着。看到这帮人都出来以后，他朝守卫做了个手势，然后自己大步走到最前面，把他们远远地抛在身后。

铃声还没有响，但所有的囚犯都已经起来了。他们知道他们当中的一个今天将会被处决。一时间，各国语言发出的议论声响遍整个监狱：西班牙语、法语、意大利语、匈牙利语、波兰语、捷克语、罗马尼亚语，各种口音混杂在一起，叫嚷着相同的主题。《马赛曲》在每一间牢房里响起。

阿纳尔走进牢房。马塞尔睁开眼睛，看了看窗外暗红色的天空，立刻明白了将会发生什么。阿纳尔扶着他的双肩，马塞尔又一次看了眼天空，微笑着。马塞尔轻声在老律师耳边说道："我热爱生命。"

接着理发师走了进来，他要把犯人的颈部刮干净。剪刀在空中飞舞着，一缕缕头发飘落到地上。莱斯皮纳斯一行人继续往前走，走廊里的音乐已经由《马赛曲》转为了《游击队员之歌》。马塞尔在楼梯上停了下来，他转过身，慢慢地举起拳头，大声喊道："永别了，战友们！"整个监狱陷入了短暂的沉默中，然后狱友们齐声应和："永别了战友！法兰西万岁！"《马赛曲》再次响起，马塞尔却已消失在大家的视线里。

　　头戴礼帽的阿纳尔与身着白衬衣的马塞尔肩并着肩，向着那无法逃避的命运走去。从背后看去，人们很难知道是谁在搀扶着谁。带头的守卫从口袋里拿出一包高卢牌香烟。马塞尔接过了一支，火柴在噼啪作响，火光照亮了他的下半张脸。几个烟圈从他嘴里吐出，接着大家继续往前走。走到通往院子的门前，监狱长问他想不想要一杯朗姆酒。马塞尔瞟了一眼莱斯皮纳斯，摇了摇头："把酒给这位先生吧，他比我更需要。"

　　紧接着，马塞尔把烟扔到地上，示意自己已经准备好了。

　　长老走了过来，但马塞尔笑着说自己不要任何仪式：

　　"谢谢您，长老，可我不相信您那里有更美好的世界，只有人类自己才能为自己和后代创造出这样的世界。"

　　长老很清楚马塞尔不需要他的帮助，但他没有忘记自己的另外一项使命。时间紧迫，他迅速挤开莱斯皮纳斯，把一本书交到马塞尔手上，用意第绪语轻声说："里面有给你的东西。"

　　马塞尔迟疑着打开书翻阅起来。他找到了詹亲笔写的那封信，从右到左一行一行地扫了过去。然后他合上书，还给了长老：

　　"告诉他们，我非常感谢他们，而且绝对相信他们能取得最后的胜利。"

　　五点十五分，门打开了，人们来到了圣米迦勒监狱最阴森的角落。断头台在右面。刽子手们把它放在这里，是为了让犯人在最后时刻才看到它。在瞭望台上，德国哨兵们嬉笑地看着眼前的表演，其中一个还不无讽刺地说："法国人真是奇怪，他们的敌人难道不应该是我们吗？"

其他人笑着耸了耸肩，为了看得更清楚些，他们都往前趴了一点。马塞尔走上断头台，他最后一次转身，冲着莱斯皮纳斯说："我的血会溅到你的脸上！"他笑着加了一句："我是为了法国和全人类更美好的明天而死的！"

不需要任何帮助，马塞尔自己趴到了铡刀下。刀起头落。阿纳尔屏住了呼吸，眼睛死死地盯着飘满薄云的天空。在他脚下，院子里的石子路已被鲜血染红。在马塞尔的尸体被装进棺材的同时，刽子手们已经开始清洗他们的工具了。

阿纳尔陪伴着朋友直到生命的最后一刻。他走到了灵车前面，监狱门打开了，灵车开始缓缓前行。在街道的转角处，由于太过悲痛，他甚至连人群中的卡特琳娜都没有认出来。

卡特琳娜和玛丽安娜躲在门洞后望着监狱的队伍。马车的声音越来越远。拘留所门口贴出了行刑的告示，一切都结束了。她们面色苍白地从门洞后走出来，来到了街道上。玛丽安娜用手帕捂住嘴，拼命压抑着恶心与悲痛。快到七点的时候，她们才到达查理家与我们会合。雅克紧握双拳，一句话也说不出来。鲍里斯用指尖在木桌上画着圈圈。克劳德靠墙坐着，默默地看着我。

"今天必须干掉一个敌人。"詹说。

"一点准备都不做？"卡特琳娜问道。

"我同意。"鲍里斯说。

❧❦❧

夏日的晚上八点，外面还跟大白天一样。人们在路旁散步，享受着难得的平静。咖啡馆的露天的平台上坐满了人，一对对情侣在街角深情拥吻。置身人群中的鲍里斯跟普通的年轻人一模一样，看上去丝毫没有威胁性。但他那只插在衣服口袋里的手正握着枪。他要干掉一名高级别的德国军官，为马塞尔报仇。可一个小时过去了，路上只看到小水手在周围晃荡，这种年轻的小喽啰根本就不值一杀。于是他穿过拉法耶特广场，走过阿尔萨斯街，开始在埃斯基罗尔广场上闲逛。广场一角传来了街头乐团的演奏声，鲍里斯朝着音乐的方向走去。

一支德国乐队正在小雨棚下表演。他找了把椅子坐下来，闭上双眼，想让自己的内心平静下来：绝对不能空手而归，绝对不能让伙伴们失望。虽然这样的报复远远不足以补偿马塞尔的死，但大家已经决定这么做了。当他睁开眼睛时，发现上帝在对他微笑：坐在前面第一排的，正是一名德国高级军官。鲍里斯看了一眼军官拿在手里扇风的军帽，又瞄了瞄他军服的袖子，上面绑着一根俄国人的红丝带。这个德国鬼子一定杀过不少人，才会这么悠闲地在图卢兹休养。他在法国西南部度过的这个舒适的夜晚，一定是建立在无数士兵的鲜血之上的。

演奏结束了。军官起身离开，鲍里斯跟了上去。几步之后，军官来到了马路中央。只听见五声枪响，我们的伙伴完成了任务。人群开始四下逃窜，鲍里斯也趁乱离开了。

在图卢兹的街道上，德国军官的血缓缓流入路边的排水沟。而在距他几公里远的墓地里，马塞尔的血早已干涸。

❈

《快报》将德国军官被刺事件作为要闻加以报道，同时刊登了马塞尔被处决的消息。人们很容易将这两件事联系起来，他们将会知道，抵抗分子的血不会白流，在他们的身边，始终有一群人在战斗着。

地区警察局局长第一时间发表了公告，以表明自己的绝对忠诚："获悉袭击事件，我谨代表效忠于大元帅及德国保安队的全体人民，表示非常之愤怒。"地区治安长官也不忘插上一脚："7月23日发生在巴亚尔街的袭击德国军官事件性质极为恶劣，凡向当局提供肇事者线索之人，均可获得高额奖金。"这是刚刚上任的一名治安长官，他的名字叫巴尔特奈。在做了几年维希政府的眼线后，他凭着自己的"高效"与"凶狠"获得了这个梦寐以求的头衔。《快报》也毫不吝惜他们的版面，将新治安长官上任的消息及报社的美好祝福都放到了头版位置。我们除了用德国军官的死来迎接他以外，还打算为他再捎上点"祝福"：整座城市都会看到我们散发的传单，上面写明德国军官的死是为了给马塞尔偿命。

我们不会听从任何人的命令。长老将马塞尔临上断头台时对莱斯皮纳斯说的话告诉了卡特琳娜。"我的血会溅到你的脸上！"这句话便是马塞尔的遗言，它令我们精神大振，决心为了他的临终愿望奋斗到底。我们要杀死代理检察长先生。当然，这次行动要进行周密的准备。我们不可能当街杀掉一名检察官。法院的官员都有专人保护、专车接送，很难接近，而且我们不希望我们的行动会对无辜民众造成伤害。这帮人与公开同纳粹媾和、直接检举或逮捕同胞的人不同，他们有权拷打、流放、定罪和行刑，他们是没有任何束缚的一群人，他们在法官长袍的掩盖下，以履行职责为借口，干着种族主义的勾当。他们是最令人不齿的一群人。

❦

在詹的要求下，卡特琳娜花了几周时间建立了一间情报室。她和她的女朋友达米拉、玛丽安娜、索菲、罗西娜、奥斯娜，一起负责搜集行动的相关情报。我们和她们之间禁止发生感情，但我们真的很爱她们这样的伙伴。

接下来的几个月里，姑娘们就忙着盯梢、偷拍照片、记录目标人物的活动路线及时间、向周边的民众打听情况。有了她们的情报，我们几乎掌握了所有目标人物的一举一动。我们不会听从任何人的命令。在要干掉的人当中，莱斯皮纳斯代理检察长当然排在第一位。

孤独

报仇，这两个字眼听起来很可怕，但我们一直以来所做的，就是这件事。这是我们最重要的责任，是为了解放、为了让人们不再遭受苦难而进行的斗争。

雅克让我跟达米拉在市区碰头，向她传达一项新命令。我们约在一家兵团成员常去的小酒馆见面。后来詹禁止我们再到这个地点会面，因为一群人频繁出现在同一地点实在是太危险了。

我第一次见到达米拉时有种惊艳的感觉。我有一头红棕色的头发，白白的脸蛋上长满雀斑，戴着眼镜的眼睛看东西时总是眯成一条缝。达米拉是意大利人，用我这双近视的眼睛里看去，她的头发竟然也是红棕色的。单凭这一点，我就敢肯定，我们俩之间一定会发展出不同寻常的关系。不过，鉴于我之前对游击队储备武器的目的已经有过错误的认识，这次对达米拉的判断估计也不能算数。

我们一起坐了下来，面前摆着一碟豌豆。我想我们看起来应该很像一对情侣，虽然达米拉对我没兴趣，但我已经有点被她迷住了。我呆呆地看着她，觉得在十八年后终于找到了一个跟我一样有着一头胡萝卜色头发的人，而且还是一个异性，这在我看来当然是一件值得高兴的事。

"你为什么这么看着我？"达米拉问。

"不为什么！"

"有人盯上我们了？"

"没有，绝对没有！"

"你确定？你看我的眼神好像在告诉我危险就在附近。"

"达米拉，我向你保证，我们是安全的！"

"那你为什么满头大汗？"

"这里面太热了。"

"我不觉得。"

"你是意大利人，而我是从巴黎来的，所以你当然比我耐热。"

"那我们出去走走？"

就算达米拉让我去运河里游泳，我也会马上答应的。所以还没等她说完，我就已经起身，并且帮她拉开了椅子。

"很好，你是一个很绅士的男人。"她笑着说。

我体内的温度还在不断升高，脸色自开战以来第一次看上去那么红润。

我们俩朝着运河方向走去。我幻想着在运河里可以跟我美丽的意大利红发女郎一起亲密地玩水嬉戏。这个想法实在是荒谬透顶，因为运河里有两辆起重机和三艘装满碳氢化合物的驳船，在这些东西当中玩耍，根本没有浪漫可言。不过什么都影响不了我现在做白日梦的心情。在我们穿过埃斯基罗尔广场时，我正梦想着自己将"喷火"战斗机（它的引擎在一次空中翻转时熄火了）停在机场上，旁边就是我和达米拉在英国居住的温馨小屋。达米拉已经怀上了我们的第二个孩子（可能会跟我们的大女儿一样，也是红棕色的头发）。下午茶时间到了，在这间充满幸福的小屋里，达米拉上前来迎接我，在她那条红绿格子围裙的口袋里藏着刚刚出炉的油酥饼。面对这么美味的茶点，我自然是要先大快朵颐，再去修理飞机。达米拉做的糕点美味至极，她全心全意地付出都是为了我一个人。此时此刻，我忘记了自己的军官角色，只想向她致敬。我们两人坐在屋前，达米拉靠在我肩上喃喃自语，享受着这简单的幸福。

"让诺，你睡着了吗？"

"什么？"我跳了起来。

"你的头靠在我肩膀上了！"

我满脸通红地直起身来。"喷火"战斗机、小屋、下午茶和糕点瞬间消失了，眼前只剩下运河淡淡的波光和我们坐着的长凳。

我找不到合适的借口，只好假装咳嗽，不敢再抬眼看她。可我还想了解她更多一点：

"你是怎么加入兵团的？"

"你不是应该有新的任务要交代给我吗？"达米拉冷冷地问。

"是的，是的，我们还有时间嘛。"

"你可能有，但我很忙。"

"那你先回答我这个问题，然后我保证开始谈任务的事情。"

达米拉先是愣了一下，然后微笑着同意了我的请求。她肯定已经看出我对她一见钟情了，女孩子对这种事都很敏感，有时甚至在我们男人自己都还没弄清楚之前就有所察觉了。其实她加入兵团的故事并没有多少新意，我想她知道孤独是每个兵团成员必须忍耐和承受的痛苦，所以才愿意讲一点自己的故事让我得到一丝慰藉。已经是傍晚了，不过离天黑还有一段时间，离宵禁还有几个小时。两个年轻人坐在运河旁边的长凳上，在国家被占领的时期，我们应该好好享受这短暂的平静时光。谁都不知道我们还能活多长时间。

"我以前并不相信战争会真的降临到我们头上。"达米拉说，"但它就在某天晚上到来了。在我家门前的小路上，一位穿着跟爸爸一样的工人装的先生出现了。爸爸出去跟他谈了好一阵。然后那位先生走了，爸爸回到厨房不知跟妈妈说了些什么。我看到妈妈哭了，她对爸爸说：'这一切我们还没受够吗？'原来她弟弟在意大利遭到了黑衫党的严刑拷打。我们把墨索里尼的法西斯分子称作黑衫党，就像这里的保安队一样。"

虽然我因为众所周知的原因没能通过高中会考，但我很清楚地知道什么是黑衫党。不过，此时此刻，我不想打断达米拉。

"我开始明白为什么那个人要在花园里跟爸爸谈话，而爸爸毫不犹豫地答应了。他和我的哥哥们都要加入战斗了。虽然看到妈妈哭得很伤心，但我为他们感到自豪。我被带进房间，不许出声。在我的家里，女人的地位比男人低。爸爸总是最大，然后是我那几个愚蠢的哥哥，最后才是妈妈和我。我对男孩子很了解，我们家就有四个。"

听了达米拉这话，再回想我们刚刚在小酒馆里见面的情形，我肯定她一早就看出我对她的迷恋了。我不敢打断她的话，只能继续听她说下去：

"我的性格不像妈妈，却很像爸爸，而且我知道爸爸也很希望我像他。我跟他一样具有反叛的个性。我不能接受不公平的事情。妈妈总是希望我闭嘴，但爸爸恰恰相反，他鼓励我抗争、不妥协。当然，他说这些的时候都是趁哥哥们不在的时候，否则就违反了我们家庭的伦理。"

离我们几米远的地方，一艘驳船开始松开缆绳。达米拉停了下来，好像怕船夫听到我们说话似的。其实运河上风这么大，船上的人是不可能听到我们说话的。但我还是没有吭声。等到驳船缓缓离开之后，达米拉接着说：

"你认识罗西娜吗？"

我当然认识，罗西娜也是意大利人，说话略带口音，声音颤抖得厉害，约一米七的个头，长长的棕色头发，蓝眼睛，非常迷人。

为保险起见，我只是羞涩地回答：

"是的，我想我们见过一两次面。"

"她从没跟我提过你。"

我耸了耸肩，这点我倒并不吃惊。面对必然的事情时，我们通常只能笨拙地耸耸肩膀。

"你为什么会说到罗西娜？"

"因为是她把我带进兵团的。有一天晚上，她来我家开会。我跟她说我们应该休息了，她回答说她不是来睡觉的，是来参加会议的。我告诉过你我很讨厌不公平吧？"

"是的，是的，你五分钟前刚说过，我记得很清楚。"

"所以我就问爸爸为什么我不能参加会议。爸爸说我年纪还太小。可是罗西娜跟我一样大。于是，我决定将命运掌握在自己手中。我最后一次听了爸爸的话，回房去了。但当罗西娜开完会来到我房间睡觉时，我正等着和她谈话。我们聊了一晚上。我对她说，我想成为跟她、跟我的哥哥们一样的战士。我哀求她带我去见兵团的指挥官。她笑了起来，对我说，指挥官正在我家客厅里睡觉呢。他就是那天晚上来找爸爸的那个人。"

达米拉停了停，看看我是不是跟得上她的故事。其实她根本不用担心，此时此刻，不管她要我去哪里，我都会跟着她，甚至就算她没要求，我也会紧紧地跟着她。

"第二天，我趁爸爸妈妈都在忙活的时候，去见了指挥官。他听了我的请求，对我说，兵团需要各种各样的人。他说首先会派给我一些不太难的任务，视我的完成情况再说。好了，我全都告诉你了，你现在可以把任务交代给我了吧？"

"你的爸爸呢？他说了什么？"

"一开始，他并没有对我产生怀疑，慢慢地，他猜出了端倪。我想他去跟指挥官谈了一次，两人应该还狠狠地吵了一架。爸爸这么做只是出于对父权的维护而已，最终我还是留在了兵团里。从此以后，我们好像什么都没发生过一样，但我感觉到跟他的距离更近了。好了，让诺，你快把任务告诉我吧，我真的要走了。"

"达米拉？"

"什么事？"

"我能告诉你一个秘密吗？"

"让诺，我在地下情报处工作，所以你要是有什么秘密要对人说的话，最理想的对象就是我！"

"我把任务的内容彻底忘光了……"

"你真是笨死了，让诺。"

这也不能怪我。我的两只手一小时以前就汗淋淋的了，嘴里含着口水，膝盖还在不停地颤抖。我拼命帮自己找借口：

"我肯定这只是暂时的，但现在脑袋里确实是一片空白。"

"好吧，那我回去了。你今晚回去好好回忆回忆，最迟明天早上，我一定得知道任务的内容。该死的，让诺，我们正在打仗，这是件严肃的事情！"

在过去的一个月里，我扔了好几次炸弹，破坏了许多起重机，毁掉了德国人的一个电话交换站和一些相关设施；我每晚都会看到那个在小便池外头被杀死的敌军军官在冲我傻笑；没人比我更清楚我们的事业有多严肃。但眼下，我实在没法控制自己这短暂的失忆。我向达米拉提议再一起走走，说不定我会想起来。

于是我们一起走回了埃斯基罗尔广场，可我还是什么都没记起来。达米拉站在我面前：

"听着，让诺，在这儿是不能有男女之情的，你应该知道。"

"可你说过自己一向反叛！"

"我不是说我们家，笨蛋！我是说兵团。在兵团里是禁止恋爱的，这样太危险了。所以，我们以后见面只谈任务的事情，别的什么都不去想，好吗？"

她说得很清楚，也很直接。我想，我完全明白她的意思。现在我不再胡思乱想了，记忆也突然恢复了：

"任务是这样的，你去法老街监视一个姓玛的人，他是保安队的头头。"

"谁负责行动？"

"因为牵涉到保安队的人，所以很有可能是鲍里斯去执行这次行动。但目前还没有确定。"

"打算什么时候动手？"

"我想应该是8月中旬。"

"那没几天了。时间紧迫。我得去找罗西娜帮忙。"

"达米拉？"

"什么事？"

"如果我们不是……我是说，如果不考虑兵团的规定……"

"别说了，让诺。看看我们头发的颜色，我们更像姐弟。再说……"

她没有再说下去，只是摇了摇头，准备离开。我站在原地，无奈地甩了甩手。突然，她转过身来对我说：

"让诺，你有一双很漂亮的蓝眼睛，迷离的眼神从眼镜后面透出来，很讨女孩子喜欢。所以，努力奋斗吧，把女孩子们都从战争中拯救出来。我肯定你会拥有幸福的爱情。晚安，让诺。"

"晚安，达米拉。"

后来我才知道，达米拉深爱着一个叫马克的兵团成员。他们一直在秘密交往着，甚至一起参观了许多博物馆。马克是一个很有文化修养的人，他常常带达米拉去教堂，给她讲解绘画艺术。在我们见面的几个月后，马克和达米拉遭到逮捕。达米拉被押送到了拉文斯布吕克集中营。

在达米拉负责打探保安队队长玛的同时，詹还命令卡特琳娜和玛丽安娜跟踪莱斯皮纳斯。奇怪的是，詹居然在黄页上轻松地找到了莱斯皮纳斯的住址。代理检察长先生住在图卢兹近郊的一栋豪宅里，花园大门上甚至还有刻着他名字的牌子。我们的两位女同伴看到这幅场景都吓了一跳：莱斯皮纳斯一点安保措施都没有，他进出都是独自一人，没有随从，好像天不怕地不怕的样子。要知道，报纸曾大篇幅报道过他处死恐怖分子的事情，连伦敦电台都将马塞尔的死算到了他头上。那次事件以后，他已经成了无人不知无人不晓的人物。照理说，他应该时刻警惕抵抗组织的打击报复才对。经过几天的跟踪观察，她们找到了答案：这是一个完全被骄傲和虚荣蒙蔽了双眼的人，他根本不相信有人胆敢袭击他，甚至敢要他的命。

监视任务其实并不容易。莱斯皮纳斯所住的街道非常清静，这对采取袭击行动当然很有利，但两个女人频繁出现，就难免令人起疑了。所以她们常常用情报处的惯用方法，在一棵树背后待上一整天，静静地监视目标。

一周后，她们发现莱斯皮纳斯在个人的时间安排上没有任何规律，而且他一出门就会坐上他那辆黑色的标致202离去，让她们根本无法再继续跟下去。唯一发现的线索是：他会在每天下午三点半左右出门，所以两个女孩子在调查报告中建议在这一时间动手。除此之外，报告并没能涉及其他内容：由于对方有车，她们没办法跟踪；在法院附近也很难查到他的蛛丝马迹，而且随时有被发现的危险。

马里乌斯在一个周五早上进行了最后的路线和行动规划，行动被安排在接下来的周一进行。一定要迅速。詹认为莱斯皮纳斯之所以看起来什么都不怕，很可能是因为有警察在暗中保护。卡特琳娜和玛丽安娜都认为不可能，但詹始终持怀疑态度。要抓紧时间行动还有另外一个原因：夏季到了，我们的代理检察长先生随时都可能动身去度假。

❦

一个接一个的任务令人筋疲力尽，肚子更是饿到极点。我只想周日可以躺在床上美美地睡上一觉。如果可能的话，去见见弟弟，两人一起去运河边散散步，就像两个普通的年轻人那样享受夏日的悠闲；不用担心饥饿和恐惧，只是像一般的男孩子那样不着痕迹地嗅一嗅少女身上的香水味；要是傍晚的风刮得稍大些，我们或许还能看到女孩们的裙角飞扬，只需一点微微露出的膝盖，便足以让我们在回到各自的凄凉小屋后有所慰藉。

当然，在詹眼里，现在还不是享受这种惬意生活的时候。敲门声打破了我的希望，明天早上睡懒觉的计划泡汤了。雅克摊开一张市区地图，给我指了指一处十字路口的位置。明天我得先去查理那里取一个包裹，然后在下午五点整，去这个地点跟埃米尔接头，把东西交给他。我只知道这么多。明天晚上，他们会跟一个新招进来的叫居伊的兵团成员一起去执行任务。居伊负责撤退时的安全，他虽然只有十七岁，但骑自行车技术一流。此时，我们还不知道，明晚的行动并不容易，伙伴们将会遍体鳞伤地回来。

❧❦❧

周六早晨，天气晴朗，空中飘着几朵白云。要是生活能如我所愿，我现在应该一边闻着英国草坪的芬芳，一边检查飞机轮胎的胶皮。机械师示意一切就绪，于是我爬进机舱，关好舱门，起飞，开始巡逻。可惜，杜布朗太太走入厨房的脚步声吵醒了我的美梦。我穿上衣服，看看时间，已经七点了，我得出发去查理家取包裹了。到达城郊后，我又一次走上了那条铁轨。已经很久没有火车经过这里了。风不断灌进脖子里，我立了立衣领，吹起《红色的山冈》❶的调子来。那个旧火车站就在眼前，我敲了敲门，查理示意我进去。

"来一杯咖啡吧？"查理依旧操着带有怪异口音的法语。

我差不多都能听懂了。夹杂一点波兰语、意第绪语和西班牙语，再配以法语的音调，查理的语言就形成了。这种独一无二语言是他在逃亡路上学会的。

"包裹在凳子下面。你告诉雅克我放了一包的量，爆炸声可以传到十公里远的地方。你一定要跟他说清楚，点火之后立刻撤退，炸药引线只有

❶一首在一战后广为流传的反战歌曲。

两分钟的燃烧时间，甚至更短。"

完全听明白查理的话后，我在脑子里飞快地计算着：两分钟，也就是说，引线只有两厘米长；这两分钟将决定他们几个人的生死。只有两分钟，他们要点燃炸弹，放置好，然后找到撤退的路线。查理好像看出了我的担忧。

"我已经考虑过安全问题了。"他的微笑让人很安心。

查理的微笑很有趣。他在一次飞机爆炸任务中被炸飞了几乎所有前排的牙齿，不过这一点也没改变他的语音语调。尽管穿戴邋遢，说话也很难懂，但他是所有兵团成员中最能给我带来安全感的一个。他的聪明、坚定、活力和乐观是与生俱来的吗？他这么年轻，怎么会具备这么成熟的心智？查理的故事颇为传奇。他在波兰被逮捕，因为他的父亲是工人，而他本人是共产党员。经历了几年的牢狱之灾后，被释放的他同几个伙伴加入了马塞尔·朗杰的队伍，参加了西班牙内战。从罗兹❶到比利牛斯地区，这一路查理走得非常艰难，因为他既没有证件也没有钱。我最喜欢听的，是他经过纳粹德国时的那一段。我已经不止一次让查理讲他的故事了。虽然他也知道我听过，但还是愿意再讲一次，一来练习法语，二来不让我失望。于是他坐在椅子上，用自己独特的口音，向我娓娓道来。

当时他没有票，却大着胆子上了火车，而且坐进了一等车厢。一路上，他和车厢里的军官们有说有笑，大家都觉得他很有意思，检票员也不

❶波兰第二大城市。

敢随便进去查票。火车到达柏林以后，军官们还告诉他怎么穿过市区去另一处火车站乘坐前往艾克斯拉沙佩勒❶的列车。接着他到了巴黎，然后坐大客车到了佩皮尼昂，最后徒步穿越了比利牛斯山。进入西班牙境内后，他坐上自愿接送战士的车辆到达了阿尔瓦塞特，随后便加入波兰兵团参与了马德里战役。

战败后，他同数以千计的难民一起再次穿过比利牛斯山，逃出西班牙。刚刚通过法国边境，他就被宪兵抓获，关进了韦尔纳集中营。

"我在里面给每个人做饭，每人每天都是定量供给的。"查理略带自豪地说。

三年后，他成功越狱，然后步行两百公里来到了图卢兹。

查理的故事很能鼓舞人，这里面充满了希望，让我深切地感受到了生命的意义。我希望能够拥有他那样的勇气。试问，面对那样的困境，多少人会选择放弃？但查理从来不曾认命，即使前面危机四伏，他也可以很冷静地思考出路。

"你该走了。现在是午饭时间，路上人少。"

他从楼梯下的小房间里取出包裹，放到桌上。居然用报纸包炸弹，查理真是有意思。那张报纸正好报道了鲍里斯之前进行的一次破坏行动，文章把它说成是一次恐怖活动，并且说我们都是扰乱公共秩序的不安定因素。保安队队员被当成受害者，我们却变成了刽子手：这座城市的历史被描写得千奇百怪。

有人敲门，查理没有动，我也屏住了呼吸。一个小女孩走了进来，查

❶即德国城市亚琛。

理立刻露出了灿烂的微笑。

"我的法语老师来了。"

小女孩跑过来抱了抱他。她的名字叫卡米尔，是她的妈妈米歇尔收留了查理，让他在这个旧火车站住下来。卡米尔的爸爸从战争一开始就被关进了德国监狱，但小女孩从来没有问过有关爸爸的任何问题。米歇尔装作不知道查理是抵抗分子。她和周围所有人一样，把他当成为大家提供新鲜蔬菜的园丁。她们有时会在周六来查理家，每次他都会杀掉一只兔子，为她们准备一桌丰盛的午餐。我也很想吃到这么美味的菜肴，但没办法，我必须走了。查理朝我使了个眼色，我便向母女俩告别，把包裹夹在腋下，走出了房门。幸好世界上不只有保安队队员和投敌分子，还有很多像米歇尔这样的人，他们知道我们所做的一切都是对的，他们敢于冒险用各种各样的办法来帮助我们。走出木门，我还能听到查理不断重复着他五岁的法语老师所教的生词：奶牛、小鸡、西红柿。我的肚子开始咕咕叫了。

· · ❉ · ·

五点整。我在雅克指定的地点跟埃米尔接上了头。我把包裹交给他，里面除了炸弹以外，查理还多加了两枚手榴弹。埃米尔并没有马上离开。我本来想对他说"晚上见"，但出于迷信的考虑，我想自己最好什么都不说。

"你有烟吗？"埃米尔问。

"你抽烟？"

"点引线用的。"

我翻了翻裤袋，递给他一包高卢牌香烟，里面还有两支。埃米尔向我告别，然后从街角消失了。

夜幕开始降临，天空下起了小雨，街道看上去油光发亮。埃米尔很镇定，因为查理制造的炸弹从来没有出过错。其实炸弹的结构很简单，三十厘米的铸铁管、偷来的一截支架、两头用螺栓固定住的塞子、一个孔，外加一段伸入火药的引线。他们会将炸弹放在指定的饭店门口，然后往窗户里扔手榴弹，从里面逃出来的人就会被炸得稀烂。

今晚执行任务的有三个人：雅克、埃米尔和那个负责撤退的新人。新来的家伙佩一把手枪站在路边，如果看到有行人经过，便向空中开枪警告；要是有纳粹出现，就要直接击毙。饭店里灯火通明，德国军官正在举行酒会。这次任务很重要，我们可以一次性消灭里面的三十几个军官。

三十，这是一个可观的数字。埃米尔走近饭店，第一次从玻璃门前经过。他小心翼翼地向后看了看，没有人跟踪。透过玻璃门，他看到了里面的女服务员，得想办法在行动中保护她。不过现在首先要做的，是制伏那两个站岗放哨的警察。雅克很快便锁住了其中一个的喉咙，把他拖到了旁边一条小路上，让他赶紧滚蛋。吓得浑身发抖的警察飞快地逃走了。埃米尔一个肘击打倒了另外一个，再用枪托将他砸晕，拉到一处死胡同。等他醒过来时，会发现自己额头上满是血，而且头痛欲裂。只剩下那名女服务员了。雅克一下没了主意。埃米尔建议从窗口向她做个手势，这样做有些冒险：她可能向军官们报告，后果将不堪设想。但我早就说过，我们是从来不伤害无辜的，即使是个为纳粹军官送上美味菜肴的服务员。所以，我们一定得救她。

雅克向饭店窗口走去。在里面的人看来，他一定像极了一个馋嘴的穷人，里面那些丰盛的食物让他"馋涎欲滴"。一名上尉看到了他，还微笑着向他举了举酒杯。雅克回了一个微笑，然后目光落到了服务员身上。这位年轻的姑娘体态圆润，看来饭店的食物把她养得很好，说不定她的整个家庭都因此得益。其实这无可厚非，在这样艰难的岁月里，人人都必须想尽办法活下去。

埃米尔等得有些不耐烦了；在街道的另一头，年轻的居伊一动不动地扶着自行车，掌心里已经满是汗水。终于，女服务员看到了雅克，看到了他的手势。迟疑片刻之后，她转身离开。看来她明白了雅克的意思，因为就在饭店老板走进大厅时，她拽着他的手臂，硬生生地将他拉进了厨房。此后，一切都进展得很迅速。雅克向埃米尔发出信号；引线被点燃；炸弹滚入街沟；窗玻璃被砸碎；手榴弹已经扔进了饭店。埃米尔忍不住想抬头看看德国鬼子四下逃窜的场景。

"手榴弹！快跑！"雅克高声喊道。

手榴弹的冲击波将埃米尔推倒在地。他的耳朵里一阵轰鸣，但他不断告诉自己不能昏倒。巨大的火药味呛得他不停地咳嗽，双手也一直有血流出。不过还好，他的脚还在，也就是说，还有一线生机。雅克一把抓起他，奔向居伊和那三辆自行车。埃米尔和雅克拼命踩着踏板，同时又得加倍小心，因为雨后的路面实在太滑了。身后是一片嘈杂声。雅克回头看了看，居伊好像没有跟上来。十秒后，炸弹爆炸了，天空被彻底点亮。居伊被从自行车上震了下来。雅克刚想转身去救他，却发现宪兵已经从四面八方冲了过来，其中两个把居伊抓住了。

"雅克，该死的，看前面！"埃米尔吼了起来。

在街道的一头，警察们筑起了路障。刚刚被雅克放掉的那个警察去找了后援。雅克拿出手枪，扣动扳机，却只听到一声轻响。他一边保持平衡，瞄准目标，一边取下弹夹检查。这样的情况下居然没有摔倒，真是奇迹。他拿手枪往自行车车把上狠狠敲了几下，然后将弹夹放回原位。连开三枪之后，警察们逃走了，为他们留下了一条出路。雅克飞快地赶上了埃米尔。

"你一直在流血！"

"我的头快要炸开了。"

"那个小家伙被抓住了。"

"那我们回去救他吧？"埃米尔打算刹车。

"不行，快走！"雅克命令道，"他已经被带走了，而且我只剩下两颗子弹了。"

警车从各个角落开上街道。埃米尔低着头，使劲往前骑。本来夜晚逃脱并不算困难，但脸上的鲜血让他很怕被认出来。此刻，他只能一门心思地踩踏板，根本无心顾及那钻心的疼痛。刚刚被逮捕的居伊将承受更大的痛苦，他会被上刑、被暴打，相比之下，埃米尔的伤就不算什么了。

他感觉有一片金属从脸颊刺入舌头。被自己扔的手榴弹伤到，真是讽刺。这也难怪，为了能够精确命中目标，他靠得太近了。

任务顺利完成，这才是最重要的，其他都无所谓。埃米尔这样想着，突然眼前一阵模糊。看着快要倒地的自行车，雅克赶紧上前去抓住埃米尔的手臂：

"坚持住！我们就快逃脱了！"

许多警察与他们擦肩而过，奔向冒着浓烟的饭店。没有人注意到他们。穿过一条马路，他们终于脱险，逐渐放慢了速度。

听到有人敲门，我起身开了门。埃米尔满脸是血地站在我面前，雅克扶着他。

"你这里有椅子吗？"雅克问。埃米尔看上去很累。

直到雅克关上门，我才发现少了一个伙伴。

"得把他脸上的手榴弹片取出来。" 雅克说。

他用打火机烤热刀片，然后割开了埃米尔嵌着弹片的脸。这样的疼痛实在是太剧烈，所以我死死地按住埃米尔的头，以免它左右晃动。埃米尔一直在咬牙坚持着，他不想昏迷；他想着未来的日子，想着被逮捕的伙伴们可能遭受的折磨，他告诉自己，不能失去意识，不能倒下。就在雅克取出弹片的同时，埃米尔似乎看到了一个德国军官躺在路中央，身体被他放的炸弹撕得粉碎。

❖❖❖

周日来临了。我见到了弟弟。他瘦了很多，却不再提肚子饿了。我不能再像从前那样叫他弟弟了，短短几天，他好像完全长大了。出于安全考虑，我们是不可以谈论各自执行过的任务的，但从弟弟的眼睛里，我看得出他的日子过得多么艰辛。我们坐在运河旁边聊家庭，聊从前的日子，但这些好像都不能提起他的兴趣，于是我们陷入了沉默。不远处，一辆起重机因为支架受损，倒在了水里，看上去"行将就木"。也许是克劳德干的，但我无权过问。他笑着猜道：

"是你炸掉那辆起重机的吗？"

"不是我，我以为是你……"

"我负责的是靠近上游的闸门，现在它已经彻底废掉了。不过炸起重机可不是我的强项。"

我们只在凳子上坐了几分钟，只是彼此聊了几句，他就变回了我那个熟悉的弟弟。听着他天真的口气，好像对炸毁闸门感到很抱歉似的。

德国军队是通过运河把重型武器从大西洋运往地中海的，因此，毁掉一个闸门会大大影响他们的速度。克劳德笑了，我伸手帮他理了理头发，也跟着笑起来。有时候，亲兄弟之间总会合谋做些越轨的事情。天气很好，可我们的肚子还空空如也。反正都已经违反规定了，不如再做得彻底点：

"我们去贞德广场转转吧？"

"去干什么？"克劳德调皮地问。

"吃顿小扁豆。"

"贞德广场？"克劳德又问了一遍。

"你知道别的地方吗？"

"不知道。要是被詹发现了，你想会有什么后果？"

我本想摆出一无所知的样子，但他马上咕哝着说道：

"让我告诉你吧，我们的周日就泡汤了！"

所有兵团成员都曾被詹严厉地训斥过，起因就是贞德广场上的这家小饭馆。好像是埃米尔最先发现这里的。这家饭馆价格便宜，几块钱就能吃上一顿，而且最重要的是，能够真正吃饱。饱足的感觉可比世界上任何山珍海味都来得更加珍贵。于是埃米尔把这里介绍给了伙伴们，渐渐地，这家饭馆就被我们的人坐满了。

有一天詹刚好经过这里，透过窗户，他惊讶地发现差不多所有的兵团成员都坐在里面。要是警察突然来一次大搜捕，我们会被轻而易举地一网打尽。当天晚上，我们全体人员在查理家召开了紧急会议，每人都被降了一级。从此以后，我们被明令禁止去这家叫"野豌豆"的饭馆。如果发现有人再去，会受到非常严厉的处罚。

"我觉得，"克劳德小声说道，"要是大家都不被允许去那里的话，也就是说，就算我们去了，也没人会发现？"

他的说法听起来很有道理，所以我让他继续说下去：

"那么，要是没人会发现的话，我们俩去了也不会对兵团造成任何影响吧？"

最后，他总结道：

"所以，我们可以一起去，没有人会知道，詹也不会骂我们。"

你看，当一个人肚子饿得咕咕直叫时，会产生多么丰富的想象力。我一把抓起弟弟，两人快步向贞德广场走去，将运河完全抛在脑后。

走进饭馆的一瞬间，我们俩惊呆了。看来伙伴们的想法都跟我们一样：饭馆里坐得满满当当，只剩下两个空位。大家都在埋头吃午饭，包括面对面亲密地坐在一起的詹和卡特琳娜。詹的脸拉得长长的，所有人都努力憋着，不让自己笑出声来。饭馆老板一定很纳闷：为什么所有顾客都是一副似笑非笑的表情，但他们看上去又好像彼此并不相识。

我是第一个收起笑容的：不是觉得这场景不够有趣，而是因为我看到了在角落里面对面坐着的达米拉和马克。既然詹都可以和卡特琳娜在一起，那么马克当然也不能被剥夺与爱人共进午餐的权利。我看到他和达米拉的手紧紧扣在一起。

我的爱情梦想破灭了。就在我们埋头吃扁豆时，其他人都低着头，在擦笑出的眼泪。卡特琳娜用围巾遮着脸，但还是忍不住爆发出笑声。整个饭馆的气氛变得愉悦起来，连詹和老板都受到了感染。

傍晚，我送克劳德回家。在乘电车离开前，我转身想再看一眼他的脸，因为之后，我又要回归孤独了。但他没有回头，其实这样更好。回到住处的他不再是我的弟弟，而是一个真正的男人。这一晚，我感到非常沮丧。

❋

周末横跨了七、八两月。今天是1943年8月2日，周一。就在今天，我们要为马塞尔报仇。我们将在下午三点半，在莱斯皮纳斯从家里出门的时候对他下手，因为这是他唯一有规律的作息，也是我们唯一的机会。

卡特琳娜早上一起床就有一种奇怪的直觉，老是觉得执行任务的伙伴会出事。会不会漏掉了什么细节？会不会有一群警察驻守在莱斯皮纳斯家门前的人行道上，而她没有留意？她将自己之前监视的那一周的情形一遍又一遍地在脑海里回放。她在那条路上来回走过多少次？一百次？还是更多？玛丽安娜也说没有发现什么异常情况，为什么自己会突然那么担心呢？为了不再胡思乱想，她决定前往法院，因为在那里可以第一时间知道行动的消息。

法院上方的大钟指向两点四十五分，再过四十五分钟，她的同伴就要开枪了。为了不引起注意，她在走廊上走来走去，佯装阅读墙上贴出的公告。但她一个字也读不进去，一直在重复看着同一行。一个男人从她身边走过，路面上回响着他的脚步声。他的脸上带着怪异的微笑。另外两个人走来向他打招呼：

"代理检察长先生，请允许我向您介绍我的一位朋友。"

卡特琳娜吃了一惊，转身看着他们三个人。其中一个向微笑着的那位先生伸出手去，另一个继续介绍道：

"莱斯皮纳斯代理检察长先生，这是我的好朋友迪皮伊先生。"

卡特琳娜的脸僵住了，这个面带奇特微笑的男人根本就不是她盯梢的那个。可是，是詹把地址告诉她的，而且他家花园大门的牌子上的确写着"莱斯皮纳斯"。她的头快要爆炸了，心跳变得越来越快。她慢慢理出了点头绪：住在城郊富人区的那位莱斯皮纳斯只是跟我们的代理检察长同名同姓而已！詹怎么会那么蠢！一个如此重要的代理检察长的地址怎么可能出现在黄页上？时间已经在不知不觉中来到了三点整，三十分钟以后，一个无辜的人将会被她的同伴击毙，而他唯一的罪过，只是和另一个人同名同姓罢了。卡特琳娜告诉自己要冷静，要赶快恢复理智。首先，她要若无其事地离开，不让任何人发现她的异常。一旦走出法院来到街道上，她必须快速偷到一辆自行车，然后不惜一切代价赶去通知同伴。只剩下二十九分钟了，但愿那位她之前想置其于死地、现在却要去营救的人不要提前出门。

她在路上飞奔，发现前面墙边停着一辆自行车，它的主人正在报亭买报纸。

她来不及多想就冲了上去，骑上自行车，全力往前骑。身后并没有传来"有小偷"的叫喊声，大概那人还没有反应过来被偷了东西。她闯过一个红灯，围巾在慌乱中散开了。一辆小轿车冲了过来，响了一声喇叭。她的大腿擦伤了，腰也被车门把手剐蹭了。摇晃了几下后，她找回平衡，顾不上疼痛，继续加速前进。车轮不停飞转着，不时因吓到行人而受到责骂，但她管不了那么多了，没有时间道歉，更没有时间停下来。在穿过电车轨道时她稍微留意了一下，因为要是以这个速度滑倒在铁轨上的话，她会痛得无法站起来。两边的建筑物迅速后退，人行道变成了一条长长的灰线。她感觉肺都要炸开了，胸口如火烧般难受，但这些跟五颗子弹穿透一个无辜者的身体相比，通通不算什么。现在几点了？三点一刻？三点二十？终于来到了她执行监视任务时每天都要经过的那个小坡。

她生气的是詹的愚蠢，但更气自己的大意：她怎么可能笨到相信莱斯皮纳斯代理检察长会像她监视的那个人那样对自己的安全完全不在乎？那段时间，她整天嘲笑这个蠢蛋，一直认为这次的猎物很容易就能被干掉。其实，真正应该被嘲笑的，是她自己。这位莱斯皮纳斯先生当然有理由自由自在地出入，因为他是无辜的，他不应该成为抵抗组织或者其他任何人攻击的对象。虽然感觉腿快断了，但她没有松懈。骑下小坡了，只剩最后一个十字路口，时间还来得及。如果有人采取行动了，她应该可以听到枪声，幸好到目前为止，耳边只有嗡鸣声。这是她的太阳穴绷得太紧的结果，还没有枪声响起。

到达目的地了。只见无辜的莱斯皮纳斯关上房门，穿过自家花园。罗伯特走上街道，衣服口袋里的手已经握紧了枪，马上就要射击了。一秒也不能再耽搁。卡特琳娜一个急刹车，自行车滑倒在一旁。她快步冲上去按住了罗伯特的手。

"你疯了吗！这是干什么！"

她喘得说不出话来，脸色惨白，但抓住同伴的手始终没有放下。她自己都不知道哪里来的这么大的力气。看着满脸疑惑的罗伯特，她终于挤出了三个字：

"不是他！"

无辜的莱斯皮纳斯坐进自己黑色的标致202，静静地开走了。在经过这对看似相互拥抱着的情侣时，他朝着他们做了个小小的手势。望着反光镜里渐渐远去的两个人，他心想："相爱的人，总是那么美好。"

❖❖❖

今天是令人愤怒的一天。德国人闯进了大学。十个年轻人被抓到大厅里进行质询。他们被枪托击打着往前走，被一步步拉下楼梯，最后被带走了。所以，我们绝不能放弃。即使常常饿得头晕目眩，即使每晚都得担惊受怕，即使不断有伙伴被逮捕，我们也决不能退缩，我们要抵抗到底。

卡特琳娜用尽所有力气挽救了一个无辜的人。就像我曾经说过的那样，我们不会杀害任何无辜者，即使他是被迫为德国人工作的人。代理检察长还活着，我们得重新开始侦察工作。由于不知道他的住址，所以得从他离开法院时开始盯起。整个过程很困难，莱斯皮纳斯通常坐一辆大型的黑色霍奇基斯出行，有时是一辆雷诺，都由司机驾驶。为了不引起怀疑，卡特琳娜制订了一个跟踪计划。第一天由一名同伴从他出法院门开始跟起，几分钟后便停下来。第二天，由另一名伙伴骑上不同的自行车从前一天结束的地方继续跟。如此这般接力下去，我们最终找到了他的住处。卡特琳娜重新开始了她的监视任务，用不了几天，我们就可以知道代理检察长的所有生活习惯了。

在我们眼中，有一类敌人比纳粹还可恨，那就是保安队。如果说德国人是我们在战场上公开的敌人的话，那么保安队就是国家内部比法西斯还可恶的败类。

保安队队员奸淫掳掠无恶不作，只知道对人民滥用权力。无数妇女受到了他们的凌辱，只因为相信自己的孩子会因此幸免于难；无数老人在空荡荡的店铺门口排起长队，他们只有不断地给钱，才能不被殴打；无法偿清债务的人被押进监狱，他们的住所随后便被洗劫一空。如果没有这群畜生的帮忙，纳粹绝不可能这么容易就将如此多的人送往集中营，死去的人可能不会有现在的十分之一。

我是一个二十岁的青年，每天在恐惧和饥饿中度过。而这帮穿着黑衬衫的浑蛋，天天在饭店里大吃大喝。无数次我经过饭店橱窗时，都会看到他们酒足饭饱后得意地舔着手指那副令人作呕的样子。恐惧与饥饿，这是一直藏在我们肚子里的一杯可怕的鸡尾酒。

我们会报仇的，只要想到这一点，我就立刻热血沸腾起来。报仇，这两个字眼听起来很可怕，但我们一直以来所做的，就是这件事。这是我们最重要的责任，是为了解放，为了让人们不再遭受苦难而进行的斗争。

恐惧与饥饿，这是一杯深藏在我们心中随时都会爆炸的鸡尾酒。"鸡蛋敲击桌面的细微声响也是可怕的。"普雷韦尔❶在解放后的某一天这样写道。而我，一个死里逃生的囚犯，在当时就已经明白这个道理了。

8月14日夜里，鲍里斯与几名同伴从查理家出来，那时已是宵禁时间，他们正好在马路上与一队保安队队员狭路相逢。

鲍里斯曾亲手干掉过好几个保安队队员，因此对他们的内部组织结构了如指掌。只需要透过昏黄的路灯，他便能轻易地辨认出科斯特那张臭名昭著的脸。为什么科斯特特别突出？因为他在这支血腥的走狗队伍里担任总书记。

❶雅克·普雷韦尔（1900—1977），法国诗人、剧作家。

正当这帮浑蛋大摇大摆地向他们走来时，鲍里斯和同伴掏出了手枪。科斯特瞬间倒在了血泊中。

今晚鲍里斯要做的不止这些，他还奉命干掉保安队队长玛。

这次行动几乎是自杀式的。玛此刻正待在自己位于法老街的家中，周围有许多保镖。鲍里斯先放倒了守在别墅门口的人，然后溜进一楼，在楼梯口又击倒了一个。他冲进客厅，干净利索地连开数枪。保镖们应声倒地，大部分人只是受了伤，无法再爬起来，鲍里斯并没打算要他们的命。玛颤抖着躲在办公桌下，头深深地埋进椅子底部。这个败类再也不可能杀人放火、残害民众了。

报纸照例把这次事件称为恐怖行动。恐怖分子，这个德国人发明的词被一次又一次地用在我们抵抗运动者身上。但我们从不伤害无辜的人，只对付德国人和通敌卖国的法西斯分子。再说回鲍里斯。悲剧发生在行动完成之后。当他在一楼执行任务时，负责撤退的两名同伴在底楼遭遇了赶来支援的保安队队员，于是一场楼梯上的枪战开始了。鲍里斯重新将手枪装满子弹，然后冲上楼梯平台准备射击。寡不敌众的三个人被迫边打边撤。敌人的枪口对准他们就是一阵扫射。

就在他们快要冲出别墅时，从楼上又冲下来一批身穿黑衬衫的保安队队员。鲍里斯被打倒在地。面对眼前这个杀死他们的头目、打伤他们好几个同事的人，这帮家伙一定会想办法好好报复。两名同伴成功地逃脱了，其中一个胯部中了一枪，但鲍里斯无法帮他治疗了。

1943年8月，我们又迎来了昏暗的一天，又有一名同伴被抓走了。这位医学专业三年级的大学生从小只有一个梦想，那便是治病救人。但现在，他被关进了圣米迦勒监狱，命运堪忧。莱斯皮纳斯一定不会放过这个在政府面前邀功的机会，他一定会亲自为自己的亲密战友、保安队队长玛报仇。

❖◦◦◦❖◦◦◦❖

9月一晃而过，栗子树上泛黄的树叶宣告着秋天的到来。

我们虽然仍旧被饥饿和疲惫包围，但行动的次数越来越多，我们的队伍也日渐壮大起来。9月初，我们摧毁了斯特拉斯堡大街的一处德军车库，直接影响到了德国国防军的卡法雷利兵营；后来我们还袭击了一列从图卢兹到卡尔卡松的军用列车。炸火车这天，运气出奇地好：我们只是将炸药放在装有坦克的列车车厢下方，谁知其他载着炮弹的车厢也被一起点燃，于是整列火车都被炸飞了。9月中旬时，我们打算提前庆祝瓦尔密战役胜利，所以袭击了一处弹药制造厂，他们以后都别想再造出子弹来了。埃米尔还跑去市图书馆查资料，希望能找到更多战役胜利的时间，这样我们每次都可以用这种方式庆祝一番了。

不过今晚我们没有任何行动。本来安排的袭击舒穆兹将军的行动也往后推了。因为今晚我们都被邀请去查理家吃煎蛋：他养的母鸡这一周特别多产。

于是傍晚时分，大家又一次聚集到鲁贝尔那个废弃的火车站里。

餐布铺好了，大家围坐在餐桌旁。查理算了算人数，鸡蛋好像不够，所以他决定用鹅肝油将煎蛋撑大些。工作间里的那只锅除了做饭外，他还常常用它来改良炸弹的防水性，以及给手枪的弹簧上油。

情报处的女孩们也来了，我们大家很高兴能聚在一起。这样的聚会显然违背了我们最基本的安全原则，但詹表示理解，因为他明白偶尔的欢聚对于向来孤独的我们是多么珍贵。我们虽然没有被德国人或者保安队队员的子弹击中，却被孤独的感觉一刻不停地伤害着。在差不多二十岁的年纪，我们就算无法填饱肚子，也希望有伙伴们来温暖心灵。

达米拉和马克始终深情地望着对方，旁若无人。而我的眼睛没有离开过索菲。查理从工作间拿着盛有鹅肝油的锅子走了出来。索菲向我露出了神秘的微笑，这是我这辈子见过的最美的微笑之一。此刻的我兴奋极了，想鼓起勇气向她提出交往，明天就请她一起吃饭，没什么好犹豫的。就在查理煎鸡蛋的时候，我琢磨着今晚在离开这里之前就去向她发出邀请。当然，这不能让詹听到。不过让他听到了也无妨，自从他和卡特琳娜一起在野豌豆饭馆吃饭被发现，兵团的恋爱条例就好像松动了一些。我想好了，就算索菲明天没空也没关系，我会再定个日子。正当我准备行动时，詹宣布索菲将加入监视莱斯皮纳斯的工作。

勇敢的索菲一口答应。詹强调说，她负责监视的时段是每天上午十一点到下午三点。这个该死的代理检察长真是可恨！

不过这一晚依然是美好的。我还有煎蛋可以吃。脸上一直挂着微笑的索菲是那么美丽。再说，卡特琳娜和玛丽安娜像母亲一样看管着情报处的女孩们，我不会轻易得手的。所以，就这样静静地看着她也许是最好的办法。

查理把鹅肝油倒进煎锅里搅了搅，然后过来跟我们坐在了一起："现在就等它熟了。"

话音刚落，意外的事情发生了。枪声从四面八方传来，我们全体趴到了地上。詹紧握武器，怒不可遏。我们一定是被跟踪了，德国人想把我们一网打尽。两名带枪的伙伴顶着枪声跑到了窗前。我跟在他们后面。虽然没有武器，但万一他们倒下来，我可以拿过武器继续战斗。奇怪的是，虽然屋子里不断有枪声，木屑四处飞扬，墙壁上也不断被打出小洞，但我们眼前的村子一片寂静。过了一会儿，枪声停了下来，四下无声。我们互相看着，不知所措。查理第一个站了起来，满脸通红，口齿更加不清了。只见他眼里含着笑出的眼泪不停地重复着："对不起！对不起！"

原来外面根本就没有什么敌人，是查理忘记了他的鹅肝油里还放着防氧化的7.65毫米子弹……子弹在煎锅里被加热后炸开了。

幸好没有人受伤。我们挑出了剩下的煎蛋，检查了一下里面是不是还有剩余的子弹。然后大家重新坐回餐桌，像什么事也没发生过一样。

查理制造武器的能力显然比他的厨艺好得多，但我们收获了一段难得的美好时光。

明天就是10月了，战争在继续，我们的抵抗也不会停止。

⁂

流氓都是很难对付的。在女孩们重新掌握了莱斯皮纳斯的行踪之后，詹还是把刺杀任务交给了罗伯特。对鲍里斯的审判很快就要开始了，我们一定要抓紧时间。我们要让大家都知道，只要大法官们敢处死抵抗者，他们自己就得陪葬。好几个月以来，只要德国人在图卢兹街头张贴出处决抵抗者的告示，我们就会立马干掉他们的一个军官，并且每次都会散发传单将真相告诉民众。所以最近几周，他们执行的枪决明显减少了，德国士兵们晚上也不敢一个人回家。你看到了吗？我们绝对不会放弃，抵抗组织的队伍也在逐渐强大起来。

行动本来应该在周一早上进行。我们约好在12路电车终点站碰头。但当罗伯特出现时，我们可以看出，行动并没有如期展开。一定是发生了什么意外。詹非常气愤。

这个周一是法院假期后的第一个工作日，所有法官都会去法院报到。要是能在这样的时刻发布代理检察长被刺杀的消息，影响可想而知。我们采取行动的时间都是经过深思熟虑的，务必达到最佳效果。罗伯特默默地等着，希望詹可以平静下来。

他生气的不只是我们错过了法院的第一个工作日，还因为现在离马塞尔被斩首已经有两个月时间了。伦敦电台已经好几次宣告说处死马塞尔的人必须付出代价，但我们居然到现在还没有行动！罗伯特说他在准备行动时突然产生了一种难以名状的感觉，这是他第一次出现这种情况。

他干掉莱斯皮纳斯的决心从来没有动摇过，但不知为什么，今天他就是做不到！他发誓说自己完全忘记了詹选择今天的重要性。罗伯特此前从来没有半途而废过，以他的沉着冷静，本应该很果断地出手。

他在早上九点左右到达莱斯皮纳斯居住的街道。据情报处姑娘们搜集到的消息，莱斯皮纳斯每天早上十点整出门。马里乌斯负责接应工作，上次袭击那位假莱斯皮纳斯的时候，也是他和罗伯特搭档的。

罗伯特身着一件大外套，左边口袋里装了两枚手榴弹，一枚用来袭击，一枚用以撤退，右边口袋则放着一把手枪。十点了，没人出现。十点一刻，还是不见莱斯皮纳斯的身影。十五分钟对于一个口袋里装着手榴弹的人来说是漫长的，特别是每走一步，它们还会互相撞击。

一名骑着自行车的警察从他身边擦过。大概只是凑巧吧。可目标怎么还不出现呢？

时间在慢慢流逝，路上鸦雀无声。一个人在这里走来走去，迟早会引起别人的注意。

在不远处推着三辆自行车负责接应的同伴也很难长时间不被人怀疑。

一辆满载德国士兵的卡车出现在街角。这么短的时间内就有两次巧合，太多了吧！罗伯特感到很不安。马里乌斯远远地向他做了个手势，罗伯特同样用身体语言告诉他，目前一切顺利，行动照常进行。可莱斯皮纳斯始终没有出现。德国人的卡车从身边开了过去，没有停顿，但速度缓慢，罗伯特越来越觉得不对劲。街道又恢复了平静。莱斯皮纳斯家的大门终于打开了，一个男人走了出来，穿过花园。罗伯特把手放进口袋里，握紧枪。直到那人走近小轿车的那一刻，他都还没能看清来人的脸。要是不是他怎么办？如果这人只是来为代理检察长先生看流感的医生怎么办？难道要上前去问："您好，请问您就是我要枪杀的那个家伙吗？"

罗伯特走上前去，打算向那人询问时间。他希望颤抖的手和满头的汗不至于让自己露出马脚。

还好那人没有怀疑，只是抬起手礼貌地回答："十点半。"罗伯特松开了握住枪的手，他没办法开枪。莱斯皮纳斯向他道别，然后坐上自己的小轿车，扬长而去。

詹什么话也没说。罗伯特清楚地解释了一切，没人能责怪他些什么。我们只能说，流氓都是很难对付的。在大家互相告别的时候，詹小声说，要尽快再次采取行动。

整整一周，罗伯特都在痛苦中煎熬，什么人也不想见。到了周日，他很早便起身了。房东太太煮的咖啡飘来阵阵浓香。烤面包的气味通常会让他肚子疼，但周一之后，他剩下的只有心痛。他平静地穿上衣服，从床底拿出手枪插进皮带里，套上外衣，戴上帽子，独自走出了家门，没有通知任何人。让罗伯特感到难受的并不是失败。我们在炸毁火车头、铁路、电线杆、起重机这些敌人的物资时毫不犹豫，但是杀人，没人会喜欢杀人的。我们总是梦想着一个人人都可以自由生活的世界。我们想成为医生、工人、手工业者、老师……而即使这些权利都被剥夺了，我们也没有马上拿起武器。只有当他们将孩子关进集中营、将我们的伙伴枪毙时，我们才会忍无可忍地出手。但就像我曾经说过的那样，我们永远无法忘记被我们枪杀的那些人的脸，即使是像莱斯皮纳斯那样的浑蛋。杀人，是一件艰难的事。

卡特琳娜曾告诉过罗伯特，莱斯皮纳斯每周日早上十点整都会去做弥撒。于是罗伯特决定克服心理障碍，骑上自行车，独自去完成任务。再说，我们必须救鲍里斯，刻不容缓。

罗伯特到达时正好十点。莱斯皮纳斯刚刚关上花园的大门，正和太太、女儿一起走上马路。罗伯特握着手枪向三人走去，与他们擦肩而过。然后，只见他掏出手枪，转身，瞄准。由于不能从背后射击，他喊了声："莱斯皮纳斯！"一家人有些吃惊地转过身来。罗伯特干脆地朝莱斯皮纳斯开了两枪。代理检察长双手捂着肚子，跪倒在地上。他两眼圆睁，盯着罗伯特，然后颤抖着站了起来，靠在一棵树上。流氓真是难对付啊！

罗伯特走了过去，莱斯皮纳斯弯曲成一团，轻声哀求着"饶命"。罗伯特的眼前浮现出马塞尔的样子，他身首异处，头静静地躺在棺材里。还有所有被杀害的同伴，代理检察长先生何曾饶过他们的性命，何曾给过他们怜悯？莱斯皮纳斯的太太和女儿吓得大声喊叫，一个过路人本想上前帮忙，但看到罗伯特举起的手枪，又被吓退了。

呼救声不绝于耳，罗伯特骑上自行车平静地离开了。

当他中午回到家中时，代理检察长被杀的消息已经传遍整座城市。警察封锁了街区，并询问莱斯皮纳斯太太是否可以认出凶手。太太回答说，她应该能认出来，但不想这么做，因为死的人已经够多了。

亲爱的弟弟

在图卢兹某栋大楼的第五层，一个十岁的小女孩眼睁睁地看着母亲永远地离开了她。她清楚地知道，妈妈再也回不来了，爸爸早就跟她讲过：犹太人一旦被带走，就没有机会再回来，所以每次在说自己的新名字时，一定不能出错。

埃米尔找到了一份铁路上的工作。我们都在尽力找工作挣钱，因为得付房租，还得吃饭。当然，抵抗组织每个月会发点补贴。能找到工作对我们从事地下活动很有益处。如果我们每天正常上下班的话，引起警察或邻居怀疑的可能性会小很多。没有工作的人，只能谎称自己是大学生，但这样就很容易被注意。如果自己做的工作刚好又能帮到抵抗活动的忙，那就再好不过了。埃米尔和阿隆索在图卢兹调车场工作，这对兵团来说是相当重要的资源。他们俩和其他几名铁路工人组成了一个专搞破坏的小组，其中一项工作就是在德国士兵的眼皮底下将车厢侧面的标签撕掉，并立马贴到另外的车厢上。这样在装货时，纳粹在加来满心期待的零件就会运往波尔多，本该发往南特的变压器则去了梅兹，德国需要的发动机阴错阳差地到了里昂。

德国人不止一次地抱怨法国铁道部无能，因为埃米尔、弗朗索瓦和其他一些铁路工人将各种部件弄得乱七八糟，经常会有零件莫明其妙地消失。等到他们将找回的货物运到正确的码头时，通常一两个月已经过去了。

我们经常在晚上潜入他们的工厂，藏在一列列火车中间，时刻留意周围的动静。只要一有道岔或者发动机发出声响，我们就赶紧趁机往目标前进几步，以免被德军守卫发现。

上周，我们偷偷滑到一辆列车的底部，爬上车轴，慢慢地接近一节非常特别的车厢：油罐车。虽然行动起来有很大困难，很难不被人发现，但一旦成功，油罐车从外面是一点都看不出变化的。

我们派了一个伙伴望风，其他人爬上油罐车车顶，打开盖子，往里面的碳氢燃料中掺入了好几公斤沙和污泥。过几天，这罐由我们"精心"调制的燃料就会被灌入德国人的轰炸机或者歼击机里。到时飞行员们一离开地面就会纳闷：为什么引擎会熄火？为什么飞机突然往下坠？为什么会爆炸？稍微幸运点的，可能会在还没开出跑道时就发现飞机已经报废了。

仅仅凭借一点沙土和石子，我的伙伴们就能远在千里之外用最简单、最有效的方式摧毁敌人的飞机。完成任务后已经是大清早，大家一起往回走，我感到这次行动与我的第二个梦想——加入皇家空军，总算有些沾边了。

我们有时还会溜进图卢兹雷纳尔车站，掀开列车车皮上的遮雨布，然后找有用的东西下手。我们在里面发现过梅塞-施米特式战斗机的机翼、容克轰炸机的机身以及斯图卡战斗机的尾翼。所有这些都是在附近的拉泰科埃尔工厂生产制造的。我们将控制电缆通通剪断。如果发现了引擎，我们则会直接拔掉电线或者抽掉油管。被破坏掉的飞机零部件数不胜数。而我每次要采取破坏行动时，总是希望有个同伴陪着，否则我一定会走神。每当我捣毁机翼时，总是会分神联想到自己坐在"喷火"战斗机的驾驶舱里，手握操纵杆，耳边吹过一阵阵风。还好每到这时，埃米尔或者阿隆索就会跑来搭住我的肩膀，抱歉地将我拉回现实："走了，让诺，我们该回去了。"

10月份的前半个月，我们就是这样度过的。不过今天的任务要大得多。埃米尔得到消息，明天将会有十二辆火车头被运往德国。

这是一次大规模的行动，我们一共派出了六个人。这么多人一起行动的情况是很少见的；一旦六人被抓获，兵团将损失将近三分之一的成员。但为了完成这么大的任务，冒点险是值得的。十二个火车头，也就是说，我们需要十二枚炸弹。当然不可能六个人排着队去查理家领炸弹，所以这次他负责送到我们指定的地方。

一大清早，查理就准备出门了。他把装有炸弹的包裹放进自行车前的篮子里，上面铺上从菜园里采来的新鲜蔬菜，再盖上一层遮雨布。他一边蹬车，一边哼着歌，在图卢兹的乡间小路上惬意前行。查理的自行车是由我们偷来的许多自行车的零部件组装而成的，独一无二。它的把手有一米长，坐垫很高，车架一半蓝色一半橙色，两边的踏板极不对称，还有两只女式手提袋挂在后轮两侧。这辆自行车真是太古怪了。

查理的长相也很古怪。他一点都不怕进城，因为警察通常都不会注意他，只会把他当成一个街边的乞丐。乞丐虽然很麻烦，但并不危险。所以凭着一副邋遢的样子，查理一般都会躲过警察的目光。但今天除外。

他拎着炸弹穿过卡皮托勒广场时，被两名宪兵拦了下来，要求进行例行检查。查理将他的假身份证递了过去，上面显示他的出生地为朗斯。不过宪兵们好像不识字似的，还是询问了他的出生地。查理毫不犹豫地回答："伦兹！"

"伦兹？"

"是的，伦兹。"查理双手交叉在胸前，肯定地说。

"您说您出生在伦兹，可您的身份证上明明写着朗斯。所以，要么您在说谎，要么这是一张假身份证。"

"不可能！"查理用他特别的口音说，"我就是说的伦兹！加来海峡省的伦兹！"

警察看着他，心想，这个家伙不会在心里嘲笑我吧。

"别告诉我您是法国人。"

"当然是！"

这次警察彻底被他的口音搞蒙了。

"您住在哪里？"警察用命令的口吻问。

查理努力地发出了："布里斯特！"

"布里斯特在哪里？我不知道。"他转向了自己的同事。

"布里斯特在菲尼斯提尔省。"查理尖声回答。

"我想他是想说菲尼斯泰尔省的布雷斯特。"

查理高兴地点了点头。有点恼火的警察将他从上到下打量了一番，彩色的自行车、乞丐的打扮，再加上一篮子蔬菜，查理的确不怎么像一个来自布雷斯特的渔民。宪兵已经受不了和他鸡同鸭讲了，于是要求他跟他们去警察局验明身份。

这回换查理盯着他们看了。他和小卡米尔上的法语课这次算派上用场了。只见他走到宪兵面前，俯身靠近他的耳朵说：

"我的自行车篮子里装的是炸弹。如果你们把我带去警察局，我会被枪毙。而明天，就轮到你们被杀了，因为我在抵抗组织里的同伴一定会替我报仇的。"

幸好，在紧急关头，查理的法语可以这么流利！

这名警察犹豫了一下，本来放在枪上的手垂了下来。他和同事简单地交换了一下眼神，然后对查理说：

"赶紧走吧，布雷斯特人！"

中午时分，查理将十二枚炸弹递到了我们手里，并且大笑着向我们讲述了刚刚发生在他身上的事情。

可詹觉得这一点都不好笑，他批评查理说这样做实在太冒险了。不过查理毫不在意，还是满脸堆笑地说很快就会有十二个火车头被炸毁，从此变成废品。最后，他祝我们好运，骑上车回去了。直到今天，我有时仍会在夜晚入睡前听见查理踩着自行车往鲁贝尔的小火车站骑去，他坐在高高的坐垫上，爽朗的笑声和自行车一样，有着五彩斑斓的颜色。

<hr />

晚上十点，天已经彻底黑下来了，可以行动了。听到埃米尔的暗号

后，我们翻墙进入了铁轨。从墙上跳下去的时候，我们非常小心，因为每人兜里都揣着两枚炸弹呢。天很冷，湿气让我们觉得连骨头都被冻住了。弗朗索瓦在前面开路，阿隆索、埃米尔、弟弟克劳德、雅克和我排成一列跟在后面，幸好有停靠在铁轨上的火车做掩护。整个兵团看上去很整齐。

前面有个士兵在巡逻，我们停下了脚步。但时间紧迫，我们必须尽快赶到远处停靠火车头的位置。今天下午我们演习过一次。埃米尔打探到，所有火车头都被放在调车场。我们每人要负责两个车头。首先应该爬上引擎，攀着侧面的梯子上到锅炉顶部；然后用香烟点燃引线，用绑在上面的铁丝缓慢地将炸弹放入烟囱内；再把铁丝套在烟囱旁边的小环上，使炸弹可以在离锅炉底部几厘米的地方悬空挂着；接着爬下车头，穿过铁轨，在下一个车头上进行同样的操作。两枚炸弹放置完毕后，要以最快的速度奔向前方百米开外的一堵矮墙处躲避。在时间允许的情况下，可以去帮助其他人，避免任何伙伴被炸伤。当三十公斤炸弹同时爆炸时，当然是躲得越远越好。

阿隆索看着埃米尔：得马上想办法解决这个挡在路中央的人。埃米尔掏出了手枪。这名士兵嘴里叼着烟，划亮了一根火柴，火光映照出他的脸。尽管穿着一身漂亮的军装，但他看上去更像一个可怜的孩子，而不是令人憎恶的纳粹。

于是埃米尔又把枪收了回去，示意我们将他打昏就行了。大家都同意了，我却有点为难，因为他们让我出手。动手打昏一个人是件很恐怖的事情，你在击打他头部的同时，还得保证不会将他打死。

　　我们将昏死过去的士兵抬进一节车厢，阿隆索轻轻地关上了车门。继续往前走了一会儿，我们终于到达了目的地。埃米尔抬起手臂准备发信号，每个人都屏住呼吸等待行动的开始。我抬头看着天空，心想，在天上作战肯定比在石子煤灰路上带劲得多吧。突然一个小地方引起了我的注意。应该不是近视又加深了：我好像看到所有火车头的烟囱都在冒烟。也就是说，火车头的锅炉正燃着。根据上次在查理家"煎蛋聚会"（英国皇家空军的军官在食堂里也会这么说）的经验，我明白了所有装着炸药的东西只要靠近热源，就会变得极易爆炸。除非有奇迹出现，或者有任何我高中水平的化学知识无法解释的特殊情况，否则我们必将遭遇查理那样的"严重问题"。

　　就像我的高中数学老师常说的那样，任何事物的存在都是有理可循的。锅炉之所以还开着，是因为我们忘记提前通知铁路工人今晚要采取行动，结果他们一直在往里加炭，以保证蒸汽持续散发，让明早的火车可以准时出发。

　　为了不破坏同伴们的行动热情，我决定把自己的发现只告诉埃米尔和阿隆索。当然只能轻声耳语，我可不想再引起警卫的注意，不然又得打昏几个才行。不过还没开口，我就看到阿隆索也在盯着冒烟的烟囱。跟我一样，他也在想接下来该怎么办。按照计划，我们要通过烟囱将炸弹挂在锅炉里；可要是锅炉是热的，我们就很难做到，甚至无法判断炸弹在这样的温度下何时会爆炸；引线到时也帮不上忙了，只能变成没用的装饰。

也许埃米尔在铁路上工作的时间还不够长，所以无法准确地告诉我们爆炸时间。这是一个相当困难的问题，我们不会怪他答不上来。

阿隆索认为炸弹被放到一半时就会爆炸，但埃米尔没那么悲观，他觉得在锅炉这样的圆柱形铸铁里，热量散发是需要一定时间的。"多少时间呢？"面对阿隆索的追问，埃米尔给不出答案。我弟弟最后总结说："反正已经来了，拼了吧！"

我说过，我们绝不会放弃，我们一定要毁掉这些火车头。大家以绝对多数票通过了继续行动的决定，没有人弃权。于是埃米尔重新举起手臂，示意大家开始行动。我壮着胆子问了每个人都在琢磨的问题：

"那我们还要不要点燃引线？"

埃米尔有些不耐烦地回答说："要！"

接下来，一切进行得很快。大家分散跑向目标，爬上各自负责的第一个火车头，心里默默地祈祷着。引线点燃了，如果不考虑前面讨论过的热量问题的话，我有四分钟时间将炸弹放入锅炉、系好铁丝、奔向下一个目标、重复刚才的动作，然后跑到矮墙边躲起来。我拿起铁丝，将炸弹轻轻地放入锅炉，脑子里不停地估算着到底实际上还剩多少时间。

如果没记错的话，上次从查理将鹅肝油放进锅内到发生爆炸，中间间隔了起码三分钟。所以，要是足够幸运，我应该不会被炸死在火车头的锅炉顶上，或者，我至少可以有时间放下第二枚炸弹。

第一个任务完成了，我迅速跑向第二个火车头。阿隆索在几米远的地方向我示意，告诉我一切正常。看到他的进度跟我差不多，我稍微放心了一点。我知道有些人连点煤气灶都很怕被突然蹿出的火苗伤到；我很想看看要是让这些人将一枚三公斤重的炸弹放入燃烧着的火车头锅炉里会是什么样子。当然，最让我放心的是，弟弟也已经完成了任务，正准备往前方跑。

阿隆索落在了后面，因为他在跳下车时把脚卡在了铁轨和车轮中间。我和弟弟拼命帮他往外拉，此时，我甚至已经听到了丧钟在耳边响起。

虽然脚疼得厉害，但我们终于将他拉了出来，然后飞快地往前跑去。第一声爆炸响起，强大的冲击力将我们推向矮墙。

弟弟过来把我搀了起来，看着他满是尘土的脸，尽管还有些耳鸣，但我振作精神，带着他一起向自行车走去。

"你看，我们成功了！"弟弟笑着说。

"你在笑吗？"

"当然，这是多么愉快的晚上！"他一边骑车，一边回答我。

身后的爆炸声此起彼伏，天上仿佛下起了铁屑雨。我们在很远的地方还能感受到那股热量。过了一会儿，我们停下车，转过身去看着远处的一切。

弟弟的笑是理所当然的。虽然今天不是7月14日，也不是圣约翰节，只是1943年10月10日，但我们看到了一场最美丽的烟火表演。明天，德国人将失去他们那十二个火车头。

天亮了。昨晚炸完火车头后，我跟弟弟约好今天一起喝咖啡。现在我已经迟到了。我们彼此都很想念对方，因为见面的机会越来越少了。于是我迅速穿好衣服，准备去埃斯基罗尔广场旁边的咖啡馆赴约。

"您在大学到底学的是什么专业？"

我正要跨出门口时，杜布朗太太的声音在走道里响起。从语气上判断，她并不是真想关心我的学业。我转过身来，尽量做出一副令人信服的表情。如果她开始怀疑我的身份，我就必须尽快搬走，最好今天就离开市区。

"您为什么会这么问，杜布朗太太？"

"如果您碰巧是学医的，或者是学兽医的，那就再好不过了。我的猫生病了，起不了身。"

"哦，杜布朗太太，我很想帮您，不过我是学会计的。"

本以为这样就可以脱身，谁知她马上就若有所思地说："真遗憾。"这一举动让我不知所措。

"还有什么可以帮您的吗？"

"要是您不介意的话，我还是希望您能帮我看看猫。"

她一把抓起我的手臂，把我拉进了她的房间，小声在我耳边说："有些话还是在里面说比较好，我家的墙壁并不厚。"听完这话，我的心情更加忐忑了。

杜布朗太太的房间跟我的差不多大，多了一些家具和一间水房。扶手椅上躺着一只灰色的大猫，看上去气色不比我好多少。我一声不吭地站着。

"听着，"她关上了房门，"我不管您学的是会计还是数学，像您这样的大学生，我已经见过好几个了。他们总是在某一天突然就消失了，甚至再也没有回来取过自己的衣物。对于您，我没有任何意见，但我不想被警察骚扰，更不想惹到保安队。"

我的胃里一阵痉挛，好像有人在我肚子里玩游戏棒似的。

"您为什么说起这些？"我嘟囔着问。

"因为我很少看到您在学习，但您又不像一个懒得不可救药的人。而且，您的弟弟和朋友偶尔会来家里，他们看上去都像是恐怖分子。所以我才告诉您，我不想惹麻烦。"

我非常想知道杜布朗太太是怎样定义恐怖分子的。尽管出于安全考虑，我应该保持沉默，因为这不过是她对我的怀疑而已，但我还是没忍住：

"我认为真正的恐怖分子是纳粹和保安队的人。而我们，我的朋友和我，都只是憧憬世界和平的大学生。"

"我也想要和平，但首先得保证我家的平静！所以，小伙子，不要再在我家里说刚才的那些话。保安队队员从来没有欺负过我。我在路上看到的他们都是衣着整洁、很有教养的样子。这比我碰到的其他很多人都强。您明白了吗？我不希望自己家里发生任何事情。"

"是的，我明白了。"我沮丧地回答。

"别把我想得太坏。我明白，在当前这样的情况下，您和您朋友所做的一切都需要很大的勇气和对未来的信念。但我还是希望这些事都发生在外面，不要在我家里。"

"您是要我搬走吗？"

"既然您付了房租，我没理由将您赶走。但以后请不要再带您的朋友来家里温习功课了。尽量让您自己看上去像个正常的小伙子吧，这样对我、对您都有好处。"

她随即开门让我出去。我向她道了别，然后飞奔去找弟弟。他应该等得很不耐烦，可能已经开始担心了。

透过玻璃，我看到弟弟和索菲并排坐着喝咖啡。索菲竟然也在！我想她应该没有发现我红着脸走过去的样子，我找借口说是因为跑得太快。弟弟好像一点都不介意我的迟到。索菲起身，准备把时间留给我们哥俩，但克劳德请求她留下来跟我们一起聊天。本来说好的两人"密谈"泡汤了，但我一点也不怪他。

索菲自己也很高兴留下来。情报员的工作和我们的一样艰难。她和我一样，也是伪装成大学生租房住。每天一大清早，她就会离开自己位于"石子坡"的家，直到晚上很晚才回去，确保身份不会暴露。在没有跟踪或传递任务时，她就在街上四处游荡，等到天黑再回家。这样的日子到了冬天是很难熬的。唯一可以喘息的时刻，就是在酒馆柜台前短暂地取暖。她从来不敢待太长时间，生怕被注意到。毕竟，一个漂亮的年轻女孩，独自一人，很容易惹人注目。

每周三她会去电影院看场电影，然后在周日的时候把故事情节讲给我们听。其实也就前三十分钟的剧情，因为里面实在太热了，还没演到一半，她就昏昏欲睡了。

我很难想象索菲到底有多么勇敢。她漂亮，脸上总是带着迷人的微笑，而且在任何情况下都能随机应变。所有这一切都是那么令人心动，所以我看到她就脸红也是正常的。

"上周我遇到了一件不可思议的事情。"她一边抚着额前的头发，一边说。

我和弟弟都只是呆呆地望着她，不想打断她的话。

"你们怎么回事？哑巴了？"

"没有，没有，你接着说。"弟弟笑容灿烂地回答她。

索菲疑惑地看了看他，又看了看我，然后开始讲她的故事。

"我当时带着三支冲锋枪去卡尔莫交给埃米尔。查理把枪藏在一只行李箱里，挺沉的。我在图卢兹火车站上了车，打开车厢门时，居然发现里面坐着八个宪兵！我赶紧踮起脚准备离开，心想最好他们没人注意到我。谁知道其中一个宪兵站起来对我说，挤一挤还是可以坐下的。另一个人甚至直接走过来要帮我提行李箱！你们要是我，会怎么做？"

"我会请求他们立马把我干掉了事。"弟弟回答说，"还等什么呢？反正已经走投无路了，不是吗？"

"是啊，就像你说的，反正已经走投无路了，我就任由他们帮我拿箱子了。他们替我把箱子塞到座位下面，然后一路和我聊到了卡尔莫。但这还不算完事！"

此时我又开起了小差。我想象着索菲对我说："让诺，如果把你那头可怕的红头发换个颜色的话，我会非常愿意拥抱你的。"那我一定马上就去把头发染了，一刻都不耽误。不过很遗憾，她没有提这个要求，我的头发还是那么红。她继续讲着故事。

"火车到卡尔莫站了。你们猜怎么着？我居然碰到了检查！车窗外，德国人将站台上的所有行李都打开了。我想，这次真的完蛋了！"

"可不是吗！"克劳德一边附和着，一边将手指伸到咖啡杯底蘸来蘸去。

"看着我一脸沮丧的样子，那群宪兵笑了起来。他们轻轻地拍了拍我的肩膀，说会带着我走出车站的。我很是吃惊。他们的队长解释说，我箱子里装的那些火腿和香肠由我这样的女孩子享用，当然好过送给那帮德国士兵。我的故事神奇吧？"索菲大笑起来。

虽然早已被她的故事吓出了一身冷汗，但看到她那么快乐，我们自然也跟着高兴。只要待在她身边，我们就觉得很开心。可她所做的一切不是在玩游戏，每次都可能会因此被枪毙。

索菲今年十七岁，父亲是卡尔莫的一名矿工。一开始父亲并不赞成她参加兵团。詹把她招募进米的时候，她父亲甚至还跑来大吵了一架。其实她的父亲很早以前就已经成为抵抗分子了，所以他很难找到一个真正站得住脚的理由来阻止女儿从事同样的事业，与詹的争吵自然也不会有什么结果。

"别急，好戏还在后头呢。"她越讲越起劲。

克劳德和我耐心地等待着故事的结局。

"埃米尔在站台的角落等我。可他看到的竟是我被八个宪兵簇拥着走出来，其中一个还帮我提着那只装有三支冲锋枪的箱子！你们能想象他当时的样子吗？"

"他什么反应？"克劳德问。

"我使劲冲他招手，老远就对他喊着'亲爱的'，然后跑过去抱住他的脖子，免得他被吓跑。宪兵把箱子递给了他，然后向我们告别。我感觉在宪兵离开了好一阵子之后，埃米尔的身体还在发抖。"

"要是知道火腿那么好的话，我以后就不吃犹太食品了。"弟弟抱怨说。

"没有什么火腿，里面是冲锋枪，傻瓜。那群宪兵刚好那天心情不错吧，就这么简单。"

克劳德一定不是在嫉妒那帮宪兵，而是对埃米尔有点眼红。

索菲看了看表，然后站了起来："我该走了。"她和我俩一一拥抱道别，走了出去。我和弟弟就这样并排坐着，沉默了好长时间。下午我们分开的时候，彼此都明白了对方在想什么。

我提议明晚再碰头，多聊一会儿。

"明天晚上？我没时间。"克劳德说。

我没问他什么，但从他的沉默里已经知道，他又要去执行任务了。他也看出了我的担心："我结束后去你家找你，十点以后。"

我知道完成任务以后，他还得骑好长一段路逃跑，确保安全之后才能来见我。为了能让我安心，他觉得累一点也无所谓。

"那明天见。"

"明天见。"

　　杜布朗太太的话一直让我如鲠在喉。要是向詹汇报的话，他一定会让我离开市区的。可我不想住得离弟弟和索菲那么远。但转念又想，如果我不向任何人通报，而最后自己被抓的话，可能会犯下无法原谅的错误。思来想去，最后我跨上自行车，飞快地向鲁贝尔的小火车站骑去：查理总会给出好建议的。

　　果不其然，他非常愉快地接待了我，还请我去菜园帮忙。在加入抵抗组织之前，我在马努瓦尔菜地工作过几个月，所以对锄草、耕种之类的事很在行。查理对我的技术相当满意。很快我们便进入了正题，我将杜布朗太太说的话向他重复了一遍，他听后觉得我不用担心。

　　他认为杜布朗太太如果不想惹祸上身的话，就不会去告发我，因此她一定会有所顾虑。而且她对我说过："别把我想得太坏。"所以我不应该对她全盘否定。查理还告诉我，其实很多人都不敢有所作为，因为他们怕事，他们跟告密者是不一样的。杜布朗太太就是这种怕事的人。侵略者的行为还没有把她逼到走上绝路的地步，所以她选择不作为，就这么简单。

　　"人只有在意识真正觉醒之后，才能体会到活着的意义。"查理一边拔着萝卜，一边对我说。

　　查理是对的。对大多数人来说，一份工作、一间房子、周日能休息几小时，这便是所谓的幸福。他们觉得平静便是幸福，对是否活得有意义并不关心。即使邻居已经在痛苦中煎熬，但只要没有殃及自身，他们便选择不闻不问，假装什么事也没有发生过。这不仅仅是因为怯懦。对有些人来说，活着也需要很大的勇气。

"最近别带朋友去家里。"查理提醒我。

之后，我们安静地锄草，他负责萝卜地，我负责生菜地。

"除了房东太太，还有别的事情让你很烦，是吗？"他一边问我，一边递给我一把锄头。

我想了想，正准备回答，他接着说了下去：

"有一次，罗伯特让我收留一个女人在家里住一阵。她比我大十岁，当时正在生病，想在我家休息。我说我不是医生，但可以让你住下来。楼上只有一个房间，你想怎么住？后来我们睡在同一张床上，一人一边，中间隔了个枕头。她在这里待了两周，我们每天都有说有笑，聊了很多有趣的事情，我开始习惯有她的存在了。可是后来她的病好了，就离开了。我什么都没问，必须得重新面对冷冷清清的房间。两个人在一起的时候，即使只是风声，也会觉得有人在与你一起欣赏。但独自一人时，就只能听出凄苦的感觉了。"

"你没再见过她？"

"两周以后，她回来找我，对我说想跟我在一起。"

"后来呢？"

"我让她最好回到自己丈夫身边去，这对我们两个人都好。"

"查理，你为什么要跟我说这件事？"

"你爱上了兵团里的哪位姑娘？"

我没有回答。

"让诺，我知道孤独的滋味很难受，但这是我们从事地下工作必须付出的代价。"

看我还是沉默不语，查理停下了手头的活。

回到屋子里，查理送了我一串萝卜，感谢我帮他锄地。

"让诺，你看，刚才我跟你讲的那个女人，她允许我爱她，这是多么美妙的事情。虽然只有短短几天，但对我这样的丑八怪来说，这已经是再好不过的礼物了。现在，我只要想起她，就会有幸福的感觉。好了，你该回去了，现在天黑得很早。"

他把我送到了门口。

我推着车，忍不住转身问查理："你说，我和索菲之间有可能吗？我的意思是，在战争结束以后，我们不再做地下工作的时候。"查理很抱歉地看着我，迟疑了一下，然后微笑着回答：

"要是索菲和罗伯特在战后分了手的话。谁知道呢？小心骑车，当心村口巡逻的人。"

晚上，我躺在床上反复回想着与查理的对话。他是对的，索菲可以成为我很好的朋友，我们也最好只是朋友。再说，我也不想把头发染成别的颜色。

我们决定继续鲍里斯从前的工作，继续对付保安队。这群穿着黑衣服的走狗、成天想着逮捕和折磨我们的败类、只会给老百姓带来痛苦的浑蛋，对他们，我们绝不留情。今天晚上，我们就要去亚历山大街炸毁他们的老窝。

执行任务之前，克劳德躺在床上，双手枕在脑后，望着天花板，想象着将要发生的事情。

"今晚我可能回不来了。"

雅克走进房间，坐在他身边。克劳德一句话也没说，只是用手指量了量炸弹的引线，只有十五毫米。

"不管了，我还是要去。"

雅克无奈地笑了笑，他并没有给克劳德下命令，是弟弟自己要求的。

"你确定吗？"雅克问。

弟弟什么也不能确定，但他还记得父亲在咖啡馆里问过的问题。为什么我要告诉他这些？当时他的回答是："好的。"

"今晚我可能回不来了。"我那年仅十七岁的弟弟再次说道。

十五毫米的引线，非常短。他只有一分半也就是九十秒的时间逃命。

"今晚我可能回不来了。"他不停地念叨着。不过令人欣慰的是，那帮可恶的保安队队员今晚也不可能回家了。干掉了他们，我们就为许多素不相识的人争取到了几个月的生命、几个月的希望。因为要再建一个狗窝，他们得费好一番工夫。

虽然我们只有一分半，但我们为其他人赢得了几个月时间，这样做是值得的。

鲍里斯是在马塞尔·朗杰被执行死刑的当天开始对付保安队的。他已经被关进圣米迦勒监狱很长时间了，为了救他，我们杀死了莱斯皮纳斯代理检察长。现在，我们要继续他未完成的使命。我们的行动取得了明显成效：在对鲍里斯的审判中，法官们个个你推我让，谁也不敢再判死刑，最终决定的结果是二十年监禁。今晚，克劳德想到了鲍里斯，也想到了鼓励过他的恩内斯特。恩内斯特牺牲时只有十六岁，你能想象吗？在被保安队队员抓住时，他当街尿了裤子。那帮浑蛋让他把裤链拉开，想好好羞辱他一番。事实上，他只是要借机拔下裤袋里手榴弹的机关，送眼前的这群人渣下地狱。克劳德眼睁睁地看着一个年仅十六岁的少年消失在街中央。

今天是11月5日，距离我们枪杀莱斯皮纳斯已有近一个月的时间了。

"我可能回不来了，"我的弟弟说，"但没关系，其他人会替我活下去的。"

夜越来越深了，天空下着雨。"行动吧。"雅克小声说。克劳德抬起头，松开手臂。亲爱的弟弟，珍惜你的时间，记住生命的每个瞬间，鼓起勇气，让自己充满力量吧。千万不要忘记妈妈看着你入睡时那温柔的眼神，那只是几个月前的事情而已。你看，离开父母后的时间其实过得很慢，所以即使今晚回不来了，你也还有一段时间可以存活。不要怕，只要将平时练习过无数次的本领拿出来就可以了。我很想和你并肩作战，可惜，此刻我并不在场。但别担心，还有雅克和你在一起。

克劳德将装有炸弹的包裹夹在腋下，鼓起勇气出发了。他试着不再去想自己危在旦夕的命运，只把它当作黑夜里的毛毛细雨。他并不孤独，我一直都在他心里。

到达圣保罗广场时，他的心跳加快了许多，他一边往前走，一边告诉自己要镇定。如果幸运的话，一会儿他将从克雷诺街逃走。但现在还不是考虑逃跑路线的时候。

弟弟来到了亚历山大街，心里已经不再恐惧。看着他和雅克若无其事的样子，在门口看守的保安队队员以为是自己人，于是毫不犹豫地将他们放了进去。大门在他们背后关上了。弟弟点燃火柴，随着火苗的跳动，他的丧钟似乎也在慢慢敲响。院子的另一边，一辆自行车靠在窗边，他将查理准备的第一枚炸弹放进了篮子里。再走进一扇门，走廊里，丧钟的声音好像越来越大了。还剩几秒？每走两步就是一秒，现在已经走了三十步。还是别数了，反正无论如何都要继续往前走。

两名在走廊里谈话的保安队队员完全没注意到他。他走进一个房间，将包裹放在散热器旁边，然后装出一副在口袋里找东西的样子。最后，他耸耸肩，好像在为自己的粗枝大叶懊恼。转身离开时，一名保安队队员还靠在墙边给他让道。

时间一分一秒地过去了，他必须保持正常的步伐，不能露出一点蛛丝马迹。终于走回院子里了，雅克指了指自行车，克劳德看到里面的引线已经消失在包裹炸弹的报纸里。还剩多少时间？雅克轻声对他说："三十秒，可能更短。"门卫任他们自由地走了出去：通常门卫们只关注进入大楼的人。

终于来到了大街上，克劳德在寒风中打起了哆嗦。此刻，他还笑不出来，就像上次炸火车头的情形那样。如果计算没错的话，他们必须在炸弹爆炸之前逃出警察的巡逻区域。否则，在炸弹的映照下，黑夜将如同白昼，他们很容易被人发现。

"就是现在！"雅克紧紧地抓住克劳德的手臂，与此同时，第一枚炸弹爆炸了。热浪冲向周边的楼房，窗玻璃四处飞溅。一个女人发出了恐惧的尖叫声。紧接着，警察们高声喊叫着往四面八方跑去。雅克和克劳德在十字路口分了手。克劳德将头低低地埋进衣领里，看上去和许多刚刚上完夜班的工人一模一样。

雅克已经走远了，身影消失在卡诺大街的尽头。而克劳德，不知为什么，又开始恐惧起来。他想着总有一天，他和雅克当中的一个会说："那个晚上，我失去了一个朋友。"而如果他是幸存的那一个，他并不会感到高兴。

亲爱的弟弟，来杜布朗太太家找我吧。雅克明天就会出现在12路电车的终点站，你不用担心。今晚，你蜷缩在被窝里，将脸埋进枕头，好好想一想妈妈身上的香水味吧。你已经很幸运了，妈妈曾陪你度过了最后的童年时光。好好睡一觉吧，我亲爱的弟弟，雅克会回来的。当然，你我现在都还不知道，在1944年8月的某个夜晚，当我们乘火车被押送到德国去的时候，会眼睁睁地看着雅克背部中弹，倒地不起。

❖❖❖

我邀请杜布朗太太一起去看歌剧。这并不是为了对她的宽容表示感谢，也不是为自己制造什么不在场证据，只是因为我听从了查理的建议，不让她看到弟弟完成任务后来找我的样子。谁知道弟弟到时会是个什么状况。

幕布拉开了，剧院里漆黑一片，我坐在看台上，心里一直在想弟弟。我把钥匙藏在门毡下面，他是知道的。焦虑的感觉一直笼罩着我，台上在演什么我一点也不知道，但我很高兴可以待在这里。对地下工作者来说，能够在避风港里待着无疑是最惬意的事。在这两个小时里，我不用藏起来，也不用逃跑，这种感觉真是太美妙了。快到幕间休息时间了，也就是说离散场的时间越来越近了，我在这块自由空间里待不了多长时间。演出差不多进行了一个小时，短暂的安静将我带回现实，大厅里的我还是如此孤独。没想到的是，德国宪兵和保安队队员突然冲了进来。剧院大门被粗暴地打开，德国人在台下大声叫嚷着什么，演出无法再继续下去。歌剧对杜布朗太太来说是神圣不可侵犯的。三年了，纳粹占领区里每天都有数不清的人被杀死，法国人早已没有了自由，但所有发生在同胞身上的血腥事实并没有让杜布朗太太感到耻辱。而今天，仅仅因为一出歌剧被打断，她便改变了对抵抗运动的看法，嘴里还对着进来的那帮人小声念叨："真野蛮！"

回想起昨天跟查理的对话，我终于明白了，当一个人意识到自己生命存在的意义时，便会是现在这个样子。

德国人像一群疯狗一样粗鲁地疏散着观众。真的，他们大吼大叫的样子，再加上套在脖子上的身份牌，看上去像极了疯狗。而他们身边那帮穿着黑衣的保安队队员则是一群野狗。在荒凉的街道上，它们嘴里流着口水，眼露凶光，恶狠狠地想将每个人都咬得粉碎。看到德彪西的作品被中途打断，再想想保安队队员那一张张狂怒的脸，我知道，克劳德顺利地完成了任务。

"我们走吧。"杜布朗太太对我说。她穿上大衣，这是唯一让她看上去有尊严的东西。

在站起来之前，我得先让自己的心跳平静下来，双脚不要再颤抖。要是克劳德被抓了怎么办？他会不会被关进潮湿的地窖，每天被严刑拷打？

"我们走吧？"杜布朗太太再次催我。她可不想被那帮禽兽推着走。

"想通了吧？"我微笑着问。

"想通什么了！"杜布朗太太从来没有像现在这样生气。

"您是不是也准备开始投入'学习'了？"我站起身来。

———❦———

食品店门前排着长龙。人们兜里揣着供给券，耐心地等在队伍中。

紫色券是买人造黄油的，红色的是糖券，棕色的是肉券（但从年初开始，肉架上就时常空空如也，一周只供应一次），绿色的是茶券和咖啡券（由菊苣或烤大麦替代咖啡的情况已经持续了很长时间）。得等上三个小时才能排到柜台前，然后领到仅有的一点糊口之物，但今天人们没心思计算时间，个个都盯着食品店对面的那扇大门。"真是位勇敢的太太""一个英勇的女性"，类似的评价声在人群中此起彼伏。在这个昏沉沉的早上，两辆黑色小轿车停在了洛尔蒙一家居住的大楼前。

"我刚刚就在那里，亲眼看到他们把她丈夫带走了。"一位主妇小声说道。

"他们还上去抓走了洛尔蒙太太。本来想连他们家的小女儿也一起逮捕，但她当时没在家。"排在队伍里的大楼看门人太太补充道。

她刚才提到的小女儿名叫吉塞勒。这不是她的真名，她的真实姓氏也不是洛尔蒙。住在附近的人们都知道他们是犹太人，但这不打紧，只要警察和盖世太保不知道就行了。可惜的是，他们最终还是被发现了。

"他们对犹太人所做的一切实在是太过分了！"一位太太带着哭腔说。

"洛尔蒙太太是个真正的好人。"另一位太太掏出手绢递了过去。

大楼里的保安队队员和盖世太保一共只有四人。但就是这穿着黑衬衫和制服再佩上手枪的四个人，便能完全控制住食品店门前那条长长的队伍。人们被吓住了，他们不敢站出来说话，更不敢行动。

住在五楼的房客皮勒盖太太救下了小女孩。她当时正好在窗前，看到了盖世太保开来的车，于是赶紧跑去告诉洛尔蒙一家。洛尔蒙太太请求她将女儿带走，藏起来。小女孩只有十岁啊！皮勒盖太太毫不犹豫地答应了。

吉塞勒甚至没来得及同爸爸妈妈进行最后的拥吻。皮勒盖太太一把抓过她，将她带回了自己家里。

"我看到很多犹太人被带走了，到目前为止，还没有一个人回来！"一位老先生一边向前挪动，一边说道。

"您说今天会不会有沙丁鱼呢？"一位太太问。

"不知道。周一的时候还有几箱。"老先生回答。

"他们还没找到小女孩呢。真好！"排在后面的一位太太说。

"是的，最好找不到。"老先生有礼貌地回应。

"听说他们把犹太人押到集中营，许多人都会在里面被弄死。是和我丈夫在同一个工厂里工作的波兰工人说的。"

"我什么都不知道。不过，您最好不要提起这样的事情，也告诉您的丈夫不要说。"

"我们会想念洛尔蒙先生的。"站在后面的太太说道，她总能说出一些感人的话语。

每天清晨，戴着红围巾的洛尔蒙先生都会来到食品店门口排队。他热情的微笑、轻松的话语让人们在漫长的等待中感受到了难得的温暖。在冬季每一个寒冷的早晨，因为有了可爱的洛尔蒙先生，人们的脸上才会泛起少有的笑容。现在，一切都结束了，再也听不到他的声音了。他所有幽默的词句都被盖世太保的小轿车带走了，一去不复返。从悲剧发生到现在，已经两个小时了。

人群一片沉寂，连轻声嘀咕都很少听到。保安队队员和盖世太保走出了大楼，洛尔蒙太太头发蓬乱地被他们押着。她昂首挺胸地向前走，没有一丝畏惧。他们可以抢走她的丈夫和女儿，但永远无法夺走她作为妻子和母亲的尊严。大家都看着她，她报以微笑，用这种方式向邻里告别。

保安队队员将她推向车子。忽然，她感到孩子正在背后看着她。小吉塞勒此刻就在五楼，脸蛋贴着窗户，目不转睛地看着她。她感受到了。她想转过身去送给孩子最后一个微笑，想让她知道妈妈是多么爱她。只要一秒的眼神交会，小女儿便会知道，不管战争多么残酷，无论人类多么疯狂，母亲对她的爱是永远都不会改变的。

但如果真的转身，一定会引起注意。皮勒盖太太好不容易才救了小吉塞勒一命，她不能再让女儿冒如此大的险。洛尔蒙太太的心在颤抖，她闭上眼睛，头也不回地钻进了车里。

在图卢兹某栋大楼的第五层，一个十岁的小女孩眼睁睁地看着母亲永远地离开了她。她清楚地知道，妈妈再也回不来了，爸爸早就跟她讲过：犹太人一旦被带走，就没有机会再回来，所以每次在说自己的新名字时，一定不能出错。

皮勒盖太太一手搭着她的肩膀，一手拉着窗帘，生怕被下面的人看见。但吉塞勒还是看到了妈妈被带进黑色小轿车的场景。她想对妈妈说："我爱你，我会永远爱你。你是世界上最好的妈妈。从此以后，我便没有妈妈了。"不能说出声，她便用力地想，她相信这样强大的感情可以穿透玻璃，坐在车里的妈妈一定能听到她想说的话，即使她双唇紧闭着。

皮勒盖太太弯下腰轻吻她的额头。她感觉到皮勒盖太太的眼泪滴落在背上，可她没有哭。她下定决心勇敢地走下去，发誓永远不会忘记1943年12月这个令她失去母亲的早晨。

小轿车门被关了起来，盖世太保开车离开了。小女孩张开双臂，表达着自己最后的爱。

皮勒盖太太双膝跪地，与她靠得更近：

"小吉塞勒，我真的很抱歉。"

看着满脸热泪的皮勒盖太太，小女孩露出了脆弱的微笑。她一边帮皮勒盖太太擦眼泪，一边说："我叫莎拉。"

❦

四楼的住户气急败坏地从饭厅窗户旁走开。

走到一半，他停了下米，对着悬挂在五斗橱上的框吹气。贝当元帅的画像上积了厚厚的一层灰。从今以后，再也不会听到楼下的人发出噪声，也不会再有琴声。

他觉得自己有义务继续监视这栋大楼，一定要找出是谁把那个肮脏的小犹太佬藏起来了。

时间过得很快，我加入兵团已经八个月了。我们几乎每天都有行动，光上周我就执行了四项任务。从年初到现在，我瘦掉了整整十公斤，身心完全被饥饿和疲惫笼罩。这天傍晚，我去弟弟家接他，并且给了他一个惊喜：我带他去市区一家饭馆撮了一顿。克劳德看到菜单时，眼睛睁得大大的。鲜肉浓汤、蔬菜和苹果蛋糕，我将所有的钱都花在了这家名叫"佩多克皇后"的饭店里，但这没什么。原本我以为年底前自己一定会死，但现在已经12月初了，我们还活得好好的！

刚走进这家饭店时，望着眼前一群群保安队队员和德国人，克劳德以为我是带他来执行新任务的。在得知我们是来吃饭时，我看到他脸蛋上泛起了童年时幸福的光芒。他的微笑与小时候我们和妈妈在家里玩捉迷藏时一模一样。当时妈妈的眼里充满了欢乐，她走过衣柜时还故意装作没看到藏匿其中的弟弟。

"这是为了庆祝什么？"他小声问我。

"随便！庆祝冬天，庆祝我们还活着，随便庆祝什么都行。"

"你哪来那么多钱付账？"

"这你别管，放开肚皮吃就行了。"

看着篮子里金黄松脆的面包，克劳德的眼珠都快掉出来了，这情形像极了一个发现一整箱金子的海盗。吃完饭后，看到弟弟兴奋不已的样子，我的心情也好了很多。在他起身去洗手时，我叫来服务员结账。

过了一会儿，我看见他表情怪异地走了回来，没有再坐下。他告诉我，我们应该马上离开。我还没喝完咖啡，但他坚持，还不停地催我。他肯定感觉到了什么。我赶紧付了钱，套上大衣，和他一起走了出去。在路上，他拉着我的肩膀把我往前拽。

"快点走！快点！"

我向后瞟了一眼，看看是不是有人跟着，但路上空空如也。再看弟弟的脸，我发现他正努力憋着笑。

"见鬼！到底出了什么事！你弄得我很害怕！"

"快走！到那边的小路上，我就告诉你。"

直到把我带进了一个死胡同里，他才放心地将藏在外套里的宝贝拿给我看。原来他在佩多克皇后饭店的衣帽间里偷走了一位德国军官的腰带，上面还别着一把毛瑟枪。

我们俩走回大街上，感到前所未有的默契。这个夜晚非常美好，食物让我们找回了力气和希望。在分开时，我提议明天再见面。

"我不行，明天我有任务。"克劳德小声说，"我才不管什么规定呢。你是我哥哥，要是连你都不能说的话，还有什么意思？"

我一句话都没说，既不想鼓励他破坏规定，又不想失去他的这份信任。

"明天我要去邮局偷钱。詹大概觉得所有小偷小摸的事情都该由我做吧！可是你知道，我讨厌这样！"

我明白他的不安，但兵团真的非常需要钱。我们这些"大学生"要是连饭都吃不饱，怎么会有力气继续战斗。

"很危险吗？"

"一点都不！这让我更生气！"克劳德低声发着牢骚。

接着，他跟我说了一下任务安排。

每天早上，邮局的一位女职员都会独自一人前往巴尔扎克街的办公地点。她手里会拿一只帆布袋，里面的钱足够我们花好几个月。克劳德负责将她打昏，然后夺过帆布袋，埃米尔负责掩护。

"我没要他们给我的大棒！"克劳德生气地说。

"那你打算用什么把她打昏？"

"我才不打女人呢！到时我就吓唬吓唬她，实在不行就推她两下，然后抢过布袋就跑。"

我不知道该说点什么。詹应该知道克劳德不可能打女人。但我怕事情并不会像弟弟希望的那样进展顺利。

"我得把钱送到阿尔比，两天后才能回来。"

我张开双臂抱了抱他，让他向我保证一定要小心，然后彼此道别。我后天也要执行任务，之前还得先去查理家取些弹药。

——❖❖❖——

早上七点，克劳德按计划来到了邮局旁边的小花园，藏在一堆灌木丛后面。跟平常一样，八点十分，邮局的小卡车开了过来，放下了那位女职员。此时，克劳德一跃而起，向这位女职员亮出了拳头。没想到的是，那女职员至少有一百公斤重，还戴着眼镜！

　　之后的一切发生得很快。克劳德使劲地推搡她，那人却像一堵墙一样纹丝不动！克劳德被弹到了地上，耳边嗡嗡作响。没有别的办法了，只能按照詹的意思做。当他抬头看到那个女人的眼镜时，他想到了同样近视的我。想到一拳下去之后，玻璃碎片将飞入这个无辜者的眼睛，他彻底放弃了这个念头。

　　"有贼！"女职员大声喊叫起来。克劳德使出全力去抢夺被女职员护在胸前的布袋。也许是力气不够大吧，在扭打中他又摔倒在地上，一百公斤的身体压到他的胸口上。他奋力挣扎着，拼命拉扯着布袋。埃米尔跨坐在自行车上，目瞪口呆地望着眼前的一切。最后，无计可施的克劳德只好拔腿逃跑了。为保险起见，埃米尔不得不朝反方向骑去。行人围拢过来，女职员惊魂未定地爬了起来，人们安抚着她的情绪。

　　一个骑摩托车的警察赶了过来，问明情况后便开始追赶。他远远地看到了克劳德，于是操起催泪瓦斯掷了过去。几秒后，克劳德感觉自己被一根大棒狠狠地打倒在地。那个警察从摩托车上下来，快步走上前去，对着克劳德就是一顿暴烈的拳打脚踢。最后，克劳德被枪托击中太阳穴，昏迷不醒。警察给他戴上手铐，带回了警察局。

⊰⊱

　　苏醒过来时，克劳德发现自己被反手绑在椅子上。拷问他的警察对他又是一顿毒打，他跌到地上，头重重地磕在地板上，再度昏死过去。不知过了多久，等他再次醒来时，眼睛里一片血红。浮肿的眼皮被污血粘在了一起，嘴唇已经裂开，脸被打得变了形。除了陷入昏迷之外，其他时候，只要他一抬头，迎接他的永远是警察的棍棒。

"你是个小犹太佬？"富尔纳警员问道，"偷钱来做什么？"

克劳德随便编了一个故事。当然，在这故事里，没有为自由而战的孩子，没有同伴，更没有任何告发的对象。可惜，富尔纳并不相信他的故事。

"你住在哪里？"

克劳德扛了两天才回答这个问题。这也是兵团的规定，两天时间里，同伴应该有时间去他的住处"整理"。富尔纳还是不停地殴打我的弟弟，天花板上吊着的灯泡剧烈晃动，弟弟被打得团团转。一阵呕吐之后，他再次昏了过去。

❦

"今天周几？"克劳德问。

"你来这里已经十天了。"看守回答，"他们把你的脸整理干净了。"

克劳德想伸手摸摸自己的脸，但仅是轻轻的触碰便已让他痛得难以忍受。看守小声说："我也不喜欢这样。"他放下饭碗，关上了牢门。

克劳德在被抓后坚持了两天，最终说出了自己的住址。

埃米尔回去报告说，他确定看到克劳德逃走了。于是大家都认为克劳德可能在阿尔比耽误了。但等了两个晚上，我们已经来不及去他家收拾东西了。富尔纳带着部下闯进克劳德的房间大肆翻找。

饥渴的警察们在克劳德身上嗅到了抵抗分子的味道。但在他的房间里，他们没有什么大发现。抬起床垫，没东西！拆下枕头，什么都没有！打开衣柜抽屉，还是一无所获！只剩下角落里的火炉了。打开铁栅栏之后，富尔纳发出了狂喜的叫声：

"快看我找到了什么！"

一枚手榴弹躺在炉灶里。

接着富尔纳弯下身去使劲搜寻，从里面拿出了一片片残破的信纸。这是弟弟写给我的信，但我没收到过。为安全起见，他将信扔进了火炉，谁知炭火不够，并没能烧干净。

我离开查理家时，他的心情还是一如既往地好。当时我还不知道弟弟被抓，一心想着他只是在阿尔比耽搁了。查理和我在菜园里聊了一会儿天，但天气太冷，我们很快就回到了屋里。临走前，他把明天执行任务的武器交给了我。

我将两枚手榴弹揣进兜里，手枪插在皮带上，颇为费劲地骑上自行车离开了鲁贝尔。

夜幕降临了，路上空无一人。我把自行车停在走廊上，然后找钥匙开门。骑了那么长一段路之后，我已经是筋疲力尽。找到钥匙，十分钟后就可以躺在床上了。走廊的灯坏了，不过没关系，就算黑灯瞎火，我也能找到钥匙孔。

背后有怪声传来。我还来不及转身，便被打倒在地。几秒后我的手被反铐在背后，脸上都是血。六个警察在房间里等着我，花园里还有六个，住处附近的街道也被封锁了。杜布朗太太的叫声传了过来。警车不停地开来开去，四周都是警察。

弟弟居然在给我的信里，写上了我的地址！这封信本来应该被烧成灰烬的，但命运就是如此。

❖❖❖

第二天清晨，准备和我一起执行任务的雅克没有等到我的出现。一定发生什么事了，让诺一定被带走了。他赶紧骑车赶往我的住处，打算帮我"整理房间"。

早已等在那里的两个警察将他逮了个正着。

❖❖❖

我的遭遇和弟弟一样。富尔纳对我绝不会心慈手软。十八天的拷问，意味着十八天的拳打脚踢、烟蒂烫烧，以及各种各样的酷刑。心情好的时候，富尔纳会让我跪在地上，伸直双臂，一手举一本厚厚的年鉴；只要手稍有弯曲，他的脚便会朝我的肩膀、肚子和脸一阵狂踢。心情不好的时候，脚就会瞄准我的胯下。我一个字也没有说。我和雅克被关在朗帕尔-圣司提反街的警察局里，有时会听到雅克在夜里痛苦地呻吟，但他和我一样，什么都没有说。

❖❖❖

12月23日。我们被抓已经有二十天了，还是什么都没说。富尔纳气疯了，最终只得签下文件将我们转移到监狱。严刑逼供的日子终于结束了。

我们被军用货车拉到了圣米迦勒监狱。几天后，军事法庭成立了。从此以后，法庭只要一做出判决，就要马上行刑，对所有抵抗分子都一样。

英国的天空在我昏昏沉沉的脑海里渐行渐远，我再也不可能听到"喷火"战斗机的轰鸣声了。

在这辆带我们走向末路的军用货车里，我又想起了自己的梦，它只撑了八个月而已。

❧❦❧

1943年12月23日，我被关进了圣米迦勒监狱。昏暗的牢房里什么都看不见。我的眼睛已经肿得快睁不开了。

但我清楚地记得，在圣米迦勒监狱这间暗无天日的牢房里，我听到了一个熟悉而虚弱的声音。

"圣诞节快乐。"

"圣诞节快乐，弟弟。"

世上最美丽的情感

当恐惧日夜不停地折磨你时，继续活下去，继续战斗，继续相信春天终究会到来，这需要多么惊人的勇气。为别人的自由而牺牲，对于只有十六岁的少年来说，未免太过苛刻。

没有人会喜欢身陷囹圄的生活。每次牢房门关闭的巨大声响都会让我们心惊胆战。看守们轮番在面前走来走去，让我们不胜其烦。所有这些都是被剥夺自由的人必须面对的。生命对于身在高墙内的我们还有什么意义呢？是法国警察将我们逮捕的，不久军事法庭就会开始审判，紧随其后的便是枪决，而在刑场上开火的，也是法国人。我们所做的一切，到底有什么意义？我找不到答案。

被关进来几周的狱友告诉我，他们已经习惯这里的生活了，只要假以时日，我也会接受这种新的生活方式。可现在的我，心里在不停地计算着流逝的时间，无法平静下来。十八岁就这样过去了，二十岁永远都不可能到来。"晚上当然会有饭吃。"克劳德说。送来的食物散发着恶臭，白菜汤里时不时地漂着几颗腐烂的豆子。为了不饿死，我们必须吃下去。监狱里住着的，不只有外来劳工和游击队员，还有成群结队的跳蚤和臭虫。脓疮一刻不停地折磨着我们。

夜里，克劳德紧紧地黏在我身上。监狱的墙壁冷得结了冰，我们只能互相依偎着取暖。

雅克变了许多。他每次一醒来，便开始默默地踱来踱去，万分失望地看着时间一点一点溜走。或许在他心里也有一个女人。思念一个人的感觉是痛苦的。有时，我看见他在夜里抬起手，想要抓住什么东西，却什么也碰不到。曾经的爱抚已经不复存在，那带着香气的脸庞只能留存在记忆里，但眼神中的默契一如从前。

一个好心的看守偷偷递进来一张字条，是外面的游击队员写的。雅克迫不及待地念给我们听，只有在这时，他脸上的失望才一扫而光。被限制自由、无法再有所行动的无助感每天都折磨着他。我想，不能再见到奥斯娜应该也是他难过的原因之一。

在这个与世隔绝的地方，看着雅克被失望的情绪完全笼罩，我似乎突然明白了世界上最美丽的情感：一个男人可以坦然面对死亡，却无法忍受失去挚爱的苦痛。

他停顿了一会儿，然后接着给我们念字条，上面是伙伴们的消息：飞机机翼被我们炸掉，电线杆被毁坏，一名保安队队员被当街放倒，十节将无辜的人运往集中营的车厢被挡住了去路……我们仿佛可以分享到他们的胜利。

在这里，我们什么也不能做。在这个阴暗潮湿的恐怖空间里，只有病菌可以恣意妄为。但就在这最黑暗的角落，我们依然可以看到一丝微弱的光亮，旁边牢房的西班牙狱友们将这唯一的光明称作"希望"。

新年到了。我们没有任何庆祝活动，因为没有任何值得庆祝的事情。我在监狱里认识了沙辛。这年1月，我们当中的一些人已经被带去受审了。在一阵装腔作势的审讯后，一辆小卡车将犯人带上刑场。接着便听到枪声响起，狱友们高声叫喊，然后一切归于平静，大家默默等待自己的那一天到来。

我不知道沙辛的真名是什么，他已经没有力气告诉我了。沙辛只是我给他起的名字，因为有时他在夜里高烧不退的时候，就会喊出这个他幻想中会来拯救他的白鸟的名字。"沙辛"在阿拉伯语里是一种白色圣鸟的名字，我在战后特地去看过这种鸟，为了纪念这位监狱里的朋友。

被关进来的几个月里，沙辛一天天地衰弱下去。他的身体严重缺乏营养，胃已经小得连汤都装不下了。

一天早上，我正在抓虱子，一抬头便看到他在用眼神叫我过去。我来到他跟前，见他使出全身力气露出了一个浅浅的微笑。他把眼睛转向自己的腿，上面的脓疮已经烂得不成样子。我明白了他的意思。死神就快来了，但沙辛想干净而体面地迎接它。我将自己的床垫挪到他旁边。晚上的时候，我帮他抓跳蚤，将他衬衫褶皱里的虱子通通除掉。

沙辛时不时地给我一个微笑，这是他在用尽全力向我表示感谢。但我想说，真正应该说谢谢的人，是我。

晚饭送来的时候，他示意我把他的那一份给克劳德。

"我的身体已经死了，不用再给它东西吃了。"他小声对我说，"拿去救你弟弟吧，他还年轻，应该继续活下去。"

白天，沙辛不曾说过一句话。或许只有夜晚的寂静才能带给他一丝力量。在共同的沉默中，我们感受着人性的温暖。

约瑟夫是监狱里的神父，他贡献出自己仅有的一点供给券来帮助沙辛。每周他都会给沙辛带一小包饼干。我把饼干分成小块，强迫沙辛吃下去。他要花一个多钟头才能吃下一块饼干。最后他累了，请求我把剩下的饼干给其他伙伴："别浪费了约瑟夫神父的心血。"

你看到了吗？这是一位神父在节衣缩食地帮助一个阿拉伯人的故事；是阿拉伯人鼓励一个犹太人振作的故事；是犹太人将弥留之际的阿拉伯人抱在怀里，陪他静静地走完人生旅程的故事。在所有这些故事里，人类世界散发着最灿烂的光辉。

1月20日晚，寒气直逼到我们的骨头里。沙辛浑身发抖，我将他抱在怀里，颤抖已经让他筋疲力尽。这一晚，他拒绝了我送到他嘴边的食物。

"帮帮我，我要找到自由。"他突然对我说。

"我都没有的东西，怎么给你？"

沙辛微笑着回答：

"我们可以想象。"

这是他最后的话语。我遵守了自己的诺言，将他的身体一直洗到黎明时分，洗得干干净净。在日出之前，我为他穿上了衣服。我们当中信教的伙伴为他做了祷告。虽然不知说的是什么，但我知道，他们的语言都是发自内心的。我不信上帝，但此时我也跟着一起祈祷，祈祷沙辛的愿望早日实现，希望他能在彼岸终获自由。

❦

1月下旬，狱友们被送上刑场的频率慢了下来，这让我们重新燃起了希望：或许在还没轮到之前，国家就已经解放了。不过，每个被看守带去审讯的人，虽然一心希望判决能够延期，但从来未如愿，等待他们的只有枪决。

就在我们被高墙团团围住动弹不得的时候，兵团在外面的行动一刻也没有停止过。抵抗运动不再遮遮掩掩了，伙伴们现在的行动都是光明正大的。兵团已经发展到整个地区，甚至整个国家，为自由而战的号角响遍了法兰西。查理曾说是我们发明了巷战，这当然有些夸张，我们并不是唯一用这种方式进行斗争的人，但在图卢兹地区，我们的确为其他人做出了榜样。其他队伍的人效仿我们的方法，一次又一次地破坏着敌人的设备和计划。所有德国列车的车厢和物资都有被炸飞的危险，没有一家为敌军生产武器的法国工厂不在担心自己的厂房和机器被毁坏。伙伴们采取的行动越多，民众就会跟着越来越英勇，抵抗运动的队伍也就越来越壮大。

放风的时候，西班牙狱友告诉我们，昨天兵团又进行了一次爆炸行动。雅克走到一个西班牙政治犯身边，希望打听到更多的消息。这个人叫博拉多斯，看守们好像有些怕他。他是卡斯蒂利亚人，和他所有的同胞一样，他为那片土地深感自豪。为了卡斯蒂利亚，他英勇地加入了西班牙内战；在徒步穿越比利牛斯山逃亡到法国时，他的心中无时无刻不在思念着自己的故乡；被关押在西部集中营时，他日夜都在为祖国歌唱。西班牙犯人和法国犯人之间隔着高高的栏杆，博拉多斯示意雅克靠近些，然后将从看守嘴里听到的消息告诉了他。

"是你们的人干的。上周，你们的伙伴赶上了最后一班电车，却没注意到里面坐的全都是德国人。他当时一定在想什么事情，才会这么糊涂。一个德国军官上去对着他的屁股就是一脚，把他踹下了车。他很气愤，被踹屁股是对人很大的羞辱。他爬起来四处打听了一下情况，很快就把原因搞清楚了：电车每天晚上都会来接看完文艺演出的德国军官，这最后一班电车有点专门为他们服务的意思。几天后，也就是昨天晚上，他带着另外两个伙伴再一次来到了自己被踢下车的地方。"

雅克一句话也没说，静静地听博拉多斯讲着。他闭上双眼，仿佛自己就置身于行动当中，他似乎听见了埃米尔的声音，看到了埃米尔在行动成功之后嘴角扬起的笑容。正常情况下，故事应该这样结尾：几枚手榴弹炸飞了快速行驶的电车，坐在车里的纳粹军官们通通一命呜呼，投掷手榴弹的几名少年成了英雄。然而，故事并不是这样发展的。

他们藏在人家门前的阴影里，心里紧张得要命，身体在寒风中瑟瑟发抖。街上冷得结起了薄冰，月光下空荡荡的路面散发着亮光。屋檐上偶尔有水珠滴下，轻轻地打破周遭的宁静。路上一个人影都没有。他们每呼吸一次，都有白气从嘴边冒出，他们得时不时地搓一搓快被冻僵的手指。但恐惧与寒冷的感觉交织在一起，怎么可能那么容易克服？要是稍有差池，他们就完了。埃米尔想到了恩内斯特：直直地躺在地上，胸口被炸开，上身被口中、喉中喷涌而出的鲜血染得通红，手脚四分五裂，脖子半挂着。原来人在被杀害之后，肢体可以如此灵活。

相信我，这个故事跟我们想象的不一样。当恐惧日夜不停地折磨你时，继续活下去，继续战斗，继续相信春天终究会到来，这需要多么惊人的勇气。为别人的自由而牺牲，对于只有十六岁的少年来说，未免太过苛刻。

电车从远处驶来，在黑夜中射出了一道光。一起行动的是安德烈、埃米尔和弗朗索瓦，他们必须并肩作战，缺一不可。只见他们将手伸进大衣口袋，抓住手榴弹，握紧保险销。稍有失误，他们便会被自己的武器炸得支离破碎。到时警察们就会把埃米尔被炸飞的身体收拾到一起，扔在路边。这样的死法，人人都会觉得恶心。

电车越来越近了，已经可以看清里面德国士兵的身影。他们还在耐心地等待时机，心已经提到嗓子眼儿了。"就是现在！"埃米尔轻声地下了命令。手榴弹被拉开了，它们冲破玻璃飞进了电车里。

纳粹军官们吓得六神无主，争先恐后地想要逃出地狱。埃米尔向街道另一头的弗朗索瓦做了个手势：冲锋枪架了起来，对着电车扫射，手榴弹随即爆炸。

博拉多斯的讲述非常细致，令雅克有种身临其境的感觉。他还是沉默，与昨晚那条冰冷的街道一样。在这寂静中，他仿佛听到了伙伴们痛苦的呻吟。

博拉多斯看着他。雅克向他点头致谢。

"春天总有一天会到来的。"雅克轻声说着。

❧

1月就这样过去了。我有时会想起沙辛。克劳德的身体越来越虚弱。狱友偶尔会从医务室拿点硫黄片回来，不是为了治嗓子痛，而是用来做成火柴，然后大家围坐到一起，点一支从看守那里要来的香烟，一人吸上几口。不过今天我没这个心情。

弗朗索瓦和安德烈早先去洛特-加龙省新成立的游击队帮忙。当他们完成任务回来的时候，发现一大帮宪兵在家门口等着。二十五个人将他俩团团围住。他们大声说出了自己抵抗分子的身份。自从德国人很快就会被打败的消息传得沸沸扬扬，法国政府中有些人就开始摇摆不定，开始相信法国是有未来的了。可惜逮捕他们的宪兵还没有改变想法，于是他们毫无悬念地被带走了。

走进警察厅时，安德烈没有丝毫畏惧。他拔出手榴弹狠狠地扔到地上，所有人都吓得四处逃窜，只有他纹丝不动地站在那里。手榴弹在滚了几圈之后并没有爆炸。宪兵们一拥而上，将他按倒在地，一阵疯狂地拳打脚踢。

安德烈被打得全身肿胀，口吐鲜血。早上他被送到了监狱医务室，那帮宪兵打断了他的肋骨、前额和下巴颏儿，此刻的他只能用"遍体鳞伤"来形容。

圣米迦勒监狱的看守长名叫图先。他每天下午放风时间负责给我们开牢门。每次快到五点的时候，他就会拿着一大串钥匙走进来，一间接一间地开门。我们要得到他的命令才能走出去。我们听到他的口哨声，总要磨蹭一会儿才出去，不为别的，就为了看他露出焦躁不安的样子。所有牢门打开之后，囚犯们靠墙站成一排，看守长站得笔直，手里拿着棍子，带着两个手下四下看一看，然后大踏步地走过队伍。

每个犯人都得向他致敬：点点头、抬抬眉、叹叹气，不管怎样，要让他感受到自己的权威。检阅完毕后，我们才能排着队挨个走到院子里去。

我们和西班牙狱友一起结束放风。于是刚才的"仪式"又要重来一次。他们一共五十七个人，在狭窄的楼梯口站着。

和我们一样，他们经过图先面前时，也要向他致敬。同样，他们也必须脱光衣服才能回去。晚上在监狱里必须是一丝不挂的。图先说这是出于安全考虑，衬裤也不行。"一个裸体的人是很难越狱的，就算他逃到城里，也一定会马上被发现。"

但我们不认为这是真正的理由。他们实行这样残酷的规定，目的只有一个，那就是让犯人们感到永无休止的羞辱。

图先当然也明白这一点，但他选择漠视，甚至把这当作自己一天中最大的快乐。当五十七个西班牙人从他身边走过，向他致敬；当五十七个身体在寒风中瑟瑟发抖时，图先看守长心中充满了快感。

可是，这些西班牙人只是迫于无奈才会这样做的。图先每次看到他们都有些许失落，因为这帮年轻人从来没有真正被他驯服过。

队伍慢慢地往前走着，带头的是鲁维奥。本来博拉多斯也有资格当头儿的，但我之前说过了，他是卡斯蒂利亚人，依他的个性，很可能对着看守的脸就是一拳，甚至将看守按到栏杆上一顿猛打。所以让鲁维奥走在最前面是明智的，尤其是今晚。

我跟鲁维奥比较熟，因为我们都有一头特别的红头发。他的脸上也有许多小斑点，眼睛是淡蓝色的。不过上天对他更眷顾一些，因为他的视力相当好，而我要是不戴眼镜，就跟瞎子没什么两样。鲁维奥很幽默，他只要一开口，总会让大家开怀大笑。笑对于关在监狱里的我们来说是弥足珍贵的，在昏暗的牢房里能够让每个人都笑出声来，这真是一种了不起的天赋。

鲁维奥在外面的时候一定很受女孩子欢迎，我一定要让他教我几招，万一以后有一天再见到索菲，就能派上用场了。

西班牙狱友的队伍慢慢往前走，图先一个接一个地数着。鲁维奥面无表情地走着，来到图先跟前，弯了几下腰。图先感到备受尊重，很高兴，鲁维奥却不以为然。走在鲁维奥后面的有：想要教加泰罗尼亚语的老教授、在监狱里学会了识字并能够背诵几行加西亚·洛尔卡[1]诗句的农民、阿斯图里亚斯地区某个村庄的村长、水利工程师、受法国大革命感召并会唱几句《马赛曲》的少年……

来到更衣室前，他们开始一个接一个地脱衣服。

他们脱下来的，是自己参加西班牙内战时穿的衣服。裤子已经破得只能靠细绳子拴住，在西部集中营时缝的帆布鞋几乎没了鞋底，衬衫早已烂得不成样子。即便如此，他们依然是充满自豪感的一群人。卡斯蒂利亚是一个美丽的地方，它的孩子自然也是如此。

图先摸着肚子，打着饱嗝，将擤出来的鼻涕擦在自己的衣服上。

他发觉这帮西班牙人今天似乎很安静。他们仔细叠好裤子，脱下衬衫，将它们挂在栏杆上，然后一起弯腰脱鞋。图先挥舞着棍子，好像对着空气打节拍。

五十七个瘦弱的身体转了过来。图先认真地看着他们，感觉有什么地方不对劲。棍子继续晃着，他摘下军帽，身体往后倾斜，再一次打量眼前这群人。肯定是什么地方出问题了，哪里呢？他看了看两边的手下，他们都不约而同地耸了耸肩。图先终于找到原因："为什么你们还穿着衬裤，不是说必须裸体吗？"看守长就是看守长，他的两个手下看了半天都没发现的异常，终究被他逮到了。图先再仔细看看队伍，希望能找出哪怕一个完全按照他的指示做的人，但一个都没有，每个人都还穿着衬裤。

看着图先恼羞成怒的样子，鲁维奥憋着没有笑出声来。这是一场无声

---

[1] 加西亚·洛尔卡（1898—1936），20世纪最伟大的西班牙诗人。

的战斗，虽然看似微不足道，却意义非凡。如果赢得了胜利，后面就会出现更多的斗争。

鲁维奥完全不把图先放在眼里，只是静静地看着这个蠢货，等着他向大家叫嚣："你们到底在等什么？"

可是图先还没缓过神来，什么话都说不出来。于是鲁维奥带着大家往前跨了一步。图先赶紧冲到门口，拦住他们的去路。

"快点脱啊，你们知道，这是规定。"图先催促着，他可不想惹任何麻烦，"犯人是不能穿着衬裤回牢房的。衬裤挂在栏杆上，然后你们才能回去，不是每天都这样吗？为什么今晚不行？快点脱吧，鲁维奥，别干傻事。"

鲁维奥没打算听话。他走近图先，冷冷地说："我不会脱的。"

图先走上前去推搡鲁维奥，还抓起他的手臂向后拧，但脚下的石板由于湿冷的天气而变得异常光滑，看守长先生一个不小心便摔了个仰八叉。气急败坏的图先抬起手来朝鲁维奥扇去，博拉多斯上前一步抓住了他的手，但握紧的拳头最终没有打下去，因为他向狱友们保证过。小不忍则乱大谋，这个道理他明白。

"我也不会脱的！"

图先挥着棍子大叫起来：

"你们要造反吗？！看我怎么收拾你们！你们两人都给我去单人牢房待一个月！我要好好教训教训你们！"

他的话音刚落，剩下的五十五人同时往前站了一步，表示他们都要去单人牢房。图先再傻也知道，他没办法把所有人都关进去。

在苦想对策的过程中，他没有停下手中的棍子，因为一旦放下手臂，便意味着他认输了。鲁维奥微笑着看着伙伴们，然后开始摆动手臂。当然，他的手不会碰到任何一名看守，以免留下口实。他只是在空中画着大圈，其他人也跟着他一起做。五十七双手在空中转动，楼下的我们跟着大声歌唱起来。《马赛曲》《国际歌》《游击队员之歌》的旋律响彻整个监狱。

图先别无选择，在整座监狱暴动之前，他必须认输。只见他终于放下手中的棍棒，呆呆地站着，示意犯人们赶紧回牢房去。

这个晚上，西班牙人取得了衬裤战争的胜利。这只是个开端。第二天，当鲁维奥将整个过程的细节向我娓娓道来时，我激动地把手臂伸过栏杆，紧紧地握住了他的手。他问我对这件事怎么看，我回答说：

"让巴士底狱的历史在这里重演吧。"

那位会唱《马赛曲》的农民后来死在了狱中；希望教加泰罗尼亚语的老教授没能从毛特豪森集中营活着走出来；鲁维奥也曾被押去集中营，幸运的是，他活了下来；博拉多斯在马德里被枪决；阿斯图里亚斯地区的那位村长最终回到了自己的家乡，佛朗哥统治被推翻后，他的孙子继承了爷爷的事业。

至于图先，解放后他在阿让监狱继续做着看守长的工作。

❦

2月17日清早，几个看守带走了安德烈。他走出牢门时向我们耸耸肩，用眼神向大家告别。门再次被锁上，他被两个看守架着走向位于监狱中央的军事法庭。没有律师替他辩护，也就不存在什么法庭辩论了。

开庭一分钟后，他便被判处死刑。执行枪决的警队已经在外面待命了。

这些警员是特别从加龙河畔的格勒纳德派来的，安德烈正是在那里完成任务时被逮捕的。做戏当然要做全套。

安德烈想再来跟我们告别，但这是违反规定的。临刑前，他给妈妈写了封短信，交给了当日代替图先的看守长泰伊。

枪决时间到了，他请求再宽限几秒，将手上的戒指取下来递给了泰伊。尽管有些不乐意，看守长还是收下了戒指，答应会交给他的妈妈。"这是她的结婚戒指。"安德烈说。在他离家加入兵团的那天，妈妈将戒指送给了他。交代完后，他的双手被绑了起来。

我们紧紧攀着牢房的栅栏往外张望，想象着由十二人组成的警队究竟是个什么样子。安德烈直直地站着。十二声枪响，我们拳头紧握。十二发子弹穿过了我们亲爱的同伴那本就瘦弱的身躯。安德烈全身抽动，头偏向一边，身体被撕裂，嘴角鲜血长流。

行刑完毕，警员们列队离开。看守长泰伊撕掉安德烈的信，将戒指放进了自己的口袋。明天，他还要应付我们当中的其他人。

在蒙托邦被逮捕的萨巴捷紧接着也在这里被枪毙了。他倒下的位置上，安德烈的血刚刚干掉。

晚上，我在圣米迦勒监狱的院子里仿佛还能看到被泰伊撕碎的信纸。梦中，纸片一直飞到刑场的墙上，一块一块地将安德烈临终前写的信重新拼了起来。他才刚满十八岁。

战后，泰伊升为朗斯监狱总看守长。

❦

几天后就要轮到鲍里斯受审了，我们几乎不抱什么希望。幸好在里昂还有我们的兄弟在战斗。

他们的团体叫"卡马尼奥拉❶自由组织"。昨天他们收拾了一位像莱斯皮纳斯那样判处抵抗分子死刑的总检察长。一个名叫西蒙·弗里德的抵抗分子被处死，紧接着弗雷潘杰利检察长殉了葬。自此以后，再也没有法官敢判我们死刑了。鲍里斯被判二十年监禁，但他觉得无所谓，因为他知道外面的战斗仍然在继续。西班牙狱友告诉我们，昨天保安队的一个办事处被炸毁了。我想尽办法将这个消息告诉了鲍里斯。

鲍里斯现在还不知道，在1945年春天刚刚到来的时候，他会在居森集中营悄然离世。

❦

"让诺，别愁眉苦脸的！"

雅克的声音将我从沉思中唤醒。我抬起头，接过他递来的香烟，让克

❶指法国大革命时期流行的一种舞蹈或歌曲。

劳德也坐过来抽两口。但弟弟好像已经筋疲力尽，一点都不想动，只想靠墙躺着。让他提不起精神来的原因，不是饿，不是渴，不是夜夜撕咬我们的跳蚤，也不是看守的辱骂，而是只能待在高墙里，不能再为抵抗运动做任何事情。我能理解他，因为我自己也常常有这种凄苦的感觉。

"我们不能放弃，"雅克说，"他们还在外面继续战斗。盟军很快就要登陆了，你们等着瞧吧。"

雅克一边安慰我，一边肯定地说。伙伴们正在计划袭击综艺电影院，那里一直在播放纳粹的宣传片。

罗西娜、马里乌斯和恩佐负责这次行动，但这次准备弹药的并不是查理。他们计划在影片放映结束后再引爆炸弹，因为那时人群已经散开，不会影响到无辜的民众。罗西娜要把炸弹放在正厅前排的一个座椅下面。炸弹安装了延时系统，查理因为缺乏材料，做不出这样的装置。行动本来计划在昨晚进行，电影院放映的影片是《犹太人苏斯》❶。但电影院四周到处都是警察，入口处每个人都要被仔细检查一番，箱包要全部打开，他们没办法混进去。

詹决定第二天再行动。这次门口没有人，罗西娜走进大厅，坐在马里乌斯旁边。马里乌斯将装有炸弹的包从座位底下递给她。恩佐坐在他们后面放哨。听到这段故事，我有些羡慕马里乌斯，他可以整晚和罗西娜一起坐在电影院里。罗西娜非常漂亮，口音中带着点唱腔，声音总是在颤抖。

❶这是一部著名的反犹电影。

灯光熄灭，先放的是时事新闻。罗西娜靠着座位，棕色的长发披在肩头。恩佐用双眼记录下了这迷人的一刻。腿下放着两公斤炸药，他们实在很难集中精神看影片。马里乌斯更是如此，他此刻非常紧张。他不喜欢用自己不熟悉的东西。如果是查理负责准备炸药的话，他会很放心，因为查理从来没出过差错。但是眼前的东西不一样，在他看来好像太高级了点。

电影放完后，他要将手伸进罗西娜的包，打碎一支装着硫酸的玻璃管。三十分钟后，硫酸将溶解掉一只小铁盒的外壁，然后流进去与里面的氯酸钾混合，两者的混合物将随即引爆炸弹。如此复杂的化学方法他一点都不喜欢，他更愿意用查理制作的简单装置，只需要炸药和引线就够了。一旦装置启动，光计算时间就行了。万一出现问题，则可以冷静地将引线取下来。制造者还在炸弹内部加入了另一套系统：四小堆炸药与一颗水银滚珠连接在一起，要是装置开启后被巡警发现并拿起来，它就会立即爆炸。

马里乌斯深吸了口气，试着投入地看看电影。可是，实在看不进去，他偷偷瞟了几眼罗西娜。一开始罗西娜好像什么都没发现，但过了一会儿，她重重地踢了他一下，提醒他演出在前面，不在她的脖子上。

其实罗西娜自己也觉得这部电影太漫长了。他们三个当然也可以在中场休息的时候就启动爆炸装置。这样任务完成了，他们也可以安全回家，不用像现在这样汗流浃背、备受煎熬。但我早就说过，我们从来不杀无辜者，即使有的人很无知。所以他们只能等到影片结束，等整个放映厅的人都走掉了，才能打开这个延时装置。

　　电影院的灯亮了。观众们起身往出口走去。坐在中间位置的马里乌斯和罗西娜待在座位上没有动，等着人们都离开。后面的恩佐也一样。过道边上一位老太太正慢悠悠地穿着大衣，等在她旁边的先生不耐烦了，于是转身向另一头的走道走去。

　　"喂，快点起来，电影已经放完了！"这位先生冲着他们发牢骚。

　　"我未婚妻有点不舒服，"马里乌斯说，"等她恢复一点我们才能站起来。"

　　罗西娜听后气得不得了，觉得马里乌斯的脸皮真厚。她决定一出去就找他算账！不过现在她只是盼着眼前这个家伙早点离开。

　　这位先生回头看了一眼，老太太已经走了，但他不想再原路返回。于是他贴着座椅靠背，硬是从还坐着一动不动的马里乌斯和旁边这个年纪轻轻就身体不适的人面前挤了过去，然后连抱歉都不说一声便扬长而去。

　　马里乌斯慢慢将头转向罗西娜，带着诡异的笑容：出事了，他知道出事了，他感觉到了。罗西娜的脸已经扭曲：

　　"那个蠢货压坏了我的包！"

　　这是马里乌斯听到的最后一句话。装置启动了。在刚刚的推搡中，炸弹被踢翻，水银滚珠碰到了炸药堆，悲剧瞬间发生了。马里乌斯立刻被炸成了两截。扑倒在后排的恩佐眼睁睁地看着罗西娜的身体被慢慢抛向空中，再掉到离他三排远的地方。他想起身救她，但发现自己根本站不起来，腿已经被彻底炸开了。

他躺在地上，耳边嗡嗡作响，根本听不到警察们在旁边跑来跑去。大厅里有十排座位被完全炸飞。

接着他被人搀了起来，血不停地流，意识越来越模糊。在他面前，罗西娜倒在血泊中，面容永远地凝固在那里。

恩佐只记得一切都在晚上综艺电影院散场时发生了，罗西娜的脸如同春天般美丽。他俩后来被送到主宫医院。

第二天清晨，一直处于昏迷中的罗西娜不治身亡。

医生们竭尽全力缝合了恩佐的腿。

病房门口，三名保安队队员密切留意着里面的一切。

马里乌斯的遗体被扔进图卢兹墓地旁边的沟渠里。我常常在夜里坐在圣米迦勒监狱里思念他们。我永远不会忘记他们的模样与勇气。

* * *

第二天，刚从阿让完成任务回来的斯蒂芬一下火车便看到了神情凄然的玛丽安娜。他搀住她，两人一起往火车站外走去。

"你听说了吗？"她哽咽着问。

从斯蒂芬的表情上可以看出，他对昨晚发生在综艺电影院的惨剧一无所知。于是她一边走，一边告诉他罗西娜和马里乌斯已经去世了。

"恩佐在哪里？"斯蒂芬问。

"在主宫医院。"

"我认识一个外科医生，是倾向于自由派的，我去看看能做些什么。"

玛丽安娜陪斯蒂芬往医院走去，两人一路上再没说过一句话，都在想着罗西娜和马里乌斯。来到主宫医院门口，斯蒂芬打破了沉默：

"罗西娜在哪里？"

"在太平间。詹今早去看了她爸爸。"

"我知道了。你要明白，如果我们不能坚持到底的话，他们就都白死了。"

"斯蒂芬，我不知道你说的'底'是不是真的存在，也不知道这场长时间的噩梦会不会有醒来的一天。坦白地告诉你，自从罗西娜和马里乌斯走了以后，我很害怕，真的很怕。早上一起来就怕；在街上打探消息和跟踪敌人时也怕；每到一个十字路口，我都怕自己被盯上、被射杀、被逮捕；怕执行任务的其他伙伴也像罗西娜和马里乌斯那样再也回不来了；怕让诺、雅克和克劳德被枪毙；怕达米拉、奥斯娜、詹和你出意外。我为兵团的所有人担心。我没有一刻不在担惊受怕，连睡觉时都不例外。当然，这种感觉不是今天才有的，从我第一天加入兵团就有了，甚至从我们被剥夺自由的那一天就有了。所以，是的，斯蒂芬，我会继续在这样的恐惧中活下去，直到你所说的'底'到来，虽然我完全不知道它在哪里。"

斯蒂芬走近玛丽安娜，姿势笨拙地拥抱她。她羞涩地将头靠到他的肩上，此刻他们都将詹的警告抛诸脑后。他们的内心都充满了孤独，所以只要斯蒂芬愿意，她会接受他的爱，即使只是短暂的时光也好，只要大家能够触及彼此内心最柔软的地方。这一刻的安抚让她备感温暖，因为眼前这个男人正用自己温柔的身体语言告诉她，生活还要继续，她还活着。

　　玛丽安娜的嘴唇碰到了斯蒂芬，他们开始在主宫医院的台阶前拥吻。罗西娜的尸体则静静地躺在医院幽暗的地下室里。

　　路上的行人都放慢了步伐，饶有兴致地望着这对似乎永远都吻不够的情侣。尽管战争残酷，但依然有人努力地爱着。就像雅克说的那样，春天一定会回来的。看着他俩在这家昏暗的医院门口如此投入地亲吻，让人相信或许雅克是对的。

　　"我得走了。"斯蒂芬小声说。

　　玛丽安娜松开他，目送他走上台阶。在他走到门口时，她向他做了个手势，大概是"晚上见"的意思。

＊＊＊＊＊＊

　　里厄诺教授在主宫医院外科工作。他是斯蒂芬和鲍里斯以前在大学时的医科教授。里厄诺憎恶维希政府的耻辱政策，作为一名自由派，他倾向于支持抵抗组织，因此他热情地接待了自己从前的学生，把他领到一个比较隐秘的地方。

　　"我能为你做些什么？"教授问。

　　"我有个朋友，"斯蒂芬有点犹豫，"一个很好的朋友，他在这里的某个地方。"

　　"在哪个科？"

　　"在为病人医断腿的那个科。"

　　"那应该是外科。他做过手术了吗？"

"我想昨晚刚做过。"

"他不在我的部门，今早查房应该见过，我去查一下。"

"教授，得想个办法去……"

"我明白，斯蒂芬，"教授打断了他，"我看看能做些什么。你在大厅等我。我会关注他的身体情况。"

斯蒂芬照教授的意思下楼去了。来到底楼，他发现一扇脱漆木门后面有楼梯通向地下室。他迟疑了一下：要是被人发现，一定会被问到一些很难回答的问题。但情况紧急，他已经顾不上危险了。

走下楼梯，面前的走廊像是深入医院内部的肠道。天花板上，无数电缆交织缠绕在一条条渗水的管道上。每隔十米就有一盏壁灯发出昏黄的光。有的位置灯泡坏了，走廊便在这半明半暗中伸向远处。

斯蒂芬对黑暗一点也不恐惧，他对这段路并不陌生，以前就来过。太平间在右边，他走了进去。

罗西娜孤独地躺在桌子上。斯蒂芬走近覆盖她的沾满黑色血迹的被单。她的头微微偏移，让人一眼就能看出脖子的断裂。是这处伤口致她死亡，还是其他那些布满她全身的伤痕？他在尸体面前静静地思考着。

他是代表所有伙伴来向她告别的。他要告诉她，我们永远不会忘记她美丽的容颜，我们永远不会放弃。

"如果你在天上碰到安德烈，代我向他问好。"

斯蒂芬亲吻了罗西娜的额头，然后心情沉重地离开了太平间。

他回到大厅看到里厄诺教授正等在那里。

"我到处找你，该死的，你去了哪儿？你朋友脱离危险了，医生缝合了他的腿。我不敢保证他可以再正常行走，但他的伤口会慢慢痊愈。"

斯蒂芬一句话也没说，只是直直地看着他。

老教授最后说："我什么都不能做，他被三个保安队队员监视着。这帮畜生甚至都不让我进他的病房。告诉你的伙伴们，不要在这里采取任何行动，太危险了。"

斯蒂芬谢过教授，转身离开了。晚上他要去见玛丽安娜，把这些消息告诉她。

恩佐只在医院里待了几天便被押去监狱医务所。保安队队员什么保护措施都没用，就这样开车将他送走，害得他在路途中昏迷了三次。

他的命运已经注定了，甚至都不需要被监禁：只要腿痊愈，只要可以走路，走上刑场，他就会立刻被拉去枪毙。现在是1944年3月初，关于盟军登陆的消息已经满天飞了。我们这里的每个人都坚信，一旦这一天到来，所有处决都会终止，我们会马上得到解放。要拯救恩佐，我们必须跟时间较劲。

查理从昨天开始变得异常暴躁。詹昨天去鲁贝尔的小火车站看他。他是来向查理告别的。内陆组织了一个新的法国抵抗兵团，急需经验丰富的伙伴，詹要去加入这支队伍。这是上头的指示，他也没办法，只能服从。

"谁下的命令？"查理气愤地问。

上个月之前，图卢兹的抵抗分子全都来自我们的兵团！现在有了新组织，就要将以前的队伍拆散吗！像詹这样有经验的抵抗分子已经不多，许多伙伴都被逮捕或者牺牲了，就这样让他离开，查理觉得很不公平。

"我知道，"詹说，"但这是上面的命令。"

查理说他不知道"上面"是谁。一直以来，都是我们这些"下面"的人在战斗。巷战，这是我们自己的发明。其他人只是学我们这么做而已。

查理不知道自己在说些什么。对他来说，与詹告别的痛苦甚至大过他与那个回到丈夫身边的女人分别时的痛苦。

詹当然没有那个女人漂亮，查理也不会跟他同睡一张床，不管他病成什么样子。但詹不只是他的领导，更是他的朋友，看着他就这样离开……

"你有时间吃个煎蛋吗？我有点鸡蛋。"查理嘟囔着问。

"留给别人吧，我得走了。"

"留给谁？现在只剩我一个人在兵团里了！"

"会有人来的，别担心。战斗刚刚开始。抵抗运动是有组织的，我们应该去有需要的地方帮忙。好了，别生气了，好好告个别吧。"

查理送詹到小路口。

他们拥抱道别，彼此承诺在国家解放后再见。詹骑上自行车，查理最后一次叫住他：

"卡特琳娜会跟你一起走吗？"

"是的。"

"代我向她道别。"

詹点了点头，查理的眉头舒展开来，问了最后一个问题：

"说完再见后，你就不算我的领导了吧？"

"不算了。"

"那你这个大蠢货给我听着，如果战争胜利了，你和卡特琳娜一定要永远幸福地在一起。这是我这个鲁贝尔的机械师给你下的命令！"

詹向查理敬礼，向他心目中最值得尊重的战士致敬，然后骑车离开了。

查理也敬了个礼。他站在原地没有动，在旧火车站前的这条小路上，他一直站到詹的自行车消失在地平线上。

<hr />

就在我们在牢房里忍饥挨饿，恩佐在监狱医务室里备受煎熬时，外面的战斗从来没有停止过。每天都能听到敌人的火车被捣毁、电线杆被拔起、起重机掉入运河以及德军货车突然被手榴弹炸飞的消息。

但也有坏消息。利摩日有告密者通知当局，说有一群犹太年轻人在他居住的大楼的一套公寓里暗中聚会。警察马上出动将这群人一网打尽。维希政府因此决定派出自己最能干的爪牙去各地逮捕抵抗分子。

负责镇压恐怖分子的吉拉德和他的团队被派去调查抵抗组织，务求不惜一切代价端掉整个西南地区的抵抗运动网络。

吉拉德之前在里昂就是个调查拷问的能手，在他看来，利摩日并不是抵抗组织的主要活动区域。他回到警察局亲自设计拷问题目。通过一番问讯，他了解到经常会有一些"包裹"寄去图卢兹。明确目的地之后，他只需要派人暗中监视，就可以瓮中捉鳖了。

是时候一劳永逸地清除这些扰乱公共秩序、威胁国家权威的外国佬了。

第二天一大早，吉拉德便将利摩日的罪犯们抛在脑后，带上自己的队伍坐火车直奔图卢兹。

❦

吉拉德一到岗便把当地警察晾在一边，自己一个人坐进了位于警察局二楼的办公室。这帮图卢兹警察要是有用的话，上面就不用派他过来收拾那些年轻的恐怖分子了。而且他清楚地知道，在警察内部有些人对抵抗分子持同情态度，有时甚至会帮助他们逃跑。很可能有些警察在执行逮捕命令之前就事先通知了相关的犹太人，否则保安队队员不会在赶往现场时发现已经人去楼空。吉拉德要求手下们随时提高警惕，在图卢兹到处都可能藏有犹太人和共产主义者。他要让整个搜捕过程滴水不漏，于是紧急召开会议，部署了全面的监视计划。

❦

这天早上，索菲身体很不舒服，重感冒让她连从床上爬起来都困难。

可今天是周四，她必须去邮局取包裹，否则伙伴们就没津贴了，他们怎么去付房租、买吃的呢？西蒙妮——兵团新招收的比利时姑娘，决定代她去取。这位年轻的姑娘在走进邮局时根本没有留意到已经被两个假装填表格的男人盯上了。他们注意到她去取的正是第二十七号邮箱的包裹，于是西蒙妮一出门，他们就跟了出去。两个经验丰富的警察跟踪一个十七岁的少女，结果可想而知。一个小时后，西蒙妮将东西交给了索菲。这时，她还不知道，自己已经在不知不觉间将索菲的地址告诉了吉拉德的手下。

索菲，最懂得如何躲避跟踪的索菲，总是在街上东游西逛、确保没人注意才往家走的索菲，比我们更会记录监视对象生活中每个细节的索菲，怎么都不会想到，现在在她家窗前，已经有两个男人掌握了她的住址，从此她和伙伴们的行踪将毫无保留地暴露在他们面前。猫鼠游戏的角色开始对调了。

当天下午，玛丽安娜来看望索菲。晚上回家的时候，她也被人跟上了。

斯蒂芬和玛丽安娜相约在南部运河边见面。看着坐等在长凳上的斯蒂芬，玛丽安娜迟疑了一下，又远远地向他露出了微笑。他站起来，道了声晚上好。上前几步，他俩拥抱在了一起。从昨天开始，生活发生了改变。罗西娜和马里乌斯牺牲了，玛丽安娜无时无刻不在想着他们。在十七岁的年纪，我们可以拥有强烈的爱，这爱能够令我们忘却饥饿和恐惧。从昨天开始，玛丽安娜的人生改变了，她开始强烈地想念某个人。

他们两人并排坐在桥边的长凳上，默默地拥抱在一起。这短暂的幸福时光没有人能够打扰。时间一分一秒地过去，开始宵禁了。在他们身后，煤气灯亮了起来。他们互相道别，约定明天，从今以后的每个晚上，都要见面。于是，在接下来的日子里，南部运河畔的长凳上，总有两个少年相拥而坐。吉拉德的手下每天都在见证着他们这段战争时代的爱情。

第二天，玛丽安娜和达米拉碰了头，此后，达米拉也被盯上了。晚些时候，达米拉去找奥斯娜，当晚奥斯娜又和安东尼有约……几天下来，差不多所有兵团成员的住址都被吉拉德掌握了。一张大网开始撒下。

我们当中的大部分人都还不到二十岁，还有太多的东西要学。在进行抵抗活动的同时不被发现，这并不是一件容易的事情。我们低估了维希政府的鹰犬们。

❦

一切准备就绪，吉拉德将所有手下都集中到图卢兹警察局办公室。在动手逮捕之前，他得先向警察八队请求增援。一位监察员在办公室里记录了眼前发生的一切。他悄悄离开，来到中央邮局，向柜台接线员要求打电话去里昂，接着便走进了一间电话亭。

玻璃窗外，邮局职员正在闲聊，电话已经接通。

对方没有出声，只是静静地听着这个恐怖的消息：两日之后，马塞尔·朗杰的第三十五兵团将被一网打尽。消息确凿，必须马上通知兵团的人。监察员挂上电话，祈祷消息可以尽快传到兵团成员们那里。

里昂一所公寓内，法兰西抵抗组织的一位中尉也搁下了电话。

"谁打来的？"少校问。

"图卢兹的线人。"

"说了些什么？"

"通知我们第三十五兵团将在两天后全军覆没。"

"保安队发现他们了？"

"不，是维希派去的警察。"

"那他们逃不掉了。"

"要是我们提前通知他们的话，有机会逃掉。"

"也许吧，但我不会这么做。"

"为什么？"中尉惊讶地问道。

"因为战争就快结束了。德国人在斯大林格勒损失了二十万人，听说还有十万人落在俄国人手里，其中包括两千名军官和二十来个将军。他们的军队已经在东线崩溃了，而西线和南线的盟军很快就会登陆。伦敦已经准备好了。"

"这些我都知道，但是跟朗杰兵团的孩子们有什么关系呢？"

"这是出于政治考虑。兵团里的这些人来自匈牙利、西班牙、意大利、波兰……基本上全部都是外国人。可是法国解放以后，我们希望历史能够告诉后代，法国人是靠自己的力量赢得胜利的。"

"所以我们就这样不管他们了？"中尉非常气愤，他一心只想着这些自始至终都在为法兰西战斗的年轻人。

"没人说他们一定会死。"

看着中尉愤怒的眼神，少校叹了口气，最后说道：

"听我说，国家需要从这场战争中站起来，抬起头向前走。人民要团结在一个独一无二的领袖身边，那就是戴高乐。胜利必须是法国人的胜利。对于兵团的人，我只能说很遗憾。但法兰西的英雄一定得是法国人，不能是外国人！"

• ❖ •

鲁贝尔的小火车站里，查理心力交瘁。从这周开始，兵团的津贴断了，武器不会再有了，与法国其他的抵抗组织也没了联系。造成这一切的原因，是电影院的袭击事件。报纸坚称事件的受害者都是抵抗分子。在他们的笔下，罗西娜和马里乌斯两人在事发当天是无意经过剧院，成了恐怖事件的受害人。但没人去关心跟他们一起的另一位少年，他正被关押在圣米迦勒监狱的医务室里。上面认为这是对整个抵抗运动的羞辱，于是决定与兵团断绝联系。

这样的抛弃在查理看来是一种背叛。晚上，他向代替詹成为兵团首领的罗伯特讲述了自己的失望。他们怎么可以就这样抛弃我们，头也不回地走掉？他们不是最先发动抵抗运动的人吗？罗伯特不知道应该说些什么。他爱查理，就像爱自己的兄长一样，他说出了查理最希望听到的话：

"听着，查理，没人会被报纸欺骗的。大家都知道在电影院发生了什么，谁才是真正的死者。"

"可我们的代价太大了！"查理咆哮着说。

"所有重获自由的人都会知道的。"

迟些时候，马克也来了。查理向他耸了耸肩，然后独自走到后院的菜园去了。他一边锄地一边想：詹错了，现在已经是1944年3月底，但春天还是没有到来。

吉拉德和他的副手西里内利在警察局二楼召集了所有人马，出发时间就要到了。今天是动手逮捕朗杰兵团成员的日子。命令已经下达，警察们必须悄无声息地展开行动，以免打草惊蛇。就在隔壁办公室，一位负责处理地痞流氓等社会案件的年轻警察听到了他们的话。这位名叫埃斯帕比耶的警官对抵抗分子没有任何偏见，相反，他选择在同事们准备动手的时候，提前通知兵团成员们。他用自己的方式进行着抵抗运动。

由于时间太紧急，就算通知了他们，也未必有时间及时逃走。还好埃斯帕比耶不是唯一帮他们的人，他的一位同事也在第一时间离开了警察局。

"快去财务处领补助金的地方找一个叫玛德莱娜的人，告诉她马上通知斯蒂芬离开这里。"

埃斯帕比耶将这个任务交给了同事，然后自己去了另外一个地方。他借了一辆车，半小时后到达了鲁贝尔。他要救的人住在小火车站里，他曾在资料簿里见过。

中午时分，玛德莱娜离开财务处去找斯蒂芬，但在所有斯蒂芬出入的地方都找不到他。她回到父母家时，警察们正在门口等着。如果不是斯蒂芬几乎每天都去见她，本来警察不会对她产生怀疑。正当他们在家里搜查的时候，玛德莱娜抓住一个空当，迅速在纸上写了几个字，然后藏进火柴盒里。她借口说有点不舒服，需要去窗边透下气。

楼下的意大利杂货商叫乔瓦尼，是一个对她非常了解的朋友。他捡起地上的火柴盒，抬头向玛德莱娜露出了微笑。商店该关门了！看着顾客们惊讶的样子，他解释说现在世道艰难，店里早就没什么东西可卖了。拉下店门，他骑上自行车，飞快地跑去通知其他人。

同一时间，查理收到了埃斯帕比耶的消息。他整理好行李，心情沉重地关上了小火车站的大门。锁门之前他最后望了一眼这间房子，灶台上的那只旧锅还在等着他做晚饭，他的煎蛋曾经酿成大祸。那天晚上，所有伙伴都围坐在这里；那段时间虽然充满德国人的白色恐怖，但日子似乎比现在好过得多。

查理骑上自己那辆怪异的自行车，双脚蹬得飞快，还有很多伙伴要通知。时间不等人，他们的处境相当危险。

乔瓦尼成功地通知到了斯蒂芬。他已经走上了逃亡之路，没有时间跟玛丽安娜道别，甚至也来不及去拥抱一下玛德莱娜，正是她选择了牺牲自己来拯救同伴。

查理在一家咖啡馆找到了马克，告诉了他即将发生的事情，并命令他马上动身离开图卢兹，去加入蒙托邦附近的游击队。

"和达米拉一起去吧，他们会欢迎你们的。"

离别之前，查理将一个信封交给了马克。

"千万小心。我将我们大部分行动的情况记在这本日记里了。你到了游击队之后，把它交给他们。"

"带着这些资料不是很危险吗？"

"是的。但如果我们死了，我们所做的事情应该被后人知道。我可以被枪毙，但不能被遗忘。"

两位伙伴互相道别。马克要尽快去和达米拉会合，乘傍晚的火车离开图卢兹。

❧◆❧

查理在达尔马蒂街藏了些武器，另有一些在离那里不远处的教堂里。他想尽量挽回损失。但他刚到达尔马蒂街口，就看到那里已经站了两个人，一个正在看报纸。

"该死！来晚了！"

就在他前往教堂时，四个人从一辆黑色雪铁龙车上跳下，将他打倒在地。查理使出全力挣扎，但寡不敌众，拳头如雨点般落到他身上。终于他口吐鲜血，昏迷不醒，被吉拉德的人带走了。

❖❖❖

夜幕降临，索菲准备回家。两个陌生人跟着她走到路口。她发现后立刻掉头就走，但两人已经冲了上来，其中一个掏出枪对准了她。无路可逃，索菲笑了，但她拒绝举起双手。

❖❖❖

这晚，玛丽安娜去妈妈家喝洋姜汤。虽然不算美味，但足够让她撑到明天。有人大声敲门。她跳了起来，这样的敲法，不可能是客人。妈妈担心地看着她。

"别动，是找我的。"她放下餐巾，走到妈妈面前，紧紧抱住妈妈。

"不管别人怎么说，我都不会后悔。我做的都是正义的事。"

妈妈目不转睛地看着女儿，摸了摸她的脸，拼命忍着自己的泪水。

"不管别人怎么说，你都是我最爱的女儿，我为你骄傲。"

门已经快被震破了，玛丽安娜最后一次拥抱妈妈，然后起身开门。

❖❖❖

晚上的天气很暖和。奥斯娜靠在窗前抽烟。一辆小轿车从远处驶来，停在她家楼下。也许还有时间逃走，但奥斯娜累了，这么长时间的地下工作让她疲惫不堪。再说，能藏去哪里呢？于是她平静地关上窗，走到水龙头边洗了把脸。

"该来的终于来了。"她对着镜子轻声说。

楼梯上已经响起了脚步声。

火车站的时钟指向七点三十二分。达米拉非常紧张，不时弯腰看看火车有没有到。她希望火车马上就来将他们远远地带离这里。

"晚点了吗？"

"没有，五分钟后就到。"马克冷静地说。

"你说其他人有没有顺利逃走？"

"不知道，不过我想查理应该安全了。"

"但我很担心奥斯娜、索菲和玛丽安娜她们。"

马克知道说什么都无法安慰眼前这个自己深爱的女孩，只好将她搂在怀里。

"别担心，我相信她们都已经及时收到通知了，就像我们一样。"

"如果我们被逮捕了，怎么办？"

"那至少，我们始终在一起。但他们不会抓到我们的。"

"我不是说我们，是担心查理的日记，毕竟是我在保管着。"

"啊！"

达米拉看着马克，温柔地笑了。

"对不起，我不该说这些，我真怕自己会供出不该说的事情。"

火车慢慢地开进站台。

"你看，一切都会好起来的。"马克说。

"什么时候？"

"总有一天春天会回来的，你看着好了，达米拉。"

列车在他们面前停了下来，车轮伴着点点火星。

"战争结束之后，你说你还会继续爱我吗？"马克问。

"谁说我爱过你？"达米拉调皮地笑着说。

正当她将他推上车厢门口的踏板时，一只手重重地打中他的肩膀。

马克摔倒在地上，两个人上前给他戴上了手铐。达米拉奋力挣扎，被一个大耳光扇翻在地。她的脸贴着列车站牌，在昏迷前的一瞬间，她看到几个粗粗的大字：蒙托邦。

警察在她身上搜出了查理托马克保管的信封。

❧◈❧

1944年4月4日，兵团几乎被警察一网打尽。只有少数人成功逃脱。詹和卡特琳娜早就离开了，阿隆索的住处警察始终没找到，埃米尔也及时逃走了。

这天晚上，吉拉德和副手西里内利举杯庆祝胜利，他们和一帮手下终于逮住了这群年轻的"恐怖分子"，从此不会再有恐怖事件发生。

正因为他们的"优异"表现，危害法国公共安全的这帮外国人以后将在监狱里度过余生。他翻着查理的日记本，说道："有了这些证据，他们离被枪毙的日子不会太远了。"

警察们开始对所有逮捕到的兵团成员进行严刑拷打。那位用政治做借口对抵抗分子的生死置之不理的少校，用他的沉默背叛了为法国出生入死的外国人。就在他们落入警察之手的当晚，少校已经准备进入解放组织参谋部了。

第二天，得知马塞尔·朗杰的第三十五兵团几乎全军覆没的消息后，他只是耸了耸肩膀，掸了掸大衣上的灰尘。几个月后，兵团被授予荣誉称号，而少校也在不久后升为上校。

至于吉拉德警官，他受到了维希政府的嘉奖，战后被任命为缉毒大队队长，并在那个岗位上平静地结束了自己的职业生涯。

英勇的少年们

安东尼开始卷自己的铺盖，一同卷起的，还有他年轻的生命。十七年，这是一段多么短暂的人生。

我说过，我们决不放弃。逃脱魔掌的几个伙伴迅速地重新组织起来，几个来自格勒诺布尔的年轻人加入了队伍。乌尔曼被推选为队伍的领导，他发誓要保护大家的安全，不再给敌人任何可乘之机。一周后，新的行动展开了。

夜深了，克劳德和周围大部分狱友都睡着了。我抬着头，从小窗口看出去，希望看到满天繁星。

寂静中我听到有人在抽泣，于是走了过去。

"你为什么哭？"

"你知道吗？我的弟弟，他不敢杀人，不敢举起枪来对准任何人，就连面对混账的保安队队员也下不了手。"

萨缪埃尔像是一个理智与愤怒的集合体。我原本以为这两种感情永远都无法融合在一起，直到认识了他。

他抬手擦去眼泪，双眼深陷，消瘦的脸颊苍白不已，脸上的肉早已不见了踪影，只剩下皮包骨头。

"这是很早以前的事了。"他小声地继续说，"你能想象吗？当时整座城市里只有我们五个抵抗分子，我们几个加起来还不到一百岁。我只开过一次枪。我用枪口对着那个告密、强奸、虐待无恶不作的浑蛋，然后扣动了扳机。而我的弟弟，他根本不想伤害任何人，连对这样的人也不忍心。"

他开始傻笑，深受肺结核之苦的胸口不停地起伏着。他的声音变得很怪异，时而像个成熟的男人，时而又像个小孩子。萨缪埃尔今年二十岁。

"我知道不该跟你讲这些，让你又想起悲惨的事。每当我说起他，就感到他的样子更加清晰。你相信吗？"

虽然不知道是不是会这样，但我还是点了点头。此刻，不管他说什么，都需要有个人在旁边倾听。天空没有星星可看，我又刚好饿得睡不着。

"这只是开始。弟弟外表孩子气，内心善良，他相信善恶自有报。我早就知道他这么单纯的性格是没办法加入战斗的。但他美好的灵魂始终照耀着我，光芒可以穿透工厂的尘埃直射到监狱里面，也可以在清晨伴着床铺的余温，照亮我起身去执行任务的道路。

"我跟你说过了，我们无法要求他杀生。他更愿意原谅别人。但他并不是懦夫，也从不拒绝参与任何行动，只是每次出发都不带武器。他常常自嘲说：'带枪有什么用？我又不会开枪。'其实是他的心不让他开枪杀人。所以他每次都两手空空地出发，平静地投入战斗，坚信一定能取得胜利。

"一次，我们奉命去炸毁一家子弹厂的装配线。弟弟说他一定要去，因为摧毁这家工厂，就会少生产许多子弹，就会有许多人因此得救。

"我们一起去做了实地调查，两人一直都在一起，从未分开。他当时只有十四岁，我一定要看好他、照顾他。事实上，我想一直以来，应该都是他在保护着我。

"他有一双灵巧的手，能够画出任何事物。简单几笔，他便能画出一张惟妙惟肖的肖像。于是那天深夜，他蹲在工厂旁的矮墙边，将周围的环境详细地画了出来，还把每栋建筑涂上了颜色。我等在下面，帮他放哨。突然，我听到了他的笑声，他就这样在三更半夜笑了出来；笑声很大、很清脆，和我平常的笑一模一样，尽管我知道这么用力地笑可能让肺结核发作，甚至有生命危险。弟弟之所以笑，是因为他在工厂图上画了一个小人儿，它的罗圈儿腿像极了他的学校教导主任的那双腿。

"画完图后，他跳到路边对我说：'走吧，可以走了。'弟弟就是这样：明明知道这样做很可能被宪兵发现，然后我们肯定会被关进监狱里，但他完全不怕，只是聚精会神地看着自己的工厂图，看着那个罗圈儿腿的小人儿，笑个不停。相信我，他的笑声绝对可以划破整个夜空。

"过了几天，我趁他去上学的时候，溜进了工厂。我在工厂院子里转了几圈，以免引起怀疑。一个工人走来对我说，如果是来见工的话，应该往加工车间那边走。他冲我做了个手势，叫了声'同志'，我便明白了他的意思。

"回家以后，我把看到的所有情况都告诉了弟弟。他一点一点地将地图补充完整。但这次，看着完成的地图，他没有再笑了。即使我指着那个罗圈儿腿的小人儿，他也笑不出来。"

萨缪埃尔停下来喘了口气。我掏出口袋里藏的烟蒂，点燃，抽了起来。但他咳嗽得太厉害，我不能给他吸。等我抽完一口后，他接着讲，声调在他自己和弟弟之间转换着：

"一周后，我的同伴路易丝乘火车来了。她的腋下夹着一个纸盒，里面装着十二枚手榴弹。天知道她是从哪儿弄来的。

"你是知道的，我们不能用空投的武器。我们只能靠自己，完全靠自己。路易丝是个热情的女孩，我们当初是一见钟情的。有时我们会在调车场旁边偷偷地亲热。这当然不是什么浪漫的地方，但没办法，我们没时间去理会那么多了。她送来包裹的第二天，我们就开始行动了。那天晚上就跟今晚一样，又冷又暗，唯一不同的是，当时弟弟还在。路易丝一直陪我们走到工厂。我们一共有两把枪，是我之前在一条小巷里打昏两名警察后抢过来的。弟弟不要武器，所以两把枪都在我的自行车挎包里。

"接下来的事你可能不信，但这是千真万确的，我发誓。我们在石子路上骑着车，突然听到背后有人喊：'先生，您的东西掉了。'我本来不想理他，但一个丢了东西还继续往前走的人实在容易引人怀疑。于是我刹住车，转过身去。在通往火车站的人行道上，下了班的工人们斜背着布包从工厂出来往家里赶。由于道路狭窄，他们只能三人一排往前走。要知道，是整个工厂的工人都在这个时候下班回家。而在我前方三十米的石子路上，躺着从自行车的挎包里掉落下来的手枪。我把自行车停在路边，走了过去。叫住我的那个工人弯腰捡起枪，平静地还给了我，好像手里的东西只是一块手帕。他向我告别，然后回头加入了同事们回家的队伍中。在家中，一定有一个贤惠的妻子和一桌可口的饭菜在等待着他。我重新骑上车，把枪藏在外套里面，然后加速赶上了弟弟。你能想象吗？在去执行任务的路上丢了枪，居然会有人捡起来原封不动地还给你。"

我没有回答，不想打断他的故事，但脑海中回想起了那个小便池边的德国军官的眼神，还有罗伯特和鲍里斯的神情。

"我们到达了图上像是用墨涂黑的熟食店，慢慢走向工厂围墙。弟弟像爬楼梯一样轻松地攀到了墙头。在跳下去之前，他冲我笑了笑，对我说，他一定会平安无事的，他爱路易丝和我。紧接着我也翻过了围墙，和他在图中所标的电线杆处会合。藏在衣服里的手榴弹不停地发出碰撞声。

"我们得小心工厂的门卫。我们选的爆炸地点离他的看守点很远，目的就是不想伤及他。但我们呢？如果他发现了我们，会不会也不伤害我们？

"天下着毛毛雨，弟弟开始往前走，我紧随其后，一直走到岔路口。他负责去炸仓库，我负责车间和办公室。他画的地图已经刻在我脑子里了，黑夜也没有什么可怕的。我走进厂房，沿着装配线前行，走过一段阶梯后，来到了办公区。办公室大门被铁锁锁得很紧，只好从窗户下手。我一手拿一枚手榴弹，拔下插销，往办公室窗户掷去。刚一蹲下，玻璃便四分五裂了，强大的气浪将我甩了出去。耳朵已经听不到任何声响，只有轰鸣，嘴里填满了石子，肺像是要炸开一般。我拼命往外呕吐，试着站立起来，但衬衫着火了，我就快要被活活烧死了。远处的仓库也传来了爆炸声，提醒着我要继续完成任务。

"从铁梯上滚落下来，我来到一扇窗前。弟弟的炸弹将整个天空都映红了，周围的建筑在黑夜里闪耀着光芒。我也赶紧从布袋里掏出手榴弹，一枚接一枚地掷出去，然后在一片浓烟中往出口跑去。

"身后，爆炸声此起彼伏，我就这样跌跌撞撞地往前冲。火光冲天，将夜晚照亮得如同白昼，我眼前却是一片漆黑：被熏出的眼泪滚烫滚烫的，让我完全睁不开眼睛。

"我要活下去，我要逃出地狱，离开这里。我要再见到弟弟，和他拥抱在一起，告诉他一切只是场噩梦而已；醒来后我们会发现自己过着和以往一样的生活，只是不小心在妈妈收拾衣服的箱子里睡着了。那才是我们真正的生活：在街角的小店里偷糖果吃；妈妈等我们放学回家，辅导我们功课……我们被剥夺了生活的权利。

"一段木头在我眼前倒下来，横在了我逃跑的路中央。虽然它热得烫手，但想到弟弟还在外面等我，没等到我他是不会走的，我就不顾一切地推开了它。

"火焰的恐怖，没有经历过的人是无法想象的。我拼命喘气，像被痛打的狗一样喘着气，我要活下去。推着木头的双手让我痛不欲生，我恨不得让人马上将它们砍下来。终于看到了弟弟图中的那条小道，不远处，他已经将扶梯架好等着我了。'你到底做了些什么啊？'他看看我那口比矿工还黑的牙齿说：'你的样子真好笑。'见我伤势严重，他让我先爬。我忍着双手的剧痛艰难地爬到了围墙顶上，然后转身叫他赶紧上来，不要耽搁。"

　　萨缪埃尔又一次停了下来，像是要聚集全身力量来给我讲述故事的结尾。他将双手伸到我眼前，他的手掌像一个长年在地里耕种的人的手，像一位百岁老人的手。但萨缪埃尔，他才二十岁。

　　"弟弟就在围墙下，但我听到了另一个人的声音。工厂守卫举起枪大叫：'站住，站住！'我掏出枪，忘了双手火烧般的痛，对着他就要开火。可弟弟大声对我说：'别开枪！'我看着他，枪从手中滑了下去。他看着掉下来的枪，笑了，因为他知道我不会杀人了。你看，他真的有一颗天使般的心。他两手空空地转向守卫，微笑着说：'别开枪，别开枪，我们是抵抗分子。'他希望让眼前这位端着枪的先生放心，我们不会伤害他。

　　"弟弟接着说：'战后会修一座新工厂给你们的，比现在这个还好。'说完他转身爬上了扶梯。守卫还是不停地叫着'站住，站住'，但弟弟没有理他，继续往上爬。于是扳机被扣响了。

　　"他的胸口炸开了，眼神凝固。他向我笑了笑，满是鲜血的嘴唇动了几下：'快逃。我爱你。'他的身体向后倒了下去。

　　"坐在围墙上面的我，就这样看着躺在下面的他，充满爱的红色血液在他身下流淌着。"

之后，萨缪埃尔再也没有说过一句话。听完他的故事，我起身来到克劳德身边躺下来，他嘴里嘀嘀咕咕，埋怨我把他吵醒了。

平躺在草垫上，望向窗外，夜空中终于出现了几颗闪闪发亮的星星。我不信上帝，但今晚，我相信，这些星星当中，一定有一颗是萨缪埃尔弟弟的灵魂幻化而成的。

* * * * *

5月的阳光照进牢房，中午时分，天窗上的栏杆在地上印出三道黑影。风吹进来的时候，我们还可以闻到阵阵椴树香。

"听说有伙伴搞到了一辆车。"

是艾蒂安的声音。他是在我和克劳德被捕几天后被招进兵团的，后来和其他人一起被吉拉德抓获，来到了这里。我一边听他讲，一边想象着外面那个完全不同的世界。行人迈着轻快的步伐自由往来，全然不知在离他们几米远的地方，重重围墙之后囚禁着我们这群等待死亡的人。艾蒂安低声歌唱着，排遣烦闷。监禁的痛苦滋味像毒蛇般死死缠绕着我们，不断撕咬，它的毒液扩散到我们全身。幸好有艾蒂安的歌，歌词让我们振奋：大家是一条心的，并不孤独。

艾蒂安坐在地上，背靠着墙，声音轻柔，好像孩子在讲故事，又像英勇的少年在歌唱希望：

在这座山冈上，没有妓女，

没有皮条客，也没有花花公子。

这里远离欢场，

远离尔虞我诈。

山冈的土地饱饮鲜血，

那是工人与农民们的血液。

因为那些发动战争的恶棍，

不可能牺牲在这里，他们专害无辜的人。

雅克也加入了唱歌的行列。大家敲打着草垫为他们伴奏。

红色的山冈，这是它的名字，它在某个清晨接受洗礼，

在我们不断攀爬与掉落之时洗礼。

如今，上面长满葡萄藤，结满果实，

饮这里的葡萄酒，便是饮伙伴们的鲜血。

隔壁牢房传来了查理和鲍里斯的歌声。克劳德本来在纸上涂涂画画，现在也放下笔，同大家一起唱了起来：

在这座山冈上，不会举办婚礼，

不像那香槟四溢的蒙马特。

但这里有贫穷的少男少女，

常常发出悲惨的啜泣。

山冈的土地饱饮热泪，

那是工人与农民们的泪水，

因为那些发动战争的恶棍，

他们根本不会流泪，他们是十足的败类。

红色的山冈，这是它的名字，它在某个清晨接受洗礼，

在我们不断攀爬与掉落之时洗礼。

如今，上面长满葡萄藤，结满果实，

饮这里的葡萄酒，便是饮伙伴们的热泪。

身后牢房里的西班牙狱友也跟着我们一起唱，歌词是什么语言并不重要。很快，监狱里响起了《红色的山冈》大合唱：

在这座山冈上，有丰收的葡萄，

歌声欢笑声处处可闻。

年轻的男男女女，柔声交换着

令人心动的爱语。

他们无法尽情拥抱，

因为在这拥吻的地方，

我听到了黑夜里的抱怨声，

看到了头破血流的年轻人。

红色的山冈，这是它的名字，它在某个清晨接受洗礼，

在我们不断攀爬与掉落之时洗礼。

如今，上面长满葡萄藤，结满果实，

但我看到的，是一座座写着伙伴名字的坟墓。

你看，艾蒂安是对的，我们并不孤单，我们大家都在一起。夜幕降临，监狱里也安静了下来。烦闷和恐惧又开始吞噬我们。脱衣时间到了。自从上次西班牙狱友抗争成功之后，大家可以穿着衬裤睡觉了。

❖❖❖

第二天清晨，大家重新穿上衣服，等待开饭。过道上，两名看守从大锅里舀出清汤寡水，分到每只递上来的碗里。然后大家捧着这点早饭回到各自的牢房，门关了起来。此起彼伏的锁门声后，便是一片沉寂。每个人都孤独地坐着，捧着碗，一面取暖一面张嘴吹掉汤水冒出的热气。就在我们一小口一小口地喝汤时，新的一天开始了。

昨天我们一起唱歌的时候，少了一个人的声音：恩佐还在医务室里。

"虽然没听到什么审判的消息，但我觉得我们应该采取点行动。"雅

克说。

"在这里能做什么？"

"是的，让诺，在这里我们什么都做不了，所以得想个法子去看他。"

"然后呢？"

"只要他不能站起来，就不会被拉去枪毙。所以我们不能让他那么快就好起来，你明白了吗？"

雅克看出我还没搞清楚到底要怎么做，于是拿出一根稻草：我俩谁输了就躺在地上装病。

我玩游戏的运气一向很差，从来就没赢过！

所以，要假装在地上疼得打滚的那个人是我。监狱的痛苦不言而喻，我也正好趁机将胸中的郁闷全部发泄了出来。

尽管我已经叫得撕心裂肺，但看守还是拖了一个小时才来。我向他们抱怨说自己全身都痛。

"伙伴们有车了，这是真的吗？"克劳德对我的演技毫不关心。

"应该是真的。"雅克回答。

"你想想，他们在外面可以开车去执行任务了，而我们呢，却像傻瓜一样被关在这里，什么都做不了。"

"是啊。"

"你觉得我们还有可能回去加入战斗吗？"

"我不知道，可能吧。"

"我们有没有可能得到援助？"弟弟问。

"你是说来自外面的支援？"

"是啊，"克劳德兴奋地说，"可能会有人来劫狱。"

"不可能的。监狱外面有德国人，里面有法国人，看守得太严密了，只有军队才可能救出我们。"

弟弟想了想，然后失望地坐了下来，背靠墙壁，本就苍白的脸上又添了几分悲伤。

"让诺，你就不能小声点叫唤吗？吵死了！"他最后嘟囔了两句。

雅克目不转睛地看着牢房门口，军靴发出的脚步声在走道上响起。

门开了，看守满面油光地走了进来，眼睛到处张望，看是谁在抱怨。两名守卫把我从地上架起来，拖到了门外。

"耽误我们那么多时间，他最好是真的有病，否则有你好看的。"一名守卫说。

"放心吧！"另一个人说。

我才不怕被多打几顿呢，只要能见到恩佐就行了。

恩佐虚弱地躺在病床上。我被安排在他旁边。男护士等看守们都走了才转过身来看着我。

"你是想来休息一下，还是真的哪里不舒服？"

我装模作样地把肚子亮给他看，他有些迟疑地伸手来摸。

"你割过阑尾吗？"

"应该没有。"我结结巴巴地回答，完全没想过后果。

"你听我说，"他的语调毫无起伏，"如果你回答没有的话，我们很可能会打开你的肚子，取掉你的阑尾。当然，这样做是有好处的。你可以有两周远离牢房，睡在舒服的床上，伙食也会好很多。你的审判也会因此被推迟。如果醒来时你的同伴还在这里的话，你们还可以聊上几句。"

男护士从衣服口袋里掏出一包烟，递给了我一支，自己叼了一支在嘴里。他的语气更加严肃了：

"不过这样做也有不好的地方。首先，我不是正式的外科医生，否则也不会在监狱里当护士了。我不是说手术会百分之百失败，教科书上的东西我可是记得滚瓜烂熟，但水平当然不能跟外科专家比。其次，这里的卫生条件很不理想，没有任何防感染的措施，所以你手术后有可能会患上严重的热病。到时你可能还没审判就已经发高烧烧死了。好了，我出去转一圈，抽支烟。你好好想想，我现在看到你肚子右边有条疤，是不是以前做阑尾炎手术留下的！"

护士走了出去。房间里只剩下我和恩佐两个人。我赶紧摇醒他。他好像刚做了个好梦，微笑着看着我。

"让诺？你在这里做什么？你被打伤了吗？"

"没有，我没事，我是专门来看你的。"

恩佐坐了起来，笑容更灿烂了。

"真是太好了！你装病，就是为了来看我？"

我点了点头，说不出话来，因为能看到恩佐，我实在是太激动了。

我越看他越感动，仿佛在他身边还看到了综艺电影院里的马里乌斯和罗西娜，他们都在向我微笑。

"别再冒险来看我了，让诺，我很快就可以走动了，现在差不多都能站起来了。"

我低下头，不知道该怎么跟他说。

"我要痊愈了，你好像很不高兴啊。"

"是的，恩佐，你最好别痊愈，你明白吗？"

"不明白！"

"听我说。一旦你能走动了，他们就会把你抓去枪毙的。只要你不能自己走上刑场，就能一直活下去。这下明白了吧？"

恩佐没有回答。我感到很难过，对他说这样的话太残忍了。换成是我的话，一定不想听伙伴这么对我说。但这是为了救他，再为难也得说。

"恩佐，你不能痊愈。登陆马上就要开始了，我们要拖时间。"

他突然掀开被单，看了看自己的腿：伤口很大，但差不多已经愈合。

"那我该怎么做？"

"雅克没跟我说该怎么办。但是你别担心，我们一定会想到办法的。目前你可以试着装出一副很痛的样子，我可以示范给你看，我可会装病了。"

恩佐说不用我教，疼痛的感觉他比我清楚得多。护士好像回来了，恩佐装出刚刚睡醒的样子，我也回到了自己的床上。

我对护士说，经过这一小段时间的仔细回忆，我确定自己已经在五岁时做过阑尾切除手术了。现在我肚子也不痛了，可以回监狱了。他往我的口袋里塞了几粒硫黄片，让我们点烟用。看守来带我离开的时候，护士对他们说，幸亏及时把我送来医务室，我得的是肠梗阻前期，很可能恶化，如果他们没送我来，我可能会死掉。

这两个蠢蛋看守居然真的信了，还让我感谢他们的救命之恩。对这样的人道谢，我本来怎么都说不出口，但一想到是为了救恩佐，便只好咬着牙说出了谢谢。

回到牢房，我把恩佐的情况告诉了大家。这是第一次，我们不希望自己伙伴的伤那么快好起来。这个时代之所以疯狂，正是因为生活失去了原本的逻辑，变得黑白颠倒。

大家都在绞尽脑汁为救恩佐想办法。

"其实，我们只需要想个办法让他的那些伤口不能愈合就行了。"我说。

"让诺，你说的谁不知道啊！"雅克埋怨说。

克劳德一直想学医，现在他的这个梦想好像可以起点作用了。

"要伤口不愈合，那就让它感染。"

雅克看着他，心想不愧是两兄弟，想法总能凑到一起。

"问题就是，"克劳德说，"要想个办法让伤口感染。这可不是件容易的事情。"

"我们得找那个男护士帮忙。"

我从口袋里拿出护士刚才给我的香烟和硫黄片，告诉雅克，我觉得这位护士是同情我们的，应该会帮我们。

"他同情我们，但不一定会愿意冒险救我们的伙伴。"

"雅克，你知道吗，很多人都会愿意冒险去救一个年轻人的。"

"让诺，其他人做什么我不管，我只对你说的这个护士感兴趣。你确定他肯帮忙？"

"我不确定，但是我感觉他不是坏人。"

雅克走到窗边，手不停地擦着脸，想着我说的话。

"我们得想办法再去见见这个护士，请求他帮忙，他一定知道应该怎么让恩佐的伤口好不起来。"

"如果他不愿意的话，怎么办？"克劳德问。

"那就跟他讲斯大林格勒战役，告诉他俄国人已经逼近德国边境，纳粹就快完蛋了，盟军很快就会登陆。等战争结束后，抵抗组织一定会感激他的。"

"他还是不愿意呢？"

"那就威胁他，说以后会找他算账。"

为了帮恩佐，也管不了那么多了，什么办法都得用上。

"怎样才能把话带给护士呢？"

"我还没想到，但要是再装病的话，可能会引起怀疑。"

"我有个主意。"我想都没想就脱口而出。

"什么主意？"

"到放风的时候，所有看守都会在院子里。我就做件他们想不到的事：偷偷溜去医务室。"

"别傻了，让诺，被抓住的话，你会被枪毙的！"

"为了救恩佐，再危险都要试一试！"

夜晚在煎熬中过去了，我们迎来了又一个昏暗的清晨。放风时间到了，走道上响起了看守们的皮靴声。雅克的话回响在我耳边："被抓住的话，你会被枪毙的！"但此刻，我只想救恩佐。开门声响个不停，犯人们走出牢房，在图先面前列队。

向看守长致敬的队伍沿着楼梯一直绵延到底层。我们从玻璃窗下走过，整条走廊显得阴森森的。破烂的石板上传来我们的脚步声，通往院子的最后一段过道就在眼前了。

我紧张得全身僵硬，前面拐弯处就是开溜的地方，我必须神不知鬼不觉地离开队伍，溜向侧面的小门。这道门白天是不会关的。看守们可以一边坐在院子里监视放风的犯人，一边通过这扇小门观察死囚们的动静。昨天我就是从这条路被押去医务室再押回来的，所以路线已经烂熟于心。闪出队伍后，我穿过一间一米长的看守室，走过几级阶梯，来到了医务室门口。所有人都在院子里，没人发现我。

我刚走进医务室的时候，那个男护士吓得跳了起来。不过看看我的样子，他又放下心来。于是，我把此前大家商量的办法一五一十地告诉了他，他没有打断我，只是静静地听着。突然，他垂头丧气地一屁股坐回凳子上：

"我再也受不了这座监狱了。我无法忍受面对你们，无法原谅自己的无能，更不想每天在见到那些鞭打你们的畜生时还不得不和他们打招呼。刑场上每枪毙你们当中的一个人，都让我痛苦不已。但我有什么办法呢？我也要生活，家里还有老婆孩子等着我养活，你明白吗？"

这下我要安慰他了！我，一个犹太人，衣衫不整，一头红发，皮包骨头，饥肠辘辘，脸上满是跳蚤留下的水疱；我，一个排队等着被执行死刑的犯人，居然要安慰一位护士，让他相信自己的未来！

我对他说，俄国人守住了斯大林格勒，德国人在东线节节败退，盟军很快就要登陆了；德国人的好日子到头了，他们最终会从城墙上跌落下来，就像秋天的苹果要落地那样。

护士像个孩子似的听我说着，不再害怕和抱怨了。于是我们达成协议，他答应帮忙。见他慢慢从痛苦中缓过劲来，我再次强调说，在他手里的，是一条鲜活的生命，年仅十七岁的生命。

"听着，他们明天就要把他押去死囚室了。如果他同意，我会在他伤口四周缠上细细带，运气好的话，伤口会再次感染，这样他就会再被送回来。但是怎么感染，就要你们自己想办法了。"

医务室里只有抗感染的药物，没有能让人感染的东西。所以他说的运气，就是要想办法在伤口上"撒盐"。

"好了，赶快走吧。"他望着窗外对我说，"放风结束了。"

我回到了队伍中，看守完全没有察觉。雅克悄悄走到我身边：

"怎么样？"

"我有主意了！"

⋇━❀━⋇

之后的几天，我一到放风时间就往死囚室跑。溜出队伍，走过看守室，我就能看到躺在牢房里的恩佐。

"让诺，你又来了？"恩佐一边起身，一边担心地说，"你在干什么，疯了吗？要是被逮到，会被枪毙的！"

"我知道，雅克跟我说过好多次了，但我们要想办法让你的伤口重新感染。"

"你们对护士的要求太奇怪了。"

"别担心，恩佐，他是帮我们的，他知道自己在做什么。"

"那你们有什么消息吗？"

"哪方面的消息？"

"当然是登陆的啊！美国人现在到哪儿啦？"恩佐像个饱受魔鬼纠缠的孩子，期盼着早日逃离噩梦。

"德国人被俄国人打得落花流水，还有人说波兰就快解放了。"

"那真是太好了！"

"但目前还没听说登陆的事情。"

恩佐能听出我说这话时的悲哀，他双眼微闭，仿佛看到死神正在一步步逼近。

我能清楚地看到，恩佐的脸色在一天接一天的流逝中渐渐消沉下去。

他抬起头，看了我一眼：

"让诺，你真的该走了，不然肯定会被发现的。"

"我巴不得自己被枪毙呢。你让我去哪儿？"

恩佐笑了，看到他的笑容，我感到无比欣慰。

"你的脚怎么样了？"

他看了看自己的腿，耸耸肩：

"不能说完全好了。"

"你得重新再痛一次，我明白，但总比被枪毙好，不是吗？"

"别担心，我知道，再痛也不会比子弹穿过骨头痛。好了，你赶紧走吧。"

突然，他的脸变得惨白。我感到腰上被人狠狠地踢了一脚。这帮畜生对着我一阵痛打。我趴在地上，缩成一团，鲜血慢慢地在地上扩散开来。恩佐站起身来，双手抓着牢房的栅栏，哀求他们放过我。

"看，你不是能站起来了吗！"看守嘲笑着说。

我好想赶快昏过去，不用再去理会这狂风骤雨般落在脸上的拳头。在这个寒冷的五月天，我们期待的春天似乎还相当遥远。

※

我慢慢醒了过来，脸上还在隐隐作痛，嘴唇被血粘住，眼睛肿得根本看不见禁闭室天花板上的灯是不是亮着。透过气窗，我能听到大家正在放风。是的，我还活着。

———— ❖❖❖❖ ————

大家一个接一个走到墙边的水龙头处，手里拿着一小块肥皂。洗漱结束后，狱友们聊了几句天，在院子里晒晒难得的阳光。

看守们用凶狠的目光盯着其中一个人看。这位狱友吓得双脚发抖，大家上前去将他围住，保护起来。

"跟我们走！"看守长发话了。

"他们想干什么？"安东尼的脸上写满恐惧。

"快点！"看守走到犯人中间，伸手将安东尼押了起来。

"别担心。"有人小声说。

"他们想干什么？"安东尼不停地重复着。

所有人都知道他们想干什么，安东尼也一样。被带离院子之前，他最后一次望向伙伴们，默不作声。他的告别是悄无声息的，但每个站在院子里的狱友都感受到了。

看守们将他押回牢房，命令他把自己的东西全部收拾起来。

"全部？"安东尼问。

"你聋了吗？我刚刚不是说过了吗！"

安东尼开始卷自己的铺盖，一同卷起的，还有他年轻的生命。十七年，这是一段多么短暂的人生。

图先不耐烦地催道："好了，快点！"

安东尼走向窗户，拿起铅笔给狱友们留了几个字。他再也见不到他们了。

"还要做什么！"图先一棍子打到他腰上。

看守们揪住他的头发，将他拖了起来。

安东尼站起身，抱住包袱，跟着他们走出了牢房。

"去哪儿？"他颤抖着问。

"去了你就知道了！"

看守长打开了死囚室的大门，安东尼抬起头，冲着里面迎接他的伙伴笑了起来。

"你来做什么？"恩佐问。

"我也不知道。我想是为了不让你一个人待着吧，不然还能有什么原因。"

"是啊，"恩佐轻声说，"还能有什么别的原因。"

安东尼不再说话了。恩佐递给他半个面包，但他吃不下。

"你得吃点东西。"

"吃了又有什么用？"

恩佐站起来，跳了几步，然后靠墙坐了下来。他一手搭在安东尼肩膀上，一手掀开裤子，给他看自己的腿。

"如果没有希望，你真的以为我会愿意承受这样的痛苦吗？"

看着恩佐化脓的伤口，安东尼两眼湿润了。

"战争会胜利吗？"

"当然啦，战争一定会胜利的。我还有关于登陆的最新消息呢，你想知道吗？"

"你？在死囚室里，你知道这些消息？"

"我全都知道！安东尼，你还没明白，我们不是两个犯人，而是两个还幸存的抵抗分子。来，我给你看点东西。"

恩佐从口袋里翻出一枚破损的两法郎硬币。

"我把它藏在口袋的衬里里边。"

"你怎么把它搞成这样？"

"我把上面贝当政府的斧头挖掉了。现在它的表面很光滑，你看我在刻什么？"

安东尼凑近硬币，看着上面刻的字母。

"你准备刻什么话？"

"我还没写完。完整的话是：'我们要继续战斗。'"

"恩佐，老实说，我不知道你做的事情是好还是蠢。"

"这是一句名言，是让诺有一次告诉我的。你帮我刻完它吧。我现在烧得厉害，已经没力气再刻下去了。"

于是安东尼用一根旧钉子在硬币上接着刻了起来。恩佐在他旁边编造着有关战争的消息。

埃米尔当上了指挥官，他领导的是一支真正的军队。他们现在有了汽车和迫击炮，不久后还会装备坦克。兵团重整旗鼓，四处作战。

"你看，"恩佐结束了自己的故事，"有麻烦的不是我们，相信我！我现在还不能跟你说登陆的事情，等让诺从禁闭室出来，你就会知道了。英国人和美国人会来救我们的，你看着吧。"

夜幕降临了。安东尼分不清恩佐的话是真的，还是因为他烧得太厉害而混淆了梦境与现实。

早上，他帮恩佐解下绷带，放进小桶里浸浸水，再绑回腿上。他随时注意着恩佐的情况，看他的呼吸是否顺畅。在不抓虱子的时候，他就一刻不停地刻硬币。每当完成一个词时，他就会小声对恩佐说："我相信你是对的。"就这样，他们两人一起翘首盼望着解放的到来。

<hr />

男护士每隔一天会来看他们一次。看守长让他进去待一刻钟，处理一下恩佐的腿，一分钟都不许他多留。

安东尼刚准备解开绷带，见护士来了，便挪到一旁。

护士放下医药箱，打开盖子。

"照这样下去，他还没上刑场，就会被我们弄死。"

他递给安东尼一些阿司匹林和一点鸦片。

"一次别给他太多，我两天后才能再来，明天他会更痛的。"

"谢谢。"安东尼小声对他说。

护士站起身来。"不客气。我能做的只有这么多了。"他抱歉地说，然后双手插进上衣口袋，转身向门口走去。

"护士，您叫什么名字？"安东尼问。

"于勒。我叫于勒。"

"谢谢您，于勒。"

护士回过头来面对安东尼：

"你知道吗？你们的伙伴让诺已经从禁闭室放出来，回到牢房了。"

"啊！这真是个好消息！"安东尼说，"那英国人呢？"

"什么英国人？"

"盟军，登陆，难道您什么都不知道吗？"

"我听说了一些事，但没有确切消息。"

"没有确切的消息，还是一切都不明朗？这对我们两个很重要，您明白吗？"

"你叫什么名字？"护士问。

"安东尼！"

"安东尼，你听着，上次让诺来找我帮忙，希望我让你们伙伴的腿再被感染时，我撒了谎。我不是医生，只是个护士，是因为偷了医院的床单和其他一些物品才被派到这里来工作的。我被罚在这里工作五年，所以跟你一样，我也是个犯人，只不过你是政治犯，我是普通囚犯而已。当然，跟你们不一样的是，我只是个没用的人。"

"不，您是个很好的人。"安东尼安慰道，他明显感到这位护士有一颗善良的心。

"我什么都没做过。我真想成为你们这样的人。你肯定会说一个要被枪毙的人有什么好羡慕的。但我真的想体会你们的自豪和勇气。我认识很多像你们这样的年轻人，他们处死朗杰的时候，我就已经在这里工作了。战后我能对后人说些什么？难道告诉他们，我因为偷床单被关进了监狱？"

"于勒，您可以告诉他们，您医治过抵抗运动者，这已经是很大的骄傲了。您还可以说，每隔两天您就会来帮恩佐处理伤口。是的，他叫恩佐，别忘记他的名字。我们的名字非常重要，于勒。只有记住名字才能记住一个人，即使他们已经去世了，否则在他们死后，人们便会忘记他们。我妈妈说过，任何事情都是有原因的。您偷了床单，但您不是小偷，是上天要您来这里帮助我们的。好了，我看得出来，您现在已经感觉好多了。那么请告诉我，关于登陆，现在的消息是什么？"

于勒走向门口，叫看守来开门。

"对不起，安东尼，我没力气再撒谎了。你所关心的登陆，我什么都没听说。"

这个夜晚，恩佐在疼痛中呻吟，烧得非常厉害。安东尼趴在地上，刻完了"战斗"这个词。

一大清早，安东尼听到隔壁牢房的门被打开，又锁了起来。脚步声慢慢远去。过了一会儿，十二声枪响从刑场传来。他抬起头，远处响起了《游击队员之歌》。洪亮的歌声穿过墙壁传到死囚室，这是充满希望的旋律。

恩佐睁开眼，小声说：

"安东尼，你说我们被枪毙时，伙伴们也会为我们歌唱吗？"

"是的，恩佐，会唱得更响。"安东尼轻声回答，"到时他们的歌声会一直传到城市的另一边。所有人都会听到。"

· ❀❀❀❀❀ ·

我从禁闭室出来，回到了狱友们中间，他们用来欢迎我的烟草，起码可以卷三支烟。

半夜，英国战斗机从监狱上空飞过。远处响起了警报声，我攀在牢房栏杆上望着天空。

马达在空中轰鸣，仿佛一场狂风骤雨就要来临。这声音侵入每一个角落，深深震动着我们的耳膜。

冲破夜空的火光照亮了整座城市。图卢兹陷入一片火红。几步之遥的战争到底打得如何？德国和英国的城市目前是个什么状况？

"它们飞到哪里去？"克劳德坐在垫子上问。

我转过身去，黑暗中，满是伙伴们消瘦的身影。雅克靠墙坐着，克劳德缩成一团。饭碗碰到墙壁，不停发出响声。旁边牢房的狱友纷纷问道："你们听到了吗？"

是的，我们都听到了，这是自由的声音，忽近忽远，就在我们头顶上几千米处响着。

这些飞机带来的，是热爱自由的人们，是热乎乎的咖啡、饼干和一大堆香烟。身着皮夹克的飞行员们驾着战机掠过云层，在星河里穿梭。从他们的机舱望下来，地面一片漆黑，没有一点光亮，监狱里更是伸手不见五指。是他们，让我们燃起了一线希望，我多想成为他们中的一员。只要能坐在他们身边，我愿意付出自己的生命。不过我的生命已经奉献出去了，为了赢得自由，我被关进了这座阴森的圣米迦勒监狱。

"它们到底飞到哪里去？"克劳德又问了一遍。

"我不知道！"

"去意大利！"一位狱友肯定地说。

"不可能，如果他们要去意大利，应该从非洲过去。"萨缪埃尔说。

"那是去哪里？他们要做什么？"克劳德继续问。

"我不知道，什么都不知道。你离窗户远点。"

"那你呢，你都快贴到栏杆上了！"

"我在这里看，然后再告诉你发生了什么。"

飞机呼啸而过，响彻夜空，第一轮轰炸开始了，整个监狱都在颤动。狱友们纷纷起身，大声欢呼："你们听到了吗？"

是的，我们都听到了。他们就在图卢兹。炸弹将天空染得通红。地面上有德国人的高射炮朝天空开炮回击，轰鸣声不绝于耳。大家都像我一样扒在栏杆上往天上看：多么绚丽的烟花！

"他们到底在做什么？"克劳德又发问了。

"不知道。"雅克小声说。

突然有人开始唱歌。那是查理的声音，我的回忆也被带回了鲁贝尔的小火车站。

弟弟在我旁边，雅克在对面，弗朗索瓦和萨缪埃尔坐在垫子上。楼下，有恩佐和安东尼。第三十五兵团并没有全军覆没。

"要是有一枚炸弹能炸开这里的围墙的话……"克劳德说。

第二天清早，我们听说昨晚的轰炸是登陆的前奏。

雅克是对的，春天一定会回来的。恩佐和安东尼可能有救了。

❈❈❈❈❈

清晨，三个黑衣人来到了监狱，跟在他们身后的，是一位身着制服的军官。

看守长满脸惊讶地接待了他们。

"请在办公室里等一下，我得先去通知他们。我们不知道你们今天会来。"

看守长转身离开后，一辆卡车开了进来，里面走出十二个全副武装的宪兵。

今早图先和泰伊轮休，当差的是德尔泽。

"怎么偏偏让我碰上了。"他小声抱怨。

他穿过看守室，来到了死囚室。安东尼听到脚步声，坐了起来。

"您来做什么？天还没亮呢。到开饭时间了？"

"时间到了，他们来了。"

"现在几点？"

德尔泽看了看表，五点。

"轮到我们了？"

"他们什么都没说。"

"那他们会来带我们走？"

"半小时以后就会来。现在他们在填资料。另外还要等看守们都来齐。"

看守长从口袋里掏出一包香烟，递进牢房里。

"最好把你的同伴叫醒。"

"可他还站不起来，他们不能这么做！他们没权力这么做！真见鬼！"

"我知道。"德尔泽难过地低下了头，"单独待一会儿吧。一会儿可能还是我过来接你们。"

安东尼走到恩佐的垫子前，轻轻拍了拍他的肩头：

"起来了。"

恩佐吓了一跳，睁开眼睛。

"时间到了，他们来了。"安东尼小声说。

"我们两个都要吗？"恩佐眼睛湿润了。

"不，他们不可以这么对你，太过分了！"

"别这么说，安东尼。我已经习惯跟你在一起了。就让我跟你一起走吧。"

"闭嘴，恩佐！你还不能走路，我不准你站起来，听见了吗？我可以自己去的，你知道！"

"我知道，朋友，我知道。"

"看，有两支正宗的香烟，抽点吧。"

恩佐坐起来，划燃了一根火柴。他深深地吸了口烟，默默望着吐出的烟圈。

"盟军还没登陆吗？"

"应该还没有吧，我的朋友。"

更衣室里，大家排队等着穿衣服。开饭时间晚了。六点了，看守还没进来。雅克来回走着，脸上写满了担忧。萨缪埃尔呆坐在墙边。克劳德起身看了一眼空空如也的院子，又坐了回去。

"他们到底想干什么！见鬼！"雅克骂道。

"这帮浑蛋！"克劳德也跟着骂了一句。

"你看会不会……"

"别胡说，让诺！"雅克走向门边，弯腰坐了下来，头深深地埋进膝盖里。

德尔泽再次来到死凶室，脸色惨白。

"对不起，小伙子们。"

"他们要怎么把他带走？"安东尼问。

"他们要把他放在椅子上抬走，所以才来迟了。我劝过他们了，说我们从来没这么干过。但他们没耐性等他痊愈了。"

"畜生！"安东尼吼了出来。

恩佐安慰着他：

"我要自己走过去！"

他刚一起身，又一个趔趄跌了回去。绷带散开来，露出了他完全腐烂的腿。

"他们会给你把椅子。"德尔泽叹着气说，"你不用再承受那么多痛苦了。"

话音刚落，恩佐便听到死亡的脚步渐渐逼近。

"你听到了吗？"萨缪埃尔起身问道。

"听到了。"雅克小声说。

院子里响起了宪兵的脚步声。

"让诺，快去窗边看看，告诉我们出了什么事。"

我走到栏杆边，克劳德让我踩到他身上。身后，伙伴们在等着听我讲述一个悲惨的故事：两个年轻人要在这个清晨被处死。恩佐坐在椅子上，由两名宪兵抬上刑场。

安东尼被锁在木桩上，恩佐就在他旁边。

十二个宪兵一字排开。我听到了雅克攥紧拳头的声音。十二声枪响彻底打破了黎明时分的宁静。"不！"雅克的喊声甚至盖过了我们为他俩送行的《马赛曲》。

两位伙伴的头摆动了几下，最后垂了下去。胸口的鲜血渐渐流干。恩佐的腿还在随风舞动，椅子翻倒在一边。

他的脸埋进了土里。当四下安静后，我肯定，他在微笑着。

❀❀❀❀❀

这天晚上，五千艘战舰从英国出发，横跨英吉利海峡。次日凌晨，一万八千名伞兵从天而降；数以千计的美国、英国及加拿大士兵在法国海岸登陆，他们中的三千人刚一上岸便献出了自己宝贵的生命。如今，他们的灵魂大多安息在诺曼底各处的墓地里。

1944年6月6日，六点。在图卢兹的圣米迦勒监狱里，恩佐和安东尼被枪决。

❀❀❀❀❀

接下来的三周里，盟军在诺曼底受到了地狱般的考验。每天都充满着胜利的希望。巴黎还没有解放，但雅克翘首以盼的春天就快来了。虽然比期望的晚了些，但没人有怨言。

每天早上的放风时间，我们都会跟西班牙狱友交流战争的最新进展。我们每个人都坚定了信心，一定会从这里活着走出去。不过，一直对抵抗分子十分厌恶的马尔蒂警官可不这么想。他在月底命令监狱管理处将所有政治犯移交给纳粹。

清晨时分，我们被全部召集到长廊里，四周是灰蒙蒙的玻璃。每名犯人都背着自己的行装，等待发落。

院子里停满了卡车，德国鬼子对着我们大喊大叫，让我们分列站好。整个监狱被包围了起来。士兵们用枪托推着我们往前走。在我所在的这列队伍里，还有雅克、查理、弗朗索瓦、马克、萨缪埃尔、我弟弟以及第三十五兵团的其他成员。

看守长泰伊双手背在身后，身边站着几个同事，都怒气冲冲地看着我们。

我凑到雅克的耳边小声说道：

"看他那副样子，真恶心。我宁愿像现在这样，也不要变成他那样。"

"让诺，你知不知道我们去的是什么地方？"

"知道。可我们永远都可以昂着头，而他只能一辈子低声下气。"

我们每个人都是那么渴望自由。但今天，我们被一列一列地送出监狱，穿过市区，在少数过路人的注视下，在这个寂静无声的清晨，默默地走向通往死亡的列车。

图卢兹火车站，一列货车在等着我们。

队伍中的每个人都深知自己将被运往何处。战争爆发以来，这样的列车曾无数次横穿西欧，而里面的乘客再也没有回来过。

我们的终点站是达豪、拉文斯布吕克、奥斯威辛或者比克瑙集中营。纳粹们把我们像牲口一样装进了这趟死亡列车。

自由的孩子

在这片麦田里，弟弟和我永远地定格成了两个为自由而战的孩子。与六千万死难者相比，我们是如此幸运。

太阳还没完全升起，但月台已经热气腾腾，四百名韦尔纳集中营的犯人聚集在这里。我们圣米迦勒监狱的一百五十人也加入了他们的行列。列车后面连上了几节运载货物的车厢，这是专门为我们准备的。恶贯满盈的德国人将在我们这些人的"护送"下回国。盖世太保及其家人们陆续登上列车。德国士兵脚蹬皮靴，脚边放着冲锋枪。本次列车的指挥官舒斯特中尉在车头位置发号施令。车尾处拖着的平台上放置了一盏巨大的探照灯和一挺机关枪。德国兵不停地推搡我们。一位狱友怒气冲冲地看着一名士兵。这个浑蛋二话不说，便对着他的肚子打去。狱友被打倒在地，挣扎了好久才捂着肚子站起来。如牲畜笼般的货车厢打开了。我转过身去，最后望了一眼天空的色彩。一片云也没有。在这个炎热的夏日，我被押上了开往德国的列车。

月台上黑压压的全是人。犯人们在车厢前排起了长长的队伍。奇怪的是，我竟然一点声音也听不到。克劳德在我耳边说：

"这次是最后一程了。"

"闭嘴！"

"你说我们在这里面可以撑多久？"

"撑到能活着走出来。我不许你死！"

克劳德耸耸肩。轮到他上车了，他拉着我的手，我们一起走进了车厢。身后，车门已经紧锁。

过了好一阵，我的眼睛才适应了车厢里的黑暗。车窗被钉上了缠满铁丝的木板。小小的空间里挤了七十来个人，大家只能轮流躺下休息。

中午就快到了，车厢里非常热，列车还没有启动。要是开车的话，可能会有点风飘进来，但现在好像一点空气都没有。一位意大利狱友渴得实在受不了，用手接了点自己的尿喝。有人站不稳晕了过去。我们将他抬到窗边，让他呼吸从细缝中透进来的一丝空气。但这边还没醒，另一头又有人倒下了。

"快听！"弟弟小声说。

我们全体竖起耳朵，疑惑地看着他。

"嘘！"

外面传来了电闪雷鸣的声音，大雨拍打在车厢顶上。梅耶尔快步跑到窗边，将手伸向铁丝网。手掌被剐得鲜血直流，但他无暇理会，只是欣喜地舔着接到的雨水。很快他便被其他人挤开，大家争先恐后地抢雨水喝。饥渴、疲惫、恐惧，我们正在被一步步逼成牲口。这又能怪谁呢？丧失理智并不是我们的错，我们的确被关在这猪圈般的车厢里。

列车摇晃了几下，开出几米，又不动了。

我支持不住，一屁股坐了下来。克劳德坐到我身边，蜷着膝盖，尽量少占些地方。车里起码有四十度，我的呼吸越来越困难，好像躺在滚烫石板上的一条狗。

车厢很安静。偶尔会传来咳嗽声，接着便会看到又有人昏倒。将我们关在这样的地方，我真想知道开列车的人在想些什么，那些吃喝不愁、舒舒服服地坐在乘客车厢里的德国人又是怎么想的。他们中会不会有人想到几节车厢后的我们？能不能想象我们这些年轻的囚犯在被屠杀之前，还要受到如此这般非人的虐待和羞辱？

"让诺，我们得从这里逃出去，不然就晚了。"

"怎么逃？"

"我不知道，咱们一起想想办法吧。"

我不知道克劳德是真的觉得有逃脱的可能，还是不想看着我继续失望下去。母亲曾经对我们说过，只要不放弃，人生时时都充满希望。我多想再闻闻她身上的香水味，听听她的声音。数月前，我还只是个孩子。我记得妈妈的笑容僵在脸上，她在对我说着什么，但我什么都听不到。"救救弟弟，"我看她的嘴唇这样动着，"别放弃，雷蒙，别放弃！"

"妈妈？"

一记耳光打在我脸上。

"让诺？"

我晃了晃脑袋，泪眼婆娑地看着弟弟写满疑惑的脸。

"我以为你快不行了。"他抱歉地说。

"别再叫我让诺了，已经没意义了！"

"战争一天没赢，我都会叫你让诺！"

"随你的便吧。"

天黑了，列车还是没有动。第二天，车在不同的轨道上换来换去，但始终没离开车站。在士兵们的大喊大叫中，车厢一会儿被挂到这个车头上，一会儿又被调到那个车头上。晚上，德国人发给我们每人一块水果饼、一团黑麦面包，这是我们未来三天的伙食。依然没有水。

列车终于启动了。我们完全没力气在第一时间做出反应。

阿尔瓦雷斯站了起来。他呆呆地看着阳光透过车窗木板缝隙照进车厢里的影子。过了一会儿，他转过身，看了看我们，然后径直向前，伸手去拔窗上的铁丝。

"你在做什么？"一位狱友害怕地问。

"你觉得呢？"

"你不是想逃跑吧？"

"关你什么事？"阿尔瓦雷斯一边回答，一边吸着手上被剐出的血。

"你被抓的话，就关我事了。他们每发现一次就会枪毙十个人。你没听到他们在火车站是怎么说的吗？"

"要是你决定留在这里，又被他们挑中的话，那真应该感谢我。我帮你缩短了遭罪的时间。你认为这趟列车是去哪里的？"

"我不知道，也不想知道！"他上前去抓阿尔瓦雷斯的衣服。

"去死亡集中营！到了那边，所有在车上没被闷死的人，都会被整死在里面。你明白吗？"阿尔瓦雷斯怒吼着。

"快逃吧，别理他！"雅克上前去帮着他一起拆木板。

阿尔瓦雷斯已经筋疲力尽。十九岁的他现在既绝望又愤怒。

板条被拆下来了。空气终于得以进入车厢，即使那些怕受牵连的人，也贪婪地享受着这短暂的新鲜气息。

"快看，月亮！"阿尔瓦雷斯大叫着，"看外面多亮啊！就像白天一样！"

雅克从窗口望出去，远处可以看到森林的轮廓。

"快！要走就现在！"

"谁跟我一起跳？"

"我。"蒂托内尔说。

"还有我。"瓦尔特也加入了他们的行列。

"好，你们先跳，我们随后再看情况。"雅克命令道，"爬吧，踩到我身上。"

在被关进来两天后，终于有伙伴决定逃跑了。两天两夜的非人生活，长得像无边的地狱。

阿尔瓦雷斯爬到窗边，将双腿伸出窗外，然后转过身抓住窗棂，身子贴着车体滑下去。风打在脸上，让他增加了几分力气和希望。他小心翼翼地攀住车窗，不能让车尾机关枪旁的士兵发现，也无法往前看。列车渐渐接近小树林。幸运的话，他跳下去时不会落在铁轨旁边的石子上，也不会伤到头颈，而是掉进树丛中。几秒后，阿尔瓦雷斯松手跳了下去。几乎是同时，机关枪声从四面八方响起来。

"我说过了！"之前那位狱友叫道，"这样做简直是疯了！"

"闭嘴！"雅克说。

阿尔瓦雷斯在地上滚了几圈，子弹在他四周炸开。他的肋骨断了几根，但还有力气，还活着。飞快地跑进树林后，他听到背后响起了火车急刹车的声音。一队士兵在后面紧紧追赶，身边的树木在枪声中不断飞出木屑。

树林一直延伸到加龙河畔。河流如一条长长的带子，盘绕着黑夜。

八个月食不果腹的监狱生活和列车上这几日的非人折磨并没有令阿尔瓦雷斯放弃，他有一颗斗士的心，对自由的渴望让他充满了力量。他一边往河里跳，一边想着，要是我成功了，其他人便会效仿。一定不能淹死，要给伙伴们树立一个好榜样。阿尔瓦雷斯这一晚并没有死。

游了四百米之后，他爬上了树林对面的堤岸。眼前出现了一道光亮，他蹒跚着向前走去。光亮是从河边一户人家的窗户照出来的。一个男人从里面走了出来，扶他走进屋里。虽然听到了刚才的枪声，但男人和他的女儿还是热情地接待了阿尔瓦雷斯。

空手而归的德国兵气急败坏，对着车厢外壁拳打脚踢，让大家通通闭嘴。他们可能会枪毙几个人来杀鸡儆猴，但不会马上。舒斯特中尉下令列车重新启动，因为抵抗分子的势力已经扩张到了这一地区，他不能在这里停留，否则很可能遭到袭击。士兵们回到车上，我们继续往前走。

农西奥·蒂托内尔本来打算紧接在阿尔瓦雷斯之后跳下去，但现在只能放弃了。他说，下次有机会一定第一个跳。马克在他面前低下了头，因为农西奥是达米拉的哥哥。被捕之后，马克和达米拉就分开了，从问讯至今，她一点消息都没有。在圣米迦勒监狱里，他天天盼着有她的消息，脑子里没有一刻不在想念着她。农西奥看着他，叹了口气，坐到了他的身边。如果可以自由相爱的话，他俩会因为达米拉的关系而成为至亲的兄弟。

"为什么你不告诉我你们在一起过？"

"因为她不许我说。"

"这是什么话！"

"她担心你会不同意。农西奥，我不是意大利人……"

"我根本就不在乎你是哪里人，只要你真正爱她、尊重她。我们对于其他人来说，都是外国人。"

"是的，我们都是外国人。"

"不过从你们在一起的第一天开始，我就知道了。"

"谁告诉你的？"

"是她回到家时的神情。那天你们一定第一次拥吻了对方。每次她要跟你一起去执行任务时，都会花很长时间打扮自己。要猜出你们的关系并不难。"

"农西奥，我求你，在谈到她的时候不要用这种她已经不在人世的语气。"

"马克，你也清楚，她现在应该在德国。我对她的前景不抱什么幻想。"

"为什么现在跟我提起她?"

"因为以前我觉得我们可以等到解放的那一天,我不希望你放弃。"

"如果你要跳下去的话,我跟你一起!"

农西奥看着马克,伸手紧紧握住了他的双肩。

"唯一让我有些放心的是,奥斯娜、索菲和玛丽安娜都和她在一起。她们一定会坚持下去的。奥斯娜是个永不言弃的人,她会帮助大家渡过难关的,这点你可以相信我!"

"你说,阿尔瓦雷斯有没有成功逃掉?"农西奥插了一句。

我们无法知晓阿尔瓦雷斯是否还活着,但至少他成功地逃过了士兵的追捕,这让我们又燃起了希望。

几小时后,我们到达了波尔多。

·<del></del>·

第二天清晨,车厢门打开了,我们终于得到了一点水喝。大家喝的时候得先润一润嘴唇,再轻轻咽下几口,因为嗓子已经干得张不开了。舒斯特中尉允许我们四五人一组,轮流下车走动。下车的人都被全副武装的士兵包围着,有的手里还拿着手榴弹,以防几个人突然集体逃跑。这已经不算什么羞辱了,我们早已习惯。弟弟看着我,表情凄凉。我只能冲他苦涩地笑笑。

7月4日

车门再次关了起来，车厢内温度骤然上升。列车启动了。两边有人躺在地上，我们兵团的人则靠隔板坐着。乍一看，我们好像他们的孩子，然而……

大家讨论着火车的路线。雅克认为我们快到昂古莱姆了，克劳德觉得是巴黎，马克颇为肯定地说是普瓦捷，而大部分伙伴认为是贡比涅，因为在那里有一个过境的集中营作为火车中转站。我们都知道现在的诺曼底激战正酣，主要战场好像在图尔地区。盟军正在一步步向我们靠近，但我们正走向死亡。

"我觉得我们不像犯人，倒像是人质。"弟弟说，"也许他们会在边境上把我们放了。这些德国人只是想回家而已。要是到不了德国，舒斯特和他的手下就会被俘虏。他们担心抵抗组织还会再炸铁路，所以之前才迟迟不敢开车。舒斯特现在是进退两难，既怕游击队的炸弹，又怕英国空军的轰炸。"

"你怎么会知道这些？是你自己想出来的？"

"不是。"他坦白地说，"是刚才我们去撒尿的时候，梅耶尔听见两个士兵说的。"

"梅耶尔懂德语？"雅克问。

"他会意第绪语。"

"他现在在哪儿？"

"隔壁车厢。"

克劳德话音刚落，车子又停了下来。他起身望向窗外，远远地看见一个小火车站，上面的牌子上写着"帕尔库勒-梅第拉克"。

现在是上午十点，站台上没有一个乘客，也没有铁路工人。旁边的村落一片寂静。阳光下热浪一阵阵袭来，让人喘不过气。为了让大家提起精神，雅克开始讲故事，弗朗索瓦坐在他旁边，一边听一边想着别的事情。车厢的另一头传来一阵呻吟，有人晕了过去。我们三人将他拖到窗户前，让他能够呼吸到一点空气。突然他好像疯了一样，大声叫喊起来，凄惨的声音深深刺痛着我们的心。接着，他倒了下去。就这样，7月4日，我们在帕尔古尔梅第拉克，在离某个小火车站几米远的地方，昏昏沉沉地过了一天。

❖❖❖

现在是下午四点。雅克口干舌燥，不再说话了。几声低语掺杂在大家焦急的等待中。

"你是对的，我们得想办法逃走。"我坐到克劳德身旁。

"我们必须想个所有人都能成功逃脱的方法，然后才能行动。"雅克说。

"嘘！"弟弟小声说。

"什么事？"

"别说话！听着！"

我和克劳德一起站起来。他走到窗边，向外望去。他又先于大家听到了暴风雨声？

德国人走下列车，向田边跑去，带头的是舒斯特。盖世太保及其家人也迅速往防空洞里钻。士兵在防空洞外架起机关枪，对准我们，以防再有人逃跑。克劳德抬头看天，伸长耳朵听着。

"有飞机！快往后退，趴下！"

飞机的轰鸣声越来越近了。

年轻的空军中尉昨天刚刚在英国南部的一处基地食堂里庆祝了自己二十三岁的生日，今天，他就在法国上空飞翔了。他手握操纵杆，拇指准备按下炮弹发射的按钮。眼前，一辆火车停在铁路上，很容易打到。他命令身后的飞机排好队形，在空中待命，准备攻击，自己则驾着飞机慢慢靠近地面。火车越来越清晰地出现在他面前，很明显这是一辆为前线提供补给的德军货车。目标明确了，要将列车全部炸毁。飞机在蓝蓝的天上列成一条线，随时待命。列车还没有熄火，中尉在驾驶舱里都能感觉到热度，他将手轻放在按钮上。

开炮！机翼发出轰鸣声，炮弹如一支支利箭射向列车。德国士兵开枪还击。

我们车厢里的木隔板在炮声中四处飞散，轰鸣声不绝于耳。有人大叫一声后倒地不起，有人按着自己被炸开的腹部，有人的腿不见了，这简直是一场大屠杀。大家纷纷躲在自己小小的行李包袱后面，心里残存着一丝

活下去的希望。雅克扑到弗朗索瓦身上，用自己的身体保护他。四架英国
飞机不断在我们上空盘旋，引擎声把耳膜都震破了。过了一阵，从车窗看
出去，飞机已渐渐远去，升上高空。

我把克劳德紧紧抱在怀里，生怕他出事。他的脸早已一片惨白。

"你没事吧？"

"没事。你的脖子流血了。"弟弟摸着我的伤口。

只是点皮外伤而已。我们俩坐在一片废墟中，车厢里已有六人被炸
死，数不清的人受伤。雅克、查理和弗朗索瓦都安然无恙。防空洞前，一
名德国士兵倒在血泊中。

远处传来了越来越近的飞机引擎声。

"他们又回来了。"克劳德说。

他满脸抱歉地向我微笑，似乎在说他不能遵守我们的约定了，他的生
命就要在这里结束。我不知所措地看着他，一心只记得妈妈在梦中对我说
的话："救救弟弟。"

"把你的衬衫给我！"我对克劳德叫道。

"什么？"

"快点！给我！"

我也脱下了自己的衣服。弟弟的灰白衬衫、我的蓝衬衫，再加上地上
一件沾满鲜血的衣服。

拿着这三块布，我迅速走到车窗前，踩在克劳德身上爬上去，将手
伸出窗外。望着再次准备攻击我们的飞机，我使劲挥动着手里这面决定
命运的旗帜。

年轻的空军中尉在驾驶舱里被太阳照得有些难受。他将头稍稍往侧面转了一下，手指放在发射按钮上。还没进入火车的袭击范围，但几秒后他就要下令了。远处，火车正在冒烟，刚才的一番轰炸已经摧毁了它的锅炉。

这列火车不可能再启动了。

从左翼看出去，他的空军中队就在身后，新一轮打击一触即发。再次向目标看去时，他惊呆了：车窗外有色彩在飞舞。是坦克闪出的光芒吗？他对这样的光亮很熟悉。在云层中穿梭的时候，他曾无数次看过这样的五颜六色。

飞机离地面越来越近，手握操纵杆的中尉看着那红蓝相间的颜色在不停跳动。颜色是不会自己动的，而且加上中间的白色，不是正好构成法国国旗了吗？他的眼睛死死盯着布条末端的车厢内部，按钮上面的手不动了。

"停！停！停！"他在对讲机里大叫，唯恐后面的队伍听不到。拉动操纵杆，飞机重新升上高空。

身后的飞机编队跟着他一起爬上云霄，渐渐远去。

透过车窗，我看到这一切。尽管感到弟弟的肩头在颤抖，但我仍然趴在窗边，默默看着空中的飞机。

我多想成为他们中的一员啊。今晚，他们就要飞回英国了。

"怎么样？"克劳德问。

"我想，他们明白我们的意思了。他们已经走了。"

飞机编队在空中重新集合。年轻的中尉告诉其他飞行员，他们刚才袭击的列车并不是一辆货车，里面装的是被囚禁的人，因为他看到有人在向天空挥动旗帜。

这位飞行员拉动操纵杆，机翼倾斜了一下，再次开向列车。下方，让诺看着他在空中掉了个方向，折回来确定了一下列车的位置。这次他的机翼不再有响声，靠列车最近时，飞机离地面似乎只有几米。

站在防空洞前的德国士兵没人敢动一下。飞行员的眼睛一刻也没有离开过车窗处挥动着的那面命运的旗帜。快接近地面时，他放慢速度，转头望了过来。几秒时间里，两双湛蓝的眼睛互相对望：一边是皇家空军轰炸机年轻的英国中尉，另一边则是将被押送去德国的、年轻的犹太囚犯。飞行员举起手来，向犯人致以最诚挚的敬意。

最后，飞机上升，飞回天空。

"他们走了？"克劳德问。

"是的，今晚他们就会回到英国了。"

"你一定会有机会开飞机的，雷蒙，我肯定！"

"你不是说战争没结束之前都要叫我让诺吗？"

"哥，我们差不多已经胜利了。看看天上飞机留下的痕迹吧。春天已经回来了。雅克是对的。"

1944年7月4日下午四点十分，他们的眼神在激战中交会了，尽管只有几秒的时间，但对于这两个年轻人来说，这一刻便是永恒。

———— ❦ ————

德国人从杂草中爬出来，走回列车。舒斯特快步走向车头，查看损失情况。四名犯人趁着轰炸的当口向旁边的火车站墙根逃跑，冲锋枪毫不留情地将他们打倒在地。躺在血泊中的他们，眼睛一动不动地看着我们，仿佛在对我们说，他们的地狱之旅今天就在这铁路边画上了句号。

打开我们的车厢门，一名士兵当即退了一步，呕吐不止。另外两名士兵也捂住嘴巴，难以忍受里面的空气。车厢里掺杂着尿味、粪便味和被炸开肚子的巴斯蒂安身上发出的恶臭。

一名翻译告诉我们，死尸将在几小时内被拖出去。我们知道，在这样恶劣的环境下，我们随时都有死掉的可能。

我不知道他们会不会愿意花时间把刚刚那四位被射杀的犯人埋葬。

旁边车厢有许多人过来帮忙。在我们这些犯人当中，几乎什么职业的人都有：工人、公证人、工匠、工程师、教师等等。一名医生也被允许进来救治伤员。他叫范·迪克，是一名来自西班牙的外科医生，被强迫在韦尔纳集中营工作了三年。尽管已经尽了全力，但于事无补。这里什么器材都没有，再加上难以忍受的热度，受伤的人根本得不到任何帮助。有人央求先通知他们的家人。一些人微笑着离开了，终于可以不再痛苦下去。夜幕降临时，又有数十人死去了。

火车头彻底报废。今晚无法出发。舒斯特通知了另一辆列车，晚上就会到。

铁路工人故意将列车的水箱搞坏了，这样它在运行过程中会慢慢向外漏水，车子就不得不频繁地停下来补给。

夜里一片沉寂。我们本应该借机反抗一番，但都没了力气。酷热像一个沉重的盖子压在我们身上，令每个人都昏昏沉沉。大家的舌头都肿得厉害，呼吸困难。阿尔瓦雷斯选择逃走是完全正确的。

✦─────✦

"你说他有没有成功逃掉？"雅克问。

阿尔瓦雷斯的确值得命运女神如此垂青。收留他的那对父女建议他待到解放后再离开。但已基本伤愈的他谢绝了这番好意，他要回去继续加入战斗。对方也没有坚持，因为他知道眼前的人是一位坚定的战士。于是男人撕下游击队用的地图，拿起一把小刀，走到阿尔瓦雷斯面前递给了他，并且建议他前往圣巴泽耶，那里的火车站站长也加入了抵抗运动。阿尔瓦雷斯来到指定地点，坐在月台对面的长凳上等着。站长一眼就认出了他，马上让他进办公室。站长对他说，德国兵还在到处找他。他在站长的带领下，来到一个放着工具和铁路工衣服的小房间。他穿上灰色外套，戴上头盔，站长递给他一把不太重的铁锤。站长仔细将他打量一番后，让他跟着自己回家。路上他们碰到了两名德国士兵，一个没理他们，另一个则打了个招呼。

他们到家时已是傍晚。迎接阿尔瓦雷斯的是站长的妻子和两个孩子。这户巴斯克人家没有向他提出任何要求。在那里的三天，他感受到的只有无私的爱。第三天清晨，一辆黑色汽车来到这座小屋前。三名游击队员来接已经复原的阿尔瓦雷斯回去一起并肩作战。

* * *

7月6日

黎明时分，列车重新上路。我们前方马上就要到达的村子有个很好笑的名字，叫"魅力"。看看眼下的情形，这名字真是一个巨大的讽刺。突然，列车又停了下来。我们在车厢里就快要窒息了。舒斯特受不了这样无休止的耽搁，考虑走一条新路线。往北是不可能了，盟军的攻势有增无减，抵抗组织随时都有可能炸毁铁路来延迟我们的押送时间。

* * *

突然，车门猛地被打开了。大家疑惑地看着门口大声喊叫的德国兵。克劳德茫然地望着我。

"红十字会的人来了。现在得去站台取只桶来。"一位充当翻译的狱友向我们说道。

雅克决定派我去。我跳下车，膝盖着地。那个德国兵显然看不惯我的红头发，在我们眼神相交的一刹那，他抬手对着我的脸就是一下。我往后退了几步，跌倒在地，伸手去摸被打掉的眼镜。我找到眼镜，迅速捡起掉落的东西，塞回口袋，然后昏昏沉沉地紧跟着德国兵来到一处树丛后面。他用枪指着，命令我取一桶水和一箱黑面包。红十字会的物资就以这种方式分给了我们，德国人是不会让他们与我们碰面的。

回到车门前，雅克和查理赶忙跑过来帮我搬东西。我眼前笼罩着一片布满血迹的雾气。查理帮我把脸擦干净了，但我的视野还是模糊不清。眼镜被打碎了。我对你说过，上天不但毫不客气地给了我一头胡萝卜色的头发，还让我变成了一个大近视。没有了眼镜，我的世界就是一团糨糊，除了知道白天黑夜，以及大概分辨出周围活动物体的形状外，我跟瞎子没什么区别。不过，幸好我还能看到弟弟就在身旁。

"那个浑蛋下手真狠！"

我手里拿着碎掉的眼镜，右边只剩一小块玻璃，左边有一大块吊在镜架上。克劳德也许是太累了，连我鼻梁上少了那么大一副眼镜都没有发觉。他还没有意识到情况的严重性：我不能和他一起逃走了；带上一个瞎子，是不可能逃掉的。雅克看出了我的忧虑。他支开克劳德，走到我身边坐了下来。

"千万别放弃！"他小声说。

"那你说我现在该怎么办？"

"我们一定能想出办法的。"

"雅克，我知道你一直很乐观。但这次，你太乐观了！"

克劳德硬要加入我们。他拼命往里挤，让我空出点位置给他。

"我想到了一个帮你修眼镜的法子。水桶是要还回去的,对吧?"

"那又怎么样?"

"既然他们不让我们跟红十字会的人接触,那我们就把眼镜放在空桶里,放回树丛后面。"

原来克劳德早就明白了我现在的处境,而且正在积极地想办法帮我解决问题。这样的情况以前从未发生过,我甚至怀疑现在他才是哥哥。

"我还是不懂你想怎么做。"

"你两边的眼镜框上都还剩了点镜片,光凭这点,眼镜商就能知道你的度数。"

我正用一截树枝和一段从衬衫上拆下来的线拼命修补着眼镜。克劳德抓住我的手:

"别做这些无用功了!听我的。靠现在这副眼镜,你是不可能翻出窗口的。但如果我们把它放到桶里,让它被带出去,也许会有人明白我们的意思,会帮我们的。"

我承认自己的眼睛已经湿润了。这并不是因为弟弟的话语里充满了爱,而是因为即使到了现在这种时候,他也依然满怀希望。这一天,我对拥有这样的弟弟感到无比自豪。我是那么爱他,但只怕没有时间再对他说了。

"这主意行得通。"雅克说。

"是的,很不错。"弗朗索瓦接着说,其他人也都表示同意。

其实我根本就不信这办法有丝毫成功的可能。想想看,水桶逃过检查,回到红十字会的人手里,这样的机会是多么渺茫。再想想,就算某人发现了我的眼镜碎片，又能怎么样呢？谁会为一个正被押送去德国的囚犯费心。奇怪的是，连查理都觉得弟弟的办法可行。

于是我只好放下自己的疑虑和悲观，同意交出这唯一能帮助我看清车厢栏杆的眼镜。

为了让如此关心自己的伙伴们保留一丝希望，更为了让弟弟能够放心，我在傍晚时将眼镜放进了空桶。车厢门又关了起来。我看着红十字会护士的身影渐渐远去，死亡开始向我袭来。

这天晚上，夏尔芒的上空电闪雷鸣。雨水穿过被英国空军打得千疮百孔的车厢顶滴落下来。还剩点力气的人都纷纷起身，仰起头，张大嘴巴迎接这难得的恩赐。

❦

7月8日

该死，列车要重新出发了，这下我再也不可能有眼镜了。

清晨我们到达了昂古莱姆。眼前是一片废墟。火车站已经被盟军炸毁了。列车放慢速度，我们目瞪口呆地看着窗外：大楼被劈成两半；站台边的列车车厢横七竖八地倒成一团；火车头有的停在轨道上，有的已经被炸翻；起重机已经面目全非，只剩下一根根支架。几个工人手拿工具站在断开的铁轨前，默默看着向他们驶来的列车，一副不可思议的表情。此刻，七百条冤魂正身处一片世界末日般的场景中。

　　刹车声响起，列车停了下来。德国人不准铁路工人接近列车。他们不想让任何人知道车厢里面的恐怖。舒斯特对袭击的恐惧与日俱增，一想起游击队便让他毛骨悚然。而且，自从遭到空袭，列车每天连五十公里都开不到，抵抗组织的前沿部队已经向我们一步步靠近了。

　　车厢与车厢之间的交流是绝对禁止的，但我们还是能让消息流传开来，特别是有关战争和盟军的消息。每当勇敢的铁路工或者善良的村民在夜里冒险接近列车时，我们就会得到一点物资和一些消息。每到这时，我们就会重新燃起希望，认为舒斯特绝不可能成功跨越国界。

　　我们是最后一批被押往德国的犯人，这是最后一班列车。许多人都愿意相信，我们会在途中被美国人或者抵抗运动者救出来。幸亏有抵抗组织，铁路才会不停地被炸毁，我们才能赢得宝贵的时间。远处，德国兵赶走了两个想走近我们的铁路工。对于现在的德国人来说，到处都是敌人。任何一个想帮助我们的工人、市民，在纳粹眼中都是恐怖分子。但是谁都知道，真正的恐怖分子，正是这帮手握枪支、腰别炸弹、专门欺负老弱病残的大浑蛋。

　　今天，火车一直没有动静。车厢由德国兵严密监视着。不断上升的温度在慢慢吞噬我们的生命。外面大概有三十五度，至于车厢里面，没人知道，我们全都处于半昏迷状态。身处这样的人间地狱，唯一的安慰就是感到周围还有伙伴们陪伴着。抬起头来，我看到查理脸上挂着浅笑；雅克一直在关注我们每个人的身体状况；弗朗索瓦紧贴在雅克身旁，像儿子依偎着父亲一样。我的脑海里出现了索菲和玛丽安娜，南部运河边的长凳就在眼前，我们从前就是坐在那上面交接情报的。对面，马克的表情很是哀伤。其实，他是最幸运的人，因为他在思念达米拉时，我肯定，达米拉也正想着他。没有任何牢笼可以禁锢我们的思想，所有情愫都可以穿越栏杆飞向远方。这样的感情没有语言阻碍，也无关宗教信仰，更不怕人为施加的束缚。

马克就拥有这种感情的自由。而我，我幻想着索菲此刻也在想念我，哪怕只是几秒也好，哪怕是单纯思念一位曾经的朋友也好……

我们今天没面包吃，也没水喝。有些人已经说不出话来，他们一点力气都没了。克劳德和我始终坐在一起，互相关注着对方，以防昏倒或死去。有时我们的手握在一起，只是为了确认还活着……

❦

7月9日

舒斯特决定折回一段路，因为抵抗组织将前方的桥梁炸毁了。我们回头往波尔多开。当列车离开昂古莱姆破败的车站时，我又一次想起了自己放在水桶里的眼镜，那是我重见光明的希望。我的双眼已经模糊了两天，跟瞎子差不多。

午后，我们回到了波尔多。农西奥和瓦尔特一心只想着逃跑。晚上，为了打发时间，我们开始捉身上的跳蚤和虱子。衬衫和裤子里到处都是，要想全部掸掉真不是件容易的事，这边刚消灭掉，那边又出现了。另外，车厢空间狭小，我们只好轮流休息。一些人躺下时，另一些人便只能蜷成一团。就在这样一个夜晚，我的脑袋里突然冒出几个奇怪的问题：要是真能幸存下来，我们有可能忘记这段地狱般的日子吗？我们真的能像正常人那样生活吗？有可能将不愉快的记忆完全抹去吗？

克劳德用奇怪的眼神看着我：

"你在想什么？"

"沙辛。你还记得他吗？"

"记得。现在怎么会想起他？"

"我永远都不会忘记他的样子。"

"让诺，你到底在想什么？"

"我在想，到底为什么要像现在这样活着。"

"原因就在你面前！总有一天我们会自由的。而且我保证过，一定让你当上飞行员，你忘了吗？"

"那你呢？战后想做什么？"

"我要和世界上最漂亮的女人一起骑摩托车环游科西嘉。"

他凑到我面前，好看清我的表情。

"我一定能做到！你为什么冷笑？难道你觉得我不可能有女孩子喜欢，不可能带一个女人去旅行？"

我实在忍不住，笑出了声。弟弟显得更生气了。查理跟着笑了起来，马克也是。

"你们到底笑什么？"克劳德气急败坏地问。

"你知道自己有多臭吗？看看你现在的脸吧。就现在这个样子，蟑螂都不会跟着你走的！"

克劳德凑过来闻了闻我身上的味道，然后和大家一起放声大笑起来。

7月10日

就算是大清早，车厢里也已热得受不了。这该死的火车还是一动不动。天上连一丝云都没有，看来是不会有雨水再来垂青这帮可怜的囚犯了。旁边车厢的西班牙狱友每当支持不住时，便会唱歌，动听的旋律伴随着优美的加泰罗尼亚语传遍整列火车。

"快看！"克劳德指着窗外。

"你看到了什么？"雅克问。

"德国兵在路边发脾气呢。红十字会的卡车来了，下来一群女护士，她们提着水朝我们这边过来了。"

护士们刚走到站台就被德国兵拦住，让她们放下桶，退回去，说等她们走了以后犯人就会来取的，绝对不准跟那帮"恐怖分子"有任何接触！

护士长上前推了士兵一把：

"哪里有什么恐怖分子？是那些老人、妇女和被关在车厢里快饿死的人吗？"

她把士兵痛骂了一顿，还告诉他们，她已经受够了这该死的规定，她要让自己的护士亲手将水送到车厢去。"不要以为你们穿着制服就可以为所欲为！"

舒斯特中尉拔出枪来指着她，让她老实一点。护士长轻蔑地打量了他一番："您要是真敢向一个女人开枪的话，那请您一定对准我衣服上红十字的中心，因为它目标足够大，就算像您这样的白痴也能打准。打死一名红十字会成员，您回去一定会受到'嘉奖'的。当然，要是被美国人或者抵抗分子们逮到，您的待遇会'更好'。"

趁舒斯特愣在一旁的时候，护士长命令她的队伍提上水桶向列车走去。站台上的士兵们似乎都被她的威严震慑住了，又或者，他们很乐意看到有人逼着中尉做出了带点人性的决定。

护士长第一个打开车厢门，其他护士也照做了。

这位来自波尔多红十字会的护士长经历了两次世界大战，照料过无数命悬一线的伤员，她本以为不会再有什么场景令自己感到惊讶了。但打开车门看到我们的一刹那，她的眼睛瞪得像铜铃一般大，恶心的感觉翻滚而来，"天哪！"这个词不由自主地从嘴里蹦了出来。

其他护士也被眼前的情景吓呆了，显然我们的样子让她们反胃。在她们到来前，我们已经尽量穿戴整齐了，但瘦骨嶙峋的脸颊也藏不住。

护士们给每节车厢一桶水，发放饼干，还和犯人们简单地交谈了几句。但回过神来的舒斯特冲着她们大喊大叫，让她们赶紧离开。护士长无法再要求什么。车门再次关了起来。

"让诺，快来看！"负责分发食物、保证人人都有水喝的雅克好像发现了什么。

"什么？"

"快点啊！"

站起来得费很大的力气，更何况我现在跟盲人差不多。但我感到大家都急切地等着我过去。克劳德扶着我的肩膀。

"快看！"

到底有什么好看的！除了自己的鼻子以外，我几乎什么都看不到。眼前有些身影在晃动，我能认出查理，能猜到马克和弗朗索瓦站在他身后。

雅克把桶拿起来凑到我眼前，突然，我在桶里看到了一副新眼镜！我赶紧伸出手去抓住它，简直不敢相信这是真的。

伙伴们都屏住了呼吸，等着我将眼镜戴在鼻梁上。弟弟的脸瞬间清晰起来，还有查理满含深情的眼睛和雅克堆满笑容的脸。马克和弗朗索瓦高兴得紧紧抓住我的肩膀。

是谁在帮我？是谁猜出桶底那副碎眼镜与一个囚犯命运之间的关系？是谁好心地配了一副新眼镜给我？谁又能在几天以后准确无误地将它送到我们这节车厢？

"当然是红十字会的护士，还会有谁。"克劳德回答说。

我要看一看外面的世界。现在我的眼睛不再一片模糊了。望望四周，大家的脸上还是有无尽的哀伤。于是克劳德将我拉到窗边：

"看，外面多漂亮。"

"是的，你是对的，外面真的很漂亮。"

"你说她漂亮吗？"

"谁？"克劳德问。

"那个护士啊！"

这天晚上，我觉得自己的命运算是定下了。索菲、达米拉，还有兵团里的其他女孩子，通通拒绝了我。但没关系，我现在终于找到可以共度一生的女人了，是她拯救了我的双眼。

当她发现桶底的眼镜时，第一时间读懂了我那来自地狱的呼救。她将眼镜框藏在手绢里，小心翼翼地保护着上面的碎片，然后把它送到城里一位支持抵抗运动的眼镜商手里。修理眼镜的人马不停蹄地去找合适的镜片，重新将其装好。她接过新眼镜，骑上自行车快速回到车站，沿着铁轨寻找之前的那辆列车。看着列车返回波尔多，她松了口气：终于可以物归原主了。得到护士长的指示后，她大步迈向那节被子弹打穿侧壁的车厢。于是，我的眼镜回来了。

这该是一个多么善良、勇敢而又热心的女孩啊！我发誓，要是这次能活下来，那么战争一结束我就去找她，向她求婚。我已经开始幻想自己开着一辆克莱斯勒，自行车也行，驰骋在一条乡间小路上，头发随风飞扬。轻轻敲开她家的门，一见到她的脸我便会说："是你救了我的命，现在，它是你的了。"我们一起在壁炉边吃饭，一起畅谈这些年的辛酸，感叹上天终于让我们走到了一起。然后，我们将过去抛诸脑后，共同书写美好的未来。我们至少要有三个孩子，再多点也没关系，只要她喜欢。从此，一家人过上幸福的生活。我按照克劳德的意思，报了飞行员培训班，毕业后我每周日都带上她在天空中自由飞翔。你看，现在一切都变成顺理成章的事了，我的生命终于开始有意义了。

由于克劳德在这次拯救眼镜的行动中发挥了重要作用，而且他跟我们的关系那么亲近，所以我打算请他做证婚人。

克劳德看着我，干咳了几声：

"听着，老兄，我非常愿意做你的证婚人，这是我的荣幸。但在你决定结婚之前，我一定要告诉你真相。

"那个把眼镜送还给你的护士，比你近视得更厉害，看她戴的镜片有多厚就知道了。当然，你肯定会说这个无所谓。但我还要告诉你，因为直到她走的时候，你的眼睛都还看不清东西：她起码比你大四十岁，肯定已经结婚，而且至少有一打孩子了。虽说就我们现在这副样子，不应该要求那么多，但是……"

❧❧❧❧❧

我们在波尔多车站已经停留了三天。车厢里一点空气都没有，大家都快被闷死了。

人类对什么环境都能慢慢适应，真是太神奇了。我们已经闻不到自己身上的臭味，看到有人趴在地上也不再担心他们的死活。饿的感觉也不存在了，只有渴还是让人难以忍受，特别是舌头肿起来的时候。我们的嗓子干得冒烟，吞咽越来越困难。身体的所有不适我们都已经习惯，好像缺了什么都可以似的，睡眠仿佛也可有可无。还有一样令我们不安的，便是人在死前的癫狂。他们站起身，大声号叫，有时还会痛哭流涕，最后倒在地上，再也爬不起来。

还有点力气的人，只得时不时地安慰身边的伙伴。

旁边车厢里，瓦尔特对大家说，纳粹没机会把我们押到德国去，美国人一定会在这之前解救我们。在我们车厢，为了打发时间，雅克讲故事讲到筋疲力尽。但只要他一停下来，空气便又凝重起来。

不断有伙伴静静地死去，我却在找回眼镜后变得生龙活虎，真是罪过。

<hr>

7月12日

凌晨两点半，车门突然被打开。波尔多车站上到处都是盖世太保的身影。士兵冲我们大声发令：带上自己那点东西。然后一阵拳打脚踢将我们赶下车，在站台上集合。犯人们有的怕得要死，有的则很高兴能大口呼吸新鲜空气。

我们排成五列纵队，向黑漆漆、静悄悄的市中心走去。天上一点星光都没有。

石子路上不断响起我们的脚步声。大家一边走，一边传递着消息。有人说我们会被带去哈堡，也有人肯定我们要被关进监狱。懂德语的人跟我们说，从德国兵的谈话中听到，全市的监狱都满了。

"那我们这是去哪儿？"一位狱友小声说。

"快点！快点！"一个德国兵一拳打在他背上。

队伍在黑暗中默默行进着，最后来到拉里巴街的一座教堂前。这是我和弟弟第一次走进犹太教堂。

❦

教堂里什么都没有。地上铺着些稻草，德国人将水桶排成一排。我们六百多名囚犯要被分配在三间大殿里。所有圣米迦勒监狱的人被安排在一起，待在靠近祭台的位置。我们一路都没留意到的女犯人们，则在栅栏的另一边。

几对夫妇隔着栅栏找到了彼此。他们已经很长时间没见面了。当两双手再次紧握时，有的人忍不住泪流满面，有的人则只是默默注视着对方。此时此刻，眼神是最好的传情方式。他们嘴里都在轻声说着，无论内容是什么，这样非人的生活都只能让关心自己的人难过。

天亮了，德国兵无情地将一对对夫妇分开，因为他们要把所有女人带去城里的兵营。

时间一天天过去了，每天都一样。晚上，我们会得到一碗热汤、几片菜叶，有时还有点面条。这已经算是盛宴了。德国兵隔三岔五地将一些狱友抓走，他们这一去就再也没有回来过。有传言说他们被抓去当人质了。只要抵抗分子在城里搞一次行动，他们就杀害几名人质。

又有人在考虑逃跑了。看着我们这么年轻，韦尔纳集中营的犯人们又是惊讶，又是同情。小家伙也能参加战斗？他们简直不敢相信自己的眼睛。

❖❖❖

7月14日

我们想到办法来庆祝国庆日了。每个人都用小纸片做成国旗的样子，别在胸前。大家高唱《马赛曲》。看守们没有前来干涉：此刻来训斥我们似乎太过分了。

❖❖❖

7月20日

今天有三名抵抗分子准备从这里逃出去。他们在栅栏后面翻稻草时被一名看守发现，刚满二十岁的凯内尔和达米安没被注意到。

但罗克莫雷尔被看守的皮靴一脚踢飞。好在审讯时他坚称自己当时好像在稻草里看到了香烟，所以才去翻找。德国人相信了他的话，没有拉他去枪毙。罗克莫雷尔是比尔哈凯姆游击队的创立者之一，他们主要在朗格多克和塞文山脉一带活动。达米安是他最好的朋友。他俩在被捕时都已被判处死刑。

伤口基本愈合后，罗克莫雷尔他们开始重新计划逃跑。对未来，他们充满信心。

这里的卫生条件比列车上好不到哪里去，脓疮在犯人们中间肆虐。寄生虫的繁殖速度快得惊人。于是我们一起发明了个游戏。每天早上，大家从身上抓一把跳蚤和虱子，放进一只只小盒子里。德国兵过来清点人数时，我们再偷偷打开盒子，让这些脏东西都跳到他身上去。

就算是到了这个地步，我们也没有放弃。这个看上去微不足道的小游戏是我们的抵抗方式。即使手无寸铁，我们也可以用身上唯一的武器来抗争。

我们曾经以为自己只能孤军奋战。但在这里，我们看到无数志同道合的人，他们和我们一样，从来没有向现实屈服，也绝不接受侮辱。在这座教堂里，到处都是勇敢的人。勇气有时甚至战胜了孤独，在寂静的夜里，它让我们感到充满希望，帮我们赶走了一切灰暗的想法。

❖

刚开始的时候，我们跟外界没有任何联系。但经过两周的观察，情况终于出现了转机。每当看守的德国兵到院子里去拿大锅时，一对住在附近的老夫妇便会将前线和周围的情况通过唱歌的方式告知我们。还有一位住在对面公寓的老太太，每晚都用粗体字把盟军前进的位置写在石板上，放在窗前给我们看。

罗克莫雷尔下定决心展开新一轮逃亡行动。德国人让几个犯人上楼去拿点厕所用品（它们和我们那点少得可怜的行李堆放在一起），他和三个伙伴赶紧上前去。这是个难得的好机会。在教堂大厅走廊的尽头有一间小屋，他的计划虽然有风险，但并非毫无可能：这个房间靠近一扇彩色装饰玻璃窗，只要等夜深人静的时候敲碎玻璃，就可以逃到房顶上去。于是他们几个人藏在小屋里等着。两个小时过去了，希望越来越大。突然，他听到皮靴的声音朝自己这个方向来了。德国人刚刚点过名，发现人数不对。脚步在一点点逼近，手电的灯光照进了他们藏身的角落。士兵的脸上露出了邪恶的笑意，接下来便是一顿凶猛的拳打脚踢。罗克莫雷尔倒在血泊里，不省人事。第二天早上，刚恢复神志的他被拖到看守的中尉面前。克里斯蒂安，这是罗克莫雷尔的名字，他对未来不再抱任何幻想。

但命运自有安排。

询问他的中尉大约三十岁。他跨坐在院子里的长凳上，静静地打量着罗克莫雷尔。然后他深吸一口气，用相当标准的法语说道：

"我也曾是个囚犯。那是在俄国战场上。我也选择了逃亡。在长达几百公里的路途中，我尝尽了一切苦难，这种罪我不想让任何人再受，我不是个虐待狂。"

克里斯蒂安没有出声，默默聆听着年轻中尉的话语。一时间，他感觉自己可能会被拯救。

"我们都明白，"中尉接着说，"而且我想你没机会把我要说的话告诉其他人了。我认为，作为一名士兵，逃跑是正常的，甚至是合法的。你想得跟我一样，你也觉得对于一个因为在敌人眼中做了错事而备受煎熬的囚犯来说，逃跑是理所当然的事情。但你的敌人，就是我！"

克里斯蒂安得到的处罚是：一整天面对墙壁站立，不准动弹一下，绝不可以有任何支撑。他只能双手放在身体两侧，任凭太阳火辣辣地照在自己身上。

动一下，便会吃上一拳。要是晕倒的话，将会受到更严厉的惩罚。

可以看出，遭受过苦难的人通常会多一些人性的关怀，因为这会令他们产生与敌人同病相怜的感觉。正是因为这一点，克里斯蒂安躲过了被枪毙的厄运。然而，不得不说，这样的关怀是有限度的。

四名试图逃跑的犯人面向墙壁，一字排开。经过一个早晨，太阳已经爬到了头顶。难以忍受的炎热让他们双腿发抖，手臂像灌了铅一样，背部完全僵硬。

从他们背后走过的看守们在想些什么呢？

午后，克里斯蒂安支持不住晃了一下。几乎同时，一只拳头向他背上飞去。他一头撞到墙上，下巴颏儿裂开了，但他咬紧牙关站了起来，以免遭到更严厉的处罚。

这个殴打他的士兵到底有没有良心？看着眼前的人如此痛苦，他怎么可以这样无动于衷？

他们全身肌肉都收紧了，抽搐个不停，痛苦得无以复加。

当中尉看到这样的场景时，他的心里是什么滋味？

这些问题直到今天还会在夜里出现,扰得我无法入眠。他们因痛苦而扭曲的脸、他们在太阳下快要燃烧的身体,常常会在我的记忆中出现。

终于到晚上了,他们被带回教堂里。我们将迎接胜利者的欢呼声送给了他们。但我想他们可能什么都没听见,只是筋疲力尽地瘫倒在稻草堆上。

❦

7月24日

抵抗组织的各种行动让德国人的神经越来越紧张。他们常常歇斯底里,没来由地毒打我们,一点小错也不放过。中午,我们被叫到教堂大厅集合。一名在街边站岗的德国兵报告说听到教堂里有锉刀的声音。德国人宣称,如果十分钟内那个手握锉刀企图越狱的人不自己站出来的话,他们就会随意拖十名犯人去枪毙。一挺机关枪架在中尉身边,瞄准我们。时间一分一秒地过去,站在枪后面的士兵不停地摆弄着扳机,随时准备朝我们射击。十分钟到了,任凭德国兵怎么叫嚣和恐吓,始终没人说话。中尉抓过一个犯人,掏出手枪指着他的太阳穴,大声对我们下达最后通牒。

一名囚犯往前站了一步,颤抖着伸出手。他手里拿的是一把修剪指甲的小锉刀,这玩意儿连在教堂墙壁上划个印迹都不可能。唯一可能的作用就是削尖小木片,好用来切发给我们的那点少得可怜的面包。这种小技巧每个被关过监狱的人都会,也许自从有牢房的那天开始,人们就发明了它。

所有犯人此刻都很害怕，中尉很可能觉得我们在嘲笑他。"罪魁祸首"被拉到墙边，一发子弹将他的头颅打成了两半。

我们被罚站一整夜，只有探照灯和机关枪做伴。幸好还有这臭气熏天的空气让我们时刻保持清醒。

<hr>

8月7日

我们待在教堂已差不多二十八天了。克劳德、查理、雅克、弗朗索瓦、马克和我围坐在祭台旁。

雅克像往常一样给我们讲故事。除了打发时间，更重要的是安抚大家的情绪。

"你和你哥哥之前真的从来没进过犹太教堂？"马克问。

克劳德低下头，一副很惭愧的样子。我于是代他回答：

"是的，这是第一次。"

"这就奇怪了，你们的姓是典型的犹太姓氏。我没有批评的意思，"马克赶紧解释，"只是我以为……"

"那你就错了。我们在家也不祷告。不是所有姓杜邦和迪朗的人都得每个周日去教堂的。"

"那你们什么都不做？重大节日的时候也不做？"查理问。

"每个周五，我们的爸爸都会庆祝安息日。"

"那他都做些什么？"弗朗索瓦好奇地问。

"跟平常晚上没什么不同，只是他会用希伯来语背诵一段经文，然后我们全家共同喝下一杯酒。"

"同一杯？" 弗朗索瓦问。

"是的，同一杯。"

克劳德笑了，显然是想起了什么有趣的事情。他推了我一把：

"快点，把那个故事说给他们听。不说就没机会了。"

"什么故事？" 雅克问。

"没什么！"

已经无聊了将近一个月的伙伴们怎么可能就此罢休，都催着我赶紧说。

"好吧。每周五晚饭前，爸爸都会用希伯来语向我们诵读经文。他是家里唯一懂这门语言的人，我们其他人全都不会说。家里庆祝安息日的传统延续了很多年。一天，姐姐艾丽斯向我们宣布说，她认识了一个男孩，打算跟他结婚。爸爸妈妈很高兴，让她请他来家里吃晚饭，把他介绍给大家。艾丽斯马上问可不可以下周五带他来，让他跟我们一起庆祝安息日。

"出乎大家意料的是，爸爸听到这个建议好像并不开心。他说，安息日应该只有我们一家人在一起，其他任何晚上他都可以来。

"但妈妈强调说，如果这个人已经征服了女儿的心，那么从某种程度上说，他已经是家里的一分子了。不过爸爸还是不同意，始终觉得周一到周四随便哪个晚上都比周五好。我们几个孩子选择跟妈妈站在一边，坚持认为安息日晚上才是最合适的，因为那晚的菜最丰盛，桌子也布置得最漂亮。爸爸举起双手埋怨道，为什么全家人总是联合起来对付他。他最爱扮无辜了。

"他补充说，为什么大家要拒绝他这么合理、这么无可指摘（而且还相当开明）的建议：除了周五，我们家的门任何时候都可以向这位陌生人（要带走他女儿的陌生人）打开。

"妈妈也不甘示弱，追根究底地问，为什么周五不可以。

"'不为什么！'爸爸彻底认输了。

"爸爸向来无法拒绝妈妈的任何请求。因为他爱她胜过爱全世界，我想应该也胜过爱自己的孩子。妈妈的所有愿望，他都会竭力达成。总之，接下来的一周里，爸爸一言不发，而且周五越临近，他就越紧张。

"在大家翘首以盼的客人到来的前一晚，他把姐姐拉到一边，小声问她的未婚夫是不是犹太人。当艾丽斯说出'当然是'的时候，他又一次把手举到半空抱怨：'我就知道是！'

"你们应该能想到，姐姐看到他那副不高兴的样子是多么惊讶，她赶紧问出了什么问题。

"'没事，亲爱的，'他故作镇定地回答说，'你觉得会有什么问题？'

"姐姐的个性像极了妈妈，看到爸爸准备往饭厅走，她一把抓住他的手臂：'对不起，爸爸，我对你的反应感到很吃惊！我本来以为，你听到他不是犹太人，才会有这样的反应。可现在是怎么回事？'

"爸爸让她不要那么敏感，不要胡思乱想，还保证说他对出身、宗教信仰、皮肤颜色这一类的问题一点都不在乎，只要这个人够绅士，对她能像他对妈妈一样就可以了。艾丽斯对他的回答似乎并不满意，但爸爸很快转移了话题。

"周五晚上终于到来了，我们从来没见过爸爸如此紧张。他不断幻想着自己要感冒了、发烧了，甚至在女儿出嫁前就要死了。妈妈只好一个劲地安慰他说，他的身体非常健康，艾丽斯从此将过上幸福的生活，一切都很美好，没什么好担心的。爸爸根本听不进妈妈讲的任何话。

"艾丽斯和她的未婚夫乔治七点整敲响了家门。爸爸猛地跳了起来，妈妈白了他一眼，快步上前去迎接他们。

"乔治是一个帅小伙，举止自然而优雅，看上去像个英国绅士。艾丽斯和他看起来般配极了，所以他一进门，就已经赢得了我们全家人的欢心。爸爸好像也慢慢放松了下来。

"妈妈告诉我们晚餐已经准备好了。于是大家围坐到桌旁，严肃地等待着爸爸背诵安息日的经文。只见他深吸一口气，喉头动了动，但并没发出任何声音。再试一次，深呼吸，又泄了气。第三次尝试的时候，他突然看向乔治：'为什么我们不让客人来替我诵经呢？我看得出大家都很喜欢他。作为一个父亲，当孩子们感到高兴的时候，他就应该功成身退了。'

"'你说什么？'妈妈问，'什么时候？再说，谁让你功成身退了？二十年来，每个周五都是由你来诵经的，你是唯一明白其中含义的人。我们其他人都不会说希伯来语。别告诉我一见到女儿的朋友，你就害怕了。'

"'我一点也不害怕。'爸爸一边卷着衣角一边说。

"乔治没有说话。但我们都发现当爸爸让他代替诵经时，他的脸色有些难看；而妈妈来解围之后，他的表情恢复了正常。

"'好啦，好啦。那至少请乔治跟我一起诵经吧。'

"于是爸爸开始背诵，乔治站起身来，一字一句地重复。

"诵经结束，他俩坐了下来。接下来的晚餐氛围很好，大家都笑得很开心。

"饭后，妈妈请乔治到餐具室坐坐，想更多地了解一下他。

"艾丽斯微笑着让乔治不用紧张，一切进展得很顺利。乔治收起桌上的餐具，跟妈妈来到了小房间。妈妈接过他手中的东西，请他坐下。

"'乔治，你根本不是犹太教徒！'

"乔治的脸红了起来，咳个不停：'我想是的，我爸爸或者他兄弟中的一个可能是犹太教徒。我妈妈以前是新教徒。'

"'以前是？'

"'她去年过世了。'

"'我很抱歉。'妈妈真诚地说。

"'有什么问题吗？'

"'你不是犹太教徒有什么问题？一点问题都没有。'妈妈笑着说，'我和我的先生完全不介意。相反，我们一直认为不同的人会带来不一样的快乐。最重要的一点是，你们俩真的愿意共度一生，永远都不会厌倦对方。厌倦是夫妻关系的大敌，它会让爱情消失。只要你能让艾丽斯开心，让她愿意跟你在一起，那你就可以放心地出去工作；只要你希望跟她一同分享即使是无法实现的梦想，我也可以肯定，无论你的出身如何，你们都会幸福得让人嫉妒。'

"妈妈双手扶起乔治，欢迎他加入我们的大家庭。

"'去吧，去找艾丽斯吧。'妈妈的眼里泛起了泪花，'妈妈一直质问她的未婚夫，她会不高兴的。而且要是让她知道我说出了未婚夫三个字，她会杀了我的！'

"在走回饭厅之前，乔治转身问妈妈是怎么知道他不是犹太教徒的。

"'哈！'妈妈笑出了声，'我的先生已经用他自己发明的语言诵了二十年经。他根本就不懂希伯来语！但他非常在乎这个每周对着全家人发言的时刻。这已经成了我们的一种传统。尽管他说的话没有任何意思，但我知道他想要表达的是对我们全家的爱。所以当我听到你刚才几乎一模一样地模仿他的话时，便猜到你一定不是犹太教徒。请你保守这个秘密。我的先生一直以为他的经文编得无懈可击，但我爱了他那么长时间，还有什么能瞒过我呢。'

"刚回到饭厅，乔治又被爸爸拉到了一边。

"'刚才的事，谢谢你。'爸爸小声说。

"'什么事？'

"'感谢你没说出真相。你真是个善良的人。我想你一定觉得我是个小人。但说实话，我没想过要说谎，只是已经整整二十年了……现在让我怎么跟他们说呢？是的，我是不会希伯来语，但庆祝安息日是为了保留传统，传统是不能丢的，你明白吗？'

"'我不是犹太人。刚才我只是重复你说的话而已，完全不明白其中的意思。所以，是我要感谢你没有说出真相。'

"'啊！'爸爸彻底放松了下来。

"两个男人对视了几秒，然后爸爸将手搭在乔治肩上：'听着，我想

咱们之间的事就不要向第三个人说了。我会用希伯来语诵经，而你，就是犹太人！'

"'完全同意。'

"'好，好，好。下周四晚上来我的工作室一趟，我们得好好练练第二天要诵读的经文，因为从今以后，我们要两个人一起诵经了。'

"晚饭后，艾丽斯把乔治送到路口。在大门外，她挽起未婚夫的手臂：'今晚真是太顺利了。亲爱的，你应付得太好了。我真不知道你是怎么做到的，但爸爸一点都没看出来，他完全不知道你不是犹太人。'

"'是的，我想我们都做得很好。'乔治微笑着离开了。

"所以，是的，克劳德和我在被关进来之前，从来没进过犹太教堂。"

❦

这天晚上，德国兵叫嚷着让我们通通收拾好行李，去教堂的大走廊集合。于是在皮靴和拳头的催促下，大家很快凑到了一起。没人知道这次是要去哪里，但可以肯定的是，他们不会拉我们去枪毙，被拖去行刑的人是不需要拿行李的。

傍晚的时候，之前被关进哈堡的女囚们回到了教堂，被单独关在一个小房间里。凌晨两点，教堂门打开了，我们排好队伍走出门口，穿过空空如也的市区街道，按来时的路返回火车站。

这一次，关在哈堡的女囚和最近几周逮到的抵抗分子加入了我们死亡列车的队伍。

前两节车厢安排给女囚，列车朝着图卢兹方向开去。有人幻想着我们可以回家了。舒斯特可不这么认为。不管盟军如何逼近，炮弹如何密集，抵抗组织采取多少行动，他拼死也要将我们押去达豪集中营。

快驶到蒙托邦的时候，瓦尔特终于找到了逃跑的机会。他发现以前用来钉窗户的四颗钉子换成了一枚螺钉，于是将仅有的一点口水吐在手上，使尽全力拧着。但嘴里太干了，最后帮助他润滑螺钉的，是满手的鲜血。忍痛努力了好几个小时，螺钉终于松动了。瓦尔特看到了希望。

他的手指完全被血粘住了，分都分不开。现在要做的便是推开栏杆，窗户上空出来的地方足以让人逃脱。车厢角落里，三名第三十五兵团的伙伴——利诺、皮波和让，可怜巴巴地望着他。其中一个哭出了声，他再也待不下去了，就快要疯了。车厢里的温度前所未有地高，所有人都在窒息边缘，空气中只有大家的埋怨声。让哀求瓦尔特帮他们一起逃。瓦尔特很是为难，但怎么可能对他们不闻不问，怎么可能撇下与自己情同手足的伙伴？他用满是鲜血的双手抱住他们，答应带他们一起走。只要天一黑，便开始行动，他先跳，其他人跟在后面。他们小声地讨论着细节：爬上窗沿，将整个身子吊在外面，跳下后不顾一切地往远处跑。如果德国人开枪，他们就各自逃命；如果没被发现，那么等列车的红色指示灯消失后，他们就重新回到铁轨处会合。

天色渐渐暗下来，逃亡的时刻越来越近了，但命运似乎不想这样安排。列车在蒙托邦火车站放慢速度，进入了一条停车线。德国人的机关枪架到了站台上。希望仿佛瞬间破灭了。他们四人瘫倒在车厢里，陷入沉默。

瓦尔特本想睡一觉，恢复些体力，但双手的疼痛实在难以忍受。哀号声又一次响起。

凌晨两点，列车重新启动。瓦尔特不再理会剧痛难忍的手，他的心在胸膛里剧烈跳动着。他叫醒另外三名伙伴，等待时机，随时准备越狱。这一晚的夜空没有一丝云朵，满月将四周照得透亮，就这样跳下去实在太危险了。瓦尔特望着窗外，火车正全速前进，远处出现了一片树林。

·-·≪◈≫·-·

瓦尔特和两名伙伴跳下了列车。掉进铁轨边的深沟后，他在里面趴了很久。火车的红色指示灯消失在夜幕中，他举起双臂高呼了一声："妈妈！"他往前走了很长一段路，在来到田边时，竟然撞到了一个出来小便的德国兵，那人身上还背着一把带刺刀的步枪。他立刻躲进身旁的玉米地，看准时机，飞身跃起，扑到那名德国兵背上。到底是哪里来的力气，让他还能做出这样的动作？刺刀插进了士兵的身体。瓦尔特接着往前走，不知走了多久，他感觉自己在飞，如同一只破茧而出的蝴蝶。

火车没在图卢兹停留，我们也不可能回家了。一路上，我们经过了卡尔卡松、贝济耶和蒙彼利埃。

·-·≪⊙≫·-·

日子一天天过去，大家口渴得难受。每次经过村庄时，村民们都想尽办法帮助我们。一位叫博斯卡的狱友在小纸片上写了几句话，然后扔出窗外。一位妇女在铁轨边将纸片捡起来，交给了博斯卡太太。上面写着：8月10日，火车途经阿让，他一切都好，不必担心。然而，这位太太再也没能见到自己的丈夫。

到尼姆附近的一处车站时，我们得到了一点水、干面包和过期果酱。这些东西实在难以下咽。车厢内，一些人已经开始精神错乱。他们口吐白沫，站起身来不停转圈，大声喊叫，最后倒地，全身痉挛而死。整个过程看上去就像发狂的疯狗在横冲直撞一样。纳粹想让我们通通这样悲惨地死去。依然勉强保持着清醒的人，根本不敢朝他看。于是我们只好闭上眼睛，捂住耳朵，蜷缩成一团。

"他们真的会一直发狂下去吗？"克劳德问。

"我什么都不知道，但快让他们别叫了。"弗朗索瓦哀求道。

远处，炸弹落到了尼姆，我们的火车在勒穆兰停了下来。

·-·≪⊙≫·-·

8月15日

列车好几天都没动静了。一位饿死的狱友被拖下车去。一些病得很严重的人获准下车去活动活动筋骨。他们沿途采了些草回来分给大家吃。饿得发慌的犯人们为了这不算食物的东西争得不可开交。

美国人和法国人已经在圣马克西姆登陆。舒斯特绞尽脑汁，拼命想办法从盟军的包围圈中突围。怎样才能通过罗讷河河谷呢？河上的桥已经全部被盟军炸断了。

❖

8月18日

也许是找到解决办法了，火车重新启动。来到某个道岔的时候，铁道工人打开了一个车厢的插栓。三名狱友成功地从隧道逃脱。还有一些人在距罗克莫雷尔逃跑几公里的地方如法炮制，离开了这座人间地狱。舒斯特让列车开进岩洞来躲避轰炸。这几天里，英、美的飞机好几次从我们头上飞过。躲在这个地方，抵抗组织也找不到我们。不会有其他列车出现在我们周围，整个国家的铁路运输都已经瘫痪了。战争在如火如荼地进行，抵抗组织也在一天天不断扩大中。由于横跨罗讷河的铁路桥已被摧毁，舒斯特竟命令我们步行。对他来说，我们不过是七百五十个奴隶，得为那些盖世太保的家人以及德国士兵们效劳，将他们的行李驮过去。

8月18日这一天，毒辣的太阳照在我们已被跳蚤和虱子摧残得一塌糊涂的皮肤上。大家被编排成一列一列，艰难地提着德国人的行李和他们从波尔多偷来的一箱箱葡萄酒，慢慢往前走着。让饥渴难忍的我们面对如此美味的酒，简直胜过酷刑。有的人累得瘫倒在地，再也没有爬起来，德国人对准他们的脑袋就是一枪，像杀掉一匹老马一般随便。于是还有点力气的人纷纷对体弱者伸出援手。只要有人倒下，旁边的人就赶紧将他团团围住，务求在被德国人发现之前把他扶起来。道路两旁是一望无际的葡萄园，藤枝上结满了夏季早熟的果实。我们多么想摘些下来润润自己干得冒烟的喉咙啊。然而，德国士兵对我们大声喝令，让我们不要拖拖拉拉，却在我们面前不断往头盔和嘴里塞着这可口的葡萄。

我们一边走，一边看着葡萄藤边的这些魔鬼。

我脑海中突然出现了《红色的山冈》的歌词。你还记得吗？**"饮这里的葡萄酒，便是饮伙伴们的鲜血。"**

已经走了十公里。有多少伙伴倒在了这段路途上？当我们路过村庄时，村民们都用惊愕的眼光望向这支奇怪的队伍。有人想上前来帮助我们，想给他们送些水喝，但纳粹粗暴地将他们推到一边。如果有人家打开窗户，士兵就会向里面射击。

一名狱友快速往前面赶，因为他知道队伍前面有他被关在前几节车厢里的妻子。脚已经跑出血来了，但他终于赶上了妻子，然后一句话也没说，只是默默从她手里拿过行李，背到自己肩上。

他们俩重逢了，终于可以一起往前走了，却不敢说出对彼此的感情。唯一能做的便是交换一个微笑，这笑中有对失去生命的恐惧。他们的生命还能留下些什么呢？

到达另一个村庄时，有一家人的房门虚掩着。看到德国兵也被太阳晒得没了脾气，这位狱友抓住妻子的手，示意她溜到门里去，他来掩护她。

"快走。"他用颤抖的声音轻轻说。

"我要和你在一起。这么辛苦地一路走来，我不会在现在离开你。我们要么一起活着，要么一起去死。"

后来，这对夫妻在达豪集中营不幸身亡。

傍晚时分，我们到了索尔格。数以百计的当地居民看着我们横穿街区，来到火车站。舒斯特没想到会有这么多人走出来帮助我们。面对潮水般涌来的人群，士兵们没了主意。站台上，人们不断向我们递送着食品和酒。趁着这场慌乱，有人想办法帮助犯人逃走。犯人被套上铁路工或农民的衣服，他们接过一筐水果，佯装送给一位前来接应的人，然后一步步慢慢地远离火车站，藏到了好心人的家里。

收到消息的抵抗分子原本计划了一场拯救我们的行动，但德国士兵的数量太多了，可能会酿成大屠杀的惨剧。于是，他们只好万分沮丧地目送我们再次登上死亡列车。大约一周以后，美国军队来了，索尔格解放了……

借着夜色，列车开动了。外面，狂风大作，为我们带来了一丝凉爽和几滴雨水。雨滴聚集在车厢顶上，一点点地流下来。我们争先恐后地享受着眼前的甘霖。

8月19日

　　火车全速前进，突然发出紧急刹车的声响，车轮向前滑动，带出点点火星。德国兵跳下车，迅速往低洼处跑去。一群美军战斗机在天空盘旋，炸弹如雨点般砸在列车上，这是一场真正的屠杀。我们赶紧跑到窗口，奋力挥动手中的布条，但飞行员的位置太高了，根本看不见我们。飞机引擎声越来越大，炸弹声此起彼伏。

　　时间仿佛凝固了。我什么也听不见。所有人的动作好像突然被放慢了。克劳德和查理都看着我。对面，雅克的脸上露出了灿烂的微笑。他吐出一口血，随即缓缓地跪在地上。弗朗索瓦快步上前扶起他。雅克的后背中弹了，他想要对我们说点什么，但已发不出任何声音。弗朗索瓦用力托住他的头，但他再也支持不住，闭上了双眼。雅克死了。

　　弗朗索瓦的脸上沾满了自己最好的朋友的鲜血。在这漫长的死亡之旅中，雅克从未离开过他。"不！"一声绝望的惨叫响彻云霄。我们还没来得及反应，他已经冲向窗口，赤手去拔上面的栅栏。德国兵的子弹打掉了他一只耳朵，他的脸上顿时血流不止。但什么也阻止不了他了。攀住窗沿，他跳到了车厢外，还没站稳便朝着车门奔去。他要取下插销，把大家都放出来。

　　现在，我依然能清晰地记起弗朗索瓦在阳光下的身影。在他身后，飞机在天空盘旋，准备对我们进行新一轮袭击。一名德国兵向他开了枪。他的身体向前飞出去，半边脸颊扑到了我的衬衫上。最后颤动了一下，弗朗索瓦追随雅克而去。

8月19日，在皮埃尔拉特，众多遇难者中，有两位我们亲密的朋友。

※━❀━❀━❀━※

火车头处烟雾弥漫，蒸汽从千疮百孔的铁皮上四散开去。列车被炸得无法再前进了。德国兵从附近村子找来一名医生。但他又能帮上什么忙呢？囚犯们横七竖八地倒在地上，内脏都被炸了出来，伤口触目惊心。飞机又飞了回来。趁德国兵乱作一团的时候，蒂托内尔撒腿开溜。枪声在身后响起，一颗子弹扫到了他，但他没有停下脚步，一路朝田里飞奔而去。一位农民将他救起，送到了蒙特利马尔医院。

周遭安静下来。铁轨边，那位医生央求舒斯特将还能救活的伤员交给他，但中尉无情地拒绝了。晚上，他们把伤员抬回车厢，又来了一个新的火车头。

※━❀━❀━❀━※

在近一周的时间里，法国军队内外夹击，纳粹节节败退，开始了大规模撤离。铁路线，比如国道七线，成了战斗的主要场地。美国军队以及拉特尔·德·塔西尼将军的装甲部队在普罗旺斯登陆，正向北进发。

罗讷河河谷是舒斯特难以逾越的障碍。法国军队返回来支援格勒诺布尔的美军。队伍已经到达锡斯特龙。直到昨天，我们还完全没可能通过河谷。但今天，法国军队似乎放松了警惕，他们乘坐的列车经过我们身旁，但一刻不停地向南开走了。中尉抓住了这次千载难逢的机会。

他首先要尽快处理尸体，将它们丢给红十字会。

蒙特利马尔市的盖世太保头子里希特来了。红十字会负责人要求他把伤员也留下，他毫不犹豫地拒绝了。

于是这位红十字会的女士转身就走。他叫住她，问她为什么就这么走了。

"要是不让我带走伤员，那你们也别想处理尸体。"

里希特和舒斯特商量了一下，最后终于妥协，答应留下伤员，但一再强调只要他们痊愈，就得马上被接走。

我们从窗户目送受伤的伙伴被抬上担架，他们有的发出痛苦的呻吟，有的连说话的力气都没有了。尸体被一排排地摆放在候车厅。一群铁路工人哀伤地望着他们，默默摘下头盔，致以最后的敬礼。红十字会打算快速将伤员们送往医院，为了不让城里的纳粹再来骚扰，负责人谎称他们都染上了斑疹伤寒，极易传染。

红十字会的车开走了。尸体也被送往墓地。

深沟里，一铲铲泥土盖到了尸体身上，雅克和弗朗索瓦的脸消失在里面。

❦

8月20日

列车往瓦朗斯方向开去，中途停在一处隧道里躲避空袭。车厢里氧气越来越稀薄，我们几乎都丧失了意识。到达火车站时，趁德国兵不注意，一位太太在自家窗户前举起牌子，上面写着："巴黎被围，请你们坚持下去！"

8月21日

列车经过里昂。几小时后，法国陆军烧毁了布龙机场的战备燃料。德军参谋部决定放弃这座城市。法军前沿部队向我们逼近，但列车照旧向前行驶。到沙隆后，我们不得不停下来，火车站已被炸毁。一队往东撤离的德军走了过来，其中的上校先生差点就可以拯救我们中的一些人了，他向舒斯特要求借两节车厢。在他看来，士兵和装备比中尉押送的犯人重要多了。两人争执不下，但舒斯特态度强硬，一定要将这些犹太人、外国佬和"恐怖分子"押到达豪集中营。谁都没能被放出来，列车很快就会重新启动。

我所在的车厢门打开了，三个陌生面孔的年轻德国兵递了些奶酪给我们，随即立刻把门关上。我们没吃没喝已经三十六个小时了。大家迅速将食物平分了。

到达博讷时，当地人和红十字会都前来帮助我们，给我们送来维系生命的物品。但德国兵把东西通通抢走了。他们像醉鬼一样，在列车开动时，向着铁道边的民房疯狂扫射。

开出三十公里后，我们来到了第戎。火车站内一片混乱。没有任何车辆可以北上。争夺铁轨的战斗已经白热化。铁路工们竭尽全力阻止火车离开。轰炸也没有断过。可舒斯特绝不会善罢甘休，他不顾法国铁路工人的一再阻拦，执意命令列车启动。麻烦就此出现了。

刚开出不久，他们就发现前方的铁轨被移位了。于是士兵命令我们下车去将它们归位。我们从囚犯变成了苦力。在炎热的太阳下，我们被德国兵用枪指着，将抵抗分子破坏掉的铁轨一根根地恢复正常。舒斯特站在火车头处大声宣布，列车什么时候能启动，我们什么时候才有水喝。

第戎就在身后不远处。直到傍晚时，我们还相信自己能挺得住。游击队前来袭击列车，同时还得留心，不能伤害到我们。德国兵站在列车尾部的平台上拼命开枪还击。战斗继续着。游击队员一路都在试图解救我们，将我们拦截在边境处。因为大家都知道，一旦过境，我们就不可能有命再回来。列车每往前走一公里，我们就在心里盘算离德国还有多远。

有时候德国兵还会朝着田野射击。他们是看到可疑的东西了吗？

8月23日

车里的日子越来越难挨了。最近几天正好是三伏天。我们断水断粮了。途经的村庄都是一片荒凉。两个月前，我们离开圣米迦勒监狱，踏上了这段死亡之旅。所有人到如今都是双眼深陷、皮包骨头，早已不成人样。曾与癫狂抗争的人，都陷入深深的沉默。弟弟的脸颊整个凹了下去，像个老头子一样。但每次我望过去时，他都会向我微笑。

8月25日

昨天，有几名囚犯逃跑了。尼蒂和他的几个伙伴拔掉地板板条，趁天黑时跳下了列车。火车刚刚经过莱古尔站。他们中一人的尸体被发现，已断成两截，另一人的腿摔断了，总共有六人死去。但尼蒂和剩下的人都成功逃脱了。我们围坐到查理身旁。火车正全速前进，过了几个小时就会穿越边境。盟军在头顶飞过了好几次，但没人会来救我们。

"我们只能靠自己了。"查理低声说。

"我们要行动了？"克劳德问。

查理看向我，我点了点头。还有什么好怕的呢？

于是查理仔细讲解了他的计划。先想办法拔开几根地板板条，然后从缝隙中钻出去。我们要拉住钻出去的人，在收到统一指示后再放手。下落时双手一定要贴着身体，否则很容易被车轮轧断。绝对不能抬头，不然会被快速转动的车轴削下来。一旦落地，千万不能动，直到这十二三节车厢都开过去，列车的红色指示灯远离后才能抬头。为了防止落地时发出叫声而引起德国兵的注意，每个跳下去的人嘴里都要塞块布。就在查理让我们重复刚才的一系列动作时，有个人已经起身开始干活了，他的手穿过铁条，开始用力拧螺钉。时间紧迫，我们到底还在不在法国境内？

　　螺钉松了。那人满手是血地取下钉子，使劲拉动木板，不停地用力。手掌已经完全烂掉了，但他毫不理会疼痛，继续着手里的工作。即将为大家打开的是一道自由之门，是逃离这节死亡车厢的全部希望。他让我们不要阻止他，他可以死，但不能毫无作为地去死。如果在临死前能拯救一些人的性命，何乐而不为？他不是因为参加抵抗运动被捕的，而是因为偷盗。他被随意地安排进第三十五兵团这节车厢。于是他一边撬木板，一边请求我们别阻止他，他说这是欠我们的。

　　他的手被磨得血肉模糊，但木板终于松动了。这个叫阿尔芒的人加快了速度，我们也上前去帮忙，大家一起拔下了第一根板条，然后是第二根。空隙足够我们钻出去了。车轮声飘进车厢内，列车的速度很快。查理为大家排好了顺序：

　　"让诺，你第一个，然后是克劳德，接着是马克、萨缪埃尔……"

　　"为什么我们最先？"

　　"因为你们最年轻。"

　　已经筋疲力尽的马克示意我们就按这个顺序来。克劳德不说话了。

　　首先得穿上衣服。在满是脓疮的身体上套上衣服，真是受罪。查理安排阿尔芒第九个跳，他为我们做了那么多，应该让他跟我们一起逃走。

　　"不，我来拉住你们最后一个跳下去的人吧。最后总得留个人，不是吗？"

　　"你们不能现在跳。"一个人的声音响起，"我知道两根电线杆之间的距离，计算过列车经过两根电线杆之间的秒数。现在的行驶速度至少是每小时六十公里。你们就这样跳下去的话，一定会粉身碎骨的。得等到速度慢下来，最快不能超过每小时四十公里。"

这个人说得没错，他在战前是修建铁路的工人。

"如果发动机不是在车头，而是在车尾呢？"克劳德问。

"那你们都可以从那里跳下去。当然也有风险，德国人可能在最后一节车厢上装了栅栏。但你们值得去冒这个险。"

"他们为什么要装栅栏？"

"为了不让我们跳下铁轨！"

就在大家权衡利弊的时候，列车突然减慢了速度。

"就是现在！"那位从前的修路工大声叫道。

"快！"克劳德说，"你也知道要是到站了，等着我们的会是什么。"

查理和克劳德抓住我的手臂，我把布头塞进嘴里，脚伸出缝隙。在得到伙伴们的指示前，我的脚不能沾地，否则我整个身体会翻转过来，一秒就能被撕得粉碎。肚子开始疼起来，腹部没有丝毫肌肉可以帮助我保持这样的姿势。

"跳！"克劳德大喊一声。

我跳了下去，背部着地，在地上一动不动，车轮声震耳欲聋，在距离身体几厘米远的铁轨上呼啸。车轴掠过头顶，空气中飘满了金属的味道。我的心剧烈跳动着。还剩三节车厢没开过去，还是四节？克劳德跳下来了吗？我好想再一次将他抱在怀里，告诉他，他是我最亲爱的弟弟；如果没有他，我绝不可能活到现在、战斗到现在。

车轮声消失了，列车渐渐远去，黑夜笼罩着我。真的重获自由了吗？

远处，列车的红色指示灯消失在铁轨尽头。我还活着。头上，圆月当空。

"到你了。"查理命令道。

克劳德将手帕塞进嘴里，双脚伸出车子。但伙伴们很快把他拉了回来。列车在摇晃，是要停车吗？幸好不是，只是在过一座破烂不堪的桥。大家于是重新开始行动。克劳德跳下去了。

阿尔芒转过身来。马克实在太累了，没办法往下跳。

"赶快休息一下，恢复点体力。我先让其他人跳。"

马克点点头。萨缪埃尔也跳下去了。阿尔芒和马克是最后站在缝隙前的人。马克想要放弃。阿尔芒上前对他说：

"跳吧，还有什么好怕的？"

于是马克也跳了出去。列车突然停了下来，德国兵纷纷下车。藏在两根枕木之间的他，眼看着他们朝着自己走来，但他已经没有力气逃跑了。他们将他抓住，带回车厢，一路上对他死命地拳打脚踢，令他顿时失去了知觉。

阿尔芒牢牢地攀住车轴，避开德国兵搜寻其他潜逃者的灯光。时间一分一秒地过去，他就快要支持不住了。但我告诉过你，我们永远不会放弃。阿尔芒坚持着。接着，列车启动了。等到它稍稍开始加速时，阿尔芒跳了下去。他是最后一个跳下逃生的人。

列车离开已经有半小时了。按照大家事前的约定，我走上铁轨，开始找寻伙伴们。克劳德还活着吗？这里是不是已经是德国的领土了？

前方出现了一座小桥，上面设着德军哨所。这就是弟弟差点要跳下来的地方。哨所前的警卫哼着《莉莉·玛莲》这首曲子。眼前的情景似乎足以回答我之前两个问题中的一个。唯一可以过去的办法，是从桥梁处开溜。在这个晴朗的夜晚，我小心翼翼地往前走着，每走一步都担心被抓住。

⬥━══♦══━⬥

不知走了多长时间，脚似乎已经不属于我自己了。前方依旧空空如也，一片寂静。难道我是唯一幸存的？其他人都死了吗？"你们有五分之一的机会活命。"这是那位修路工的话。那我的弟弟呢？见鬼！我宁愿自己去死，也不希望是他。我在无数次的噩梦中向妈妈保证过，弟弟一定会没事，我会带着他平安回家。本以为自己已经没有眼泪，不会哭了，但现在，跪在这荒郊野外的铁轨上，我禁不住放声大哭。如果没有了弟弟，就算重获自由又有什么意思？铁道往前延伸着，但我不知道克劳德在哪里。

灌木丛中传来了细细的声响。我转过头去。

"你能别哭了吗？过来帮我一把行不行？这些木头刺得我好痛。"

克劳德低着头，身体被困在一片荆棘中。他怎么会跳到这个地方？

"你先把我弄出来，我再慢慢告诉你！"他不耐烦地说。

就在我帮弟弟拨开树杈时，查理的身影一瘸一拐地出现了。

列车不会再回来了。查理抓着我们的肩膀，激动得哭了。克劳德一个劲地拔着大腿上的刺。萨缪埃尔也出现了，但他跳下来时伤得很重。我们不知道这里是法国还是已经到了德国。

查理说，德国兵一定还在四处找我们，现在得赶紧走。于是我们扶着遍体鳞伤的萨缪埃尔，大家一起躲进了树林里，等待天亮。

※

8月26日

黎明时分。萨缪埃尔昨晚流了很多血。

当其他人都进入梦乡时，我听到了他的呻吟。他叫我，我走近他，看到他的脸色一片惨白。

"真是可笑，我们就快成功了！"他小声说。

"别胡说。"

"别傻了，让诺，我撑不下去了。我的腿已经没知觉了，现在，我觉得好冷。"

他的嘴唇发紫，浑身发抖。我将他揽到怀里，尽自己最大的努力给他温暖。

"这是一次伟大的越狱，对吗？"

"是的，萨缪埃尔，这是一次伟大的越狱。"

"能呼吸到新鲜空气真好。"

"保存好体力，我的朋友。"

"没用了，我没几个小时好活了。让诺，你以后一定要告诉别人我们的故事，千万别让这一切都像我一样消失了。"

"不要乱说，萨缪埃尔，你净说胡话，我可不会讲故事。"

"听着，让诺，就算你不会讲，也一定要让你的孩子告诉全世界。你一定要让他们这么做。你向我保证。"

"什么孩子啊？"

"你看着吧。"萨缪埃尔陷入自己的臆想，"你以后一定会有孩子的，一个、两个，甚至更多，我没时间数了。到时你一定要替我这样要求他们，你告诉他们这对我来说非常重要。你要让他们记住父辈所做过的一切，否则我们的故事就会被永远遗忘。他们会在那个自由的世界里讲述我们的故事，告诉所有人：我们曾经为了他们的幸福浴血奋战。你要教他们懂得，我们不惜牺牲一切所换来的，是这个世界上最为重要的东西，那就是自由。自由包含着对人类的爱，那些想要禁锢住它的人永远不会得逞。胜利终会属于尊重自由、放飞自由的人。让诺，告诉你的孩子，替我告诉你的孩子，用他们那个时代的语言说给他们听。我的语言里带有太多家乡的口音，太多血泪。"

"别再说了，萨缪埃尔，这样太浪费体力了。"

"让诺，答应我，请你答应我。你一定要学会去爱别人。我做梦都想爱一个人。所以你一定要答应我，当你抱起自己的孩子，当你用充满父爱的目光望他第一眼时，请替我也放入一点感情，这样我会感到自己在这个世界上留下了痕迹。"

我答应了。萨缪埃尔在天亮时咽了气。他急促地呼吸，血从嘴里流了出来。接着我看见他疼得下颌痉挛，颈部伤口开始发紫。然后，他走了。他被埋葬在了上马恩省，我想那片土地会变得殷红，历经岁月的洗礼，以此来控诉人类这段暗无天日的岁月。

❈

中午的时候，我们发现远处有一个农民正走向他的田地。我们现在个个身上都带着伤，而且饿得前胸贴后背，撑不了多久了。于是大家商量后决定由我出去向这位农民求救。如果他是德国人，我就将双手举过头顶，其他伙伴便继续藏在树丛里不现身。

我向农民走了过去。也不知道我们两个谁心里更害怕：我衣衫褴褛，像鬼魂一样突然出现在他面前；而不知道他的国籍也让我忐忑不安。

"我是从一辆火车上逃出来的犯人，需要您的帮助。"我伸出手去向他大声喊道。

"只有您一个人？"他问我。

"您是法国人？"

"我当然是法国人！那还用说！快来吧，我带您去农场。"农民惊魂未定地说，"您的样子太糟糕了！"

我向伙伴们做了个手势，他们立刻跳了出来。

＊＊＊

1944年8月26日，我们得救了。

＊＊＊

马克在我们逃跑三天后苏醒了过来。1944年8月28日，舒斯特的列车到达了死亡集中营达豪。

火车上还活着的七百多名犯人被押了进去，少数人最终死里逃生。

盟军取得对法国的控制权后，我和克劳德找了一辆德国人丢弃的小轿车，沿着铁路线，往蒙特利马尔方向开，找到了雅克和弗朗索瓦的尸体，将他们送回了自己的家。

十个月后，在1945年春夏的某个早上，拉文斯布吕克集中营被解放，奥斯娜、达米拉、玛丽安娜和索菲活着走了出来。就在此前不久，达豪集中营也获得解放，马克幸运地看到了这一天。

克劳德和我永远失去了父母亲。

❧

1944年8月25日，我们从死亡列车上跳下。同一天，巴黎解放。

接下来的几天里，那位农民全家对我们悉心照顾。我还记得他们做煎蛋给我们吃的那个晚上，查理默默地看着大家：鲁贝尔小火车站里，伙伴们围坐在一起的场景浮现在每个人眼前。

❧

一天早上，弟弟叫醒了我。

"快来。"他把我从床上拉了起来。

我跟着他走到谷仓外面，查理和其他人还在睡梦中。

我们肩并肩走着，没有说话，直到来到一大片麦田的中央。

"看！"克劳德抓着我的手。

美军坦克与勒克莱尔❶坦克师在远处会合，向东边开去。法国解放了。

雅克是对的，春天真的来了。弟弟的手与我的手紧紧握在了一起。

在这片麦田里，弟弟和我永远地定格成了两个为自由而战的孩子。与六千万死难者相比，我们是如此幸运。

❶法国名将，诺曼底登陆后，勒克莱尔的第二装甲师直接开向巴黎，成功解放巴黎。

后记

亲爱的，故事结束了。那个在咖啡馆吧台
向你露出迷人微笑的少年，便是我的父亲。
在法国这片热土上，安息着他的伙伴们。

1974年9月的某天早上，妈妈走进我的房间。此时，我就快满十八岁了。太阳已经照进了房间，妈妈告诉我今天不用去上学。

我从床上弹了起来：今年是高中最后一年，我正紧张地准备会考，妈妈怎么会让我逃课呢？她和爸爸今天有重要的事情要做，希望我和姐姐也能一起去。"我们去哪里？"妈妈面带微笑地看着我：

"你去问爸爸吧，他会在路上告诉你一个以前从没讲过的故事。"

中午，我们全家到达图卢兹。一辆小轿车在火车站门口等着，将我们直接送到了市体育场。

我和姐姐坐在空空如也的看台上，爸爸、叔叔和另外几个人一起走向草坪中央的小讲台。他们一字排开，一位部长走上讲台，发表了一段演说：

1942年11月，来自法国西南部的移民劳工们组建了一支武装抵抗队伍，这就是移民劳工游击队第三十五兵团。

他们是犹太人，是工人或农民。他们中的大部分来自匈牙利、捷克、波兰、罗马尼亚、意大利和南斯拉夫。数以百计的移民劳工帮助图卢兹、蒙托邦和阿让实现了解放。为了将敌人赶出上加龙、塔恩、塔恩-加龙、阿列日、热尔、下比利牛斯及上比利牛斯等地区，他们进行了无数艰苦卓绝的斗争。

他们中的许多人被关进了集中营，甚至献出了自己宝贵的生命，正如他们的领导者马塞尔·朗杰……

逮捕、虐待、遗忘，他们是国家分裂时悲惨命运的见证者；但他们同时代表了为我们国家抛头颅、洒热血的男男女女，他们为消灭纳粹、帮助国家重生做出了巨大贡献。

他们的斗争在当时遭到无情镇压，但现在我们知道，这是光荣的。我们必须了解他们承受的伤害、痛苦与死亡。

我们有责任教育子孙后代：他们的贡献体现了人类最基本的价值观；他们为自由所做的努力，应当永远铭刻在法兰西共和国的史册上。❶

部长将奖章一一别在英雄们的胸口上。轮到其中一位红发老者时，部长把颁奖章的任务让给了英国皇家空军一位身着海蓝色制服、头戴白色军帽的军官。他上台走向这位红头发、二战时化名为让诺的人，向他敬礼。从前的飞行员与曾经的罪犯，两位老人的眼神交织在了一起。

❶武装部部长夏尔·埃尔尼的演说。

❁❁❁

走下领奖台，爸爸取下奖章，放进衣服口袋里。他走过来揽住我的肩膀，说："来，我把你介绍给伙伴们，然后我们回家。"

❁❁❁

晚上，我们坐上回巴黎的列车。爸爸安静地看着窗外。他的手放在小桌板上，我伸手握住了它，我们并不常这么做。他没有回过头来，但我从车窗里看到了他的微笑。我问他，为什么没有早些告诉我这些事。

他耸了耸肩：

"你希望我说什么呢？"

我想早点知道让诺是谁，更想将他的故事讲给学校里每个人听。

"有许多伙伴死在铁轨下，我们也杀了很多人。这么晚才告诉你，是因为只想让你记得一件事，那就是，我是你爸爸。"

是的，晚些告诉我，是希望我的童年不要像他的那样沉重。

妈妈的目光没有离开过爸爸。她上前吻了他。从他们的眼神里，我和姐姐可以想象，他们一定是从认识的第一天开始就深爱对方。

萨缪埃尔临终前的话在我耳边响起。

让诺信守了他的诺言。

亲爱的，故事结束了。那个在咖啡馆吧台向你露出迷人微笑的少年，便是我的父亲。

在法国这片热土上，安息着他的伙伴们。

每当听到人们在这个自由世界里随心所欲地发表观点时，我便会想起他们。

我觉得"外国人"这个词，是这个世界上最美的承诺之一。它是五颜六色的，如自由一般美丽。

（全文完）

参考书目

Je n'aurais jamais pu écrire ce livre sans les témoignages et récits recueillis dans *Une histoire vraie* (Claude et Raymond Levy, Les Éditeurs Français Réunis), *La Vie des Français sous l'Occupation* (Henri Amouroux, Fayard), *Les Parias de la Résistance* (Claude Levy, Calmann-Lévy), *Ni travail, ni famille, ni patrie – Journal d'une brigade FTP-MOI, Toulouse, 1942-1944* (Gérard de Verbizier, Calmann-Lévy), *L'Odyssée du train fantôme. 3 juillet 1944 : une page de notre histoire* (Jürg Altwegg, Robert Laffont), *Schwartzenmurtz ou l'Esprit de parti* (Raymond Levy, Albin Michel) et *Le Train fantôme – Toulouse-Bordeaux, Sorgues-Dachau* (Études Sorguaises).

埃玛纽埃尔·阿尔杜安

雷蒙和达尼埃尔·李维

克劳德·李维和波莱特·乌尔曼

波利娜·莱韦克

尼科尔·拉泰，莱奥内罗·布兰多利尼，布里吉特·拉诺，安托万·卡罗，莉迪·勒鲁瓦，安娜-玛丽·朗方，伊丽莎白·维尔纳弗，布里吉特和萨拉·福里西埃，蒂内·热尔贝，玛丽·杜布瓦，布里吉特·斯特劳斯，塞尔热·博韦，塞利纳·迪库尔诺，奥德·德·马尔热里，阿里埃·斯贝罗，西尔维·巴尔多，以及罗伯特·拉丰出版社的全体同仁

洛朗·扎于和马克·梅海尼

莱奥纳尔·安东尼

埃里克·布拉姆，卡梅尔·贝尔卡纳，菲利普·盖

卡特琳·霍达普，马克·凯斯勒，玛丽·加尔内罗，马里翁·米耶，约翰娜·克拉夫奇克

波利娜·诺尔芒，玛丽-夏娃·普罗沃

和

苏珊娜·李和安托万·奥杜阿尔

您可在以下网站搜寻到所有关于马克·李维的消息

www.marclevy.info